Weg des doods

www.boekerij.nl

Christopher Golden

Weg des doods

Twee documentairemakers reizen over de beruchtste snelweg van Siberië, waar niet alleen de kou hun vijand is

Vertaald door Marike Groot en Sander Brink

BOEKERIJ

ISBN 978-90-225-9934-1
ISBN 978-94-023-2140-1 (e-book)
ISBN 978-90-528-6608-6 (audio)
NUR 330

Oorspronkelijke titel: *Road of Bones*
Vertaling: Marike Groot en Sander Brink
Omslagontwerp: Jonathan Bush
Omslagbeeld: © DPS Design & Prepress Studio
Auteursfoto: © Jacqueline Semreau
Zetwerk: Mat-Zet bv, Huizen

Voor John McIlveen en Tony Tremblay,
de aardigste mannen in de wereld van de horror

1

Teig werd met een ruk wakker achter het stuur en trapte op de rem, maar de banden vonden alleen ijs. Prentiss gilde toen ze begonnen te glijden, over permafrost vol bevroren bandensporen. Teig stuurde met de richting van het slippen mee en trapte het gaspedaal in. Zijn hart bonsde terwijl hij probeerde het profiel van de banden zo te krijgen dat ze grip op de weg kregen. Hij keek voorbij de vangrail naar met sneeuw bedekte boomtoppen, naar bergen in de verte. De val van de klif zou hun dood betekenen, maar dat zou tenminste sneller zijn dan doodvriezen op de Kolyma-snelweg.

De banden kregen grip. Teig gaf een ruk aan het stuur en stuurde van de afgrond vandaan, maar door hun impuls ramden ze de vangrail. Met een knarsend geluid van gebroken metaal brak het busje erdoorheen en helde naar de afgrond, en Teig brulde van angst terwijl hij plankgas gaf. Het metaal krijste toen de gebroken vangrail zich in het zijpaneel van de UAZ boorde, maar het busje sprong naar voren.

Er klopten aderen op zijn slapen terwijl hij pompend op de rem trapte. Hij zette de UAZ in zijn vrij, zette de motor af en strompelde het busje uit, zo stijf van de adrenaline dat hij het wilde uitschreeuwen. In plaats daarvan liet hij zich op zijn knieën zakken en leunde over de vangrail, waar hij de ene na de andere hap ijskoude lucht opzoog. Het uitzicht was dan misschien spectaculair, de val zou hun dood hebben betekend. Tien meter naar links was een klein gedeelte van de vangrail doorbroken, en nog een meter of vier ervan was nu helemaal verwrongen en gebogen, allemaal als gevolg van de klap van het busje. Hoe hij hen op de weg had weten te houden was hem een raadsel. Teig haalde nog eens diep adem, voornamelijk om te voorkomen dat hij de *sugudai* zou uitbraken die hij als lunch had gegeten.

Een portier werd dichtgegooid. Laarzen knerpten op de sneeuw. Teig hoorde zijn naam roepen, maar hij moest nog steeds tegen zijn misselijkheid vechten. De kou hielp. De ijzige lucht schroeide zijn longen en prikte op de stukken huid die aan de lucht waren blootgesteld. Zijn adem vormde een wolk voor hem uit. De enige geluiden kwamen van de wind, van zijn bonzende hart, en van het tikken van de razendsnel afkoelende motor.

En die stem. Prentiss.

'... de fuck ben je aan het doen?' hoorde hij nog net.

Prentiss gaf hem een schop en schreeuwde zijn naam. Teig greep de vangrail vast om te voorkomen dat hij zijdelings in de sneeuw zou vallen. Eindelijk begon zijn hoofd op te klaren. Hij draaide zich met een boze blik om naar Prentiss, zag de woede en de angst op het gezicht van zijn vriend, en wist dat hij op moest staan.

'De sleutels, Teig!' snauwde Prentiss. 'Geef me godverdomme de sleutels!'

Vlak achter hem zag Teig de zijkant van de ooit oranje UAZ Expedition, nu gedeukt en vol krassen. Er zaten twee gaten in het metaal, alsof de kapotte vangrail zijn klauwen in het busje had geslagen. Het was het eenvoudigste model, maar het was genoeg geweest om hen in leven te houden.

‘Teig!’ blafte Prentiss. Hij stak zijn hand uit, met de palm naar boven.

Eindelijk drong het woord ‘sleutels’ tot zijn hersenen door. Teig sprong overeind en rende naar het openstaande portier aan de bestuurderskant. Hij had de sleutels in het contact laten zitten, maar Prentiss was daar uiteraard niet van uitgegaan. Teig stak zijn hand naar binnen, draaide de sleutel om, en de motor bromde en klikte, met flink wat gegrom. Hij probeerde te starten.

De kou was er al in geslopen.

‘Fuck!’

Prentiss greep Teigs jas van achteren vast en rukte hem opzij. Hij klom achter het stuur, duwde het gaspedaal in, met zijn voet op de rem, en probeerde het contact zelf. De motor sputterde, maar startte niet.

Van achter het stuur draaide Prentiss zich om en staarde Teig met grote ogen aan.

‘Verdomme, Felix. Wat heb je gedaan?’

Teig had hem het liefst over de vangrail gegooid. Meestal waren Prentiss en hij maatjes, misschien wel elkaars beste vrienden, maar als collega’s zaten ze vaak lange tijd op elkaars lip, dikwijls in kleine ruimten of op gevaarlijk terrein. Prentiss mocht dan veel groter zijn dan hij, Teig had zich nog nooit laten afbekken. Door niemand.

Nu was het natuurlijk ook zo dat hij dat meestal niet verdiende. Maar vandaag misschien wel.

‘Probeer het nog eens!’

‘Ik wil hem niet verzuipen,’ zei Prentiss. Hij was boos, maar zijn ogen glommen vooral van angst, als een hond in de koplampen van een naderende auto.

‘Start die fucking bus dan!’

Prentiss draaide de sleutel om. De motor sputterde opnieuw, begon te grommen, en Teig kreeg een hartverzakking. Hij hield van zijn werk, maar hij was niet bereid ervoor te sterven.

De motor sloeg aan, kwam morrend tot leven, en Teig en Prentiss staarden elkaar aan, opgelucht maar nog steeds opgefokt.

'Je bent achter het stuur in slaap gevallen,' zei Prentiss. Zijn schorre stem was nauwelijks hoorbaar boven het lawaai van de motor uit.

Teig blies zijn adem uit. Het drong eindelijk tot zijn lichaam door hoe koud hij het wel niet had. Zelfs met alle lagen kleding die hij droeg, voelde hij het tot in zijn botten. Zijn aan de lucht blootgestelde gezicht schrijnde alsof het door de zon was verbrand, maar hij kende dit gevoel en begreep dat het gewoon de barbaarse kou was. De wolken verborgen wat in Siberië in de winter voor daglicht moest doorgaan. De thermometer in het busje had min dertig graden Celsius aangegeven, en aan het eind van de middag, wanneer de zon onderging, zou het nog veel kouder worden. Zelfs nu zou dat prikken van zijn gezicht binnen een minuut of tien in bevriezing overgaan, als ze langs de weg zouden blijven staan en hij zijn gezicht onbedekt zou laten. Hij herinnerde zichzelf eraan dat hij de elementen niet moest trotseren zonder zijn 'balaclava' aan te trekken. Als kind had hij die dingen bivakmutsen genoemd, maar Prentiss had hem altijd verbeterd. Bankrovers uit de jaren zeventig droegen bivakmutsen, blijkbaar, terwijl geheim agenten en huurmoordenaars balaclava's droegen. Alsof hij zich door Jack Prentiss moest laten vertellen hoe hij cool moest zijn.

Oké, misschien was dat eigenlijk wel zo.

'Hé,' zei Prentiss. Hij stak zijn laars uit het busje en porde Teig ermee. 'Je viel in slááp achter het stuur.'

Teig kon het niet ontkennen. Hij had hen bijna vermoord – tot twee keer toe. Eerst toen hij de vangrail raakte, en vervolgens toen hij de motor had uitgezet.

'Ik ben nu klaarwakker,' zei hij.

'Dacht je nou echt dat ik je na zoiets laat rijden?' vroeg Prentiss. Hij wreef met zijn handschoen over zijn grijzende baard. 'Jezus christus, hoe heb je me weten over te halen om hierheen te komen?'

Teig negeerde de tweede vraag. 'Kijk eens naar de weg en zeg me dat jij wilt rijden, en dan ga ik met alle plezier een dutje doen op de bijrijdersstoel.'

Prentiss ademde uit. Hij zette de verwarming hoger en staarde door de voorruit naar de weg voor hen. Even later schoof hij zonder een woord te zeggen op, en Teig klom achter het stuur. Hij trok het portier dicht, zette de UAZ in de eerste versnelling, en begon weer over de Weg des doods te rijden.

'Val niet in slaap,' zei Prentiss.

Teig dwong zichzelf te glimlachen. 'Als jij er niet voor zorgt dat ik me te pletter verveel, blijf ik wel wakker.'

Ze waren de reis begonnen in Magadan, een havenstad aan de Zee van Ochotsk, in Noordoost-Siberië. Het bevolkingsaantal van de stad lag net onder de negentigduizend en nam steeds verder af naarmate er meer oudere bewoners overleden en jongeren vertrokken. In deze contreien was migratie over het algemeen maar één kant op gericht, wat niemand zou moeten verbazen. Niemand besloot zijn leven om te gooien en opnieuw te beginnen in Siberië.

Teig had meer dan genoeg gelezen over het verraderlijke weer, met name op de Kolyma-snelweg, maar hij begon het pas echt te begrijpen na de eerste driehonderd kilometer, toen zijn blik heen en weer bleef gaan tussen de brandstofmeter en de kant van de weg. Ongeveer om de tweehonderd kilometer was er een tankstation, maar door de wind en de sneeuw, het geknerp van de banden op de permafrost, en de witte stilte die zich om hen heen uitstrekte, begon het idee van die tankstations te lijken op dromen van een woestijnoase. Als je in de winter zonder benzine kwam te zitten op de Kolyma-snelweg, had je goede kans dood te vriezen.

Ze waren de vorige ochtend om acht uur met een volle tank uit Magadan vertrokken, een uur voor zonsopgang, en hadden iets meer dan de helft van de zestien uur durende rit afgelegd voor ze incheckten bij de accommodatie die Teig had geregeld. Ze overnachtten in een hotelletje waarvan de voornaamste aantrekkingskracht de aanwezigheid van een garage was waar tijdens de nacht de motor en brandstofleiding van het busje niet zouden bevriezen. Het dorpje waar ze hadden verbleven was zo klein dat de naam ervan al uit hun geheugen was verdwenen, meer een nederzetting rond een tankstation dan een echt dorp. De Kolyma-snelweg trok niet veel toeristen, maar het aantal was hoger dan nul. Evengoed bekeek de oude man die de herberg runde hen met de nieuwsgierigheid van een antropoloog.

Toen ze vanochtend bij het hotel waren vertrokken, richting het noordwesten, was het al moordend koud geweest. De temperatuur bleef dalen en Teig begon zich af te vragen of deze reis niet een oefening in hopeloze stompzinnigheid was geweest. Die zorg had hij niet geuit tegen Prentiss, die alleen maar bereid was geweest om mee te gaan uit vriendschap en omdat Teig hem bijna achtduizend dollar schuldig was. Prentiss wist dat het onwaarschijnlijk was dat Teigs ambitieuze plannen zonder hulp resultaat zouden hebben, dus was hij meegegaan om zijn investering te beschermen.

Teig zei tegen zichzelf dat Prentiss nog altijd een beetje in hem geloofde, ook al deed verder niemand dat. Een schrale troost, maar het was tenminste iets.

Het busje reed rammelend over de weg. Teig zat kaarsrecht, vastbesloten zich niet weer in slaap te laten wiegen. De Kolyma-snelweg liep tweeduizend kilometer dwars door het bevroren hart van Siberië, van Magadan helemaal tot aan de uitgestrekte rivierhaven Jakoetsk. De havenstad lag op minder dan vijfhonderd kilometer van de poolcirkel, ontving het equivalent van slechts vijf uur zonlicht per dag in de maand december, en op de meeste van die dagen ging de zon schuil achter de wolken. Met in de winter een gemiddelde minimumtemperatuur van veertig graden onder nul, zonder rekening te houden met de gevoelstemperatuur vanwege de wind, zou niemand die bij zijn volle verstand was hier ooit willen wonen. En toch had Jakoetsk driemaal zoveel inwoners als Magadan – bijna driehonderdduizend mensen. Er waren musea, theaters en een nachtleven. Het was een baken van beschaving in een bevroren woestenij. Mensen waren net kakkerlakken. Als ze maar vastbesloten genoeg waren, konden ze overal gedijen.

Teig en Prentiss reisden niet helemaal tot aan Jakoetsk. Ze gingen naar een plek met veel minder mensen, ergens waar het nog kouder was – de koudste bewoonde plek ter wereld, om precies te zijn.

'Wat de fuck is er mis met ons?' vroeg Teig lachend.

Prentiss ging rechtop zitten en schudde zijn hoofd alsof hij helder probeerde te worden. 'Ben je wakker?'

Teig strekte zijn vingers om het stuur. 'Iemand van ons moet het zijn.'

Prentiss fronste beledigd. 'Als je naar die lucht hier kijkt, voelt het de hele tijd alsof ik in bed zou moeten liggen.'

'Het zou in elk geval wel warmer zijn.'

Strikt genomen was het dag, maar hier betekende dat alleen maar een soort eeuwige schemering, een grijsblauwe lucht die door gaas gefilterd leek. Zelfs met de verwarming in het busje op volle sterkte kon Teig de kou door zijn laarzen en twee lagen sokken heen voelen. Zijn tenen deden pijn. Zijn handen lagen bijna gevoelloos op het stuur, ondanks de thermische voering van zijn handschoenen.

'Het is nog geen bedtijd,' zei Teig. 'Het is in wezen ongeveer lúnchtijd.'

'Wanneer denk je dat we het volgende tankstation zullen bereiken? We zouden de gids op moeten pikken over...' Hij keek op het klokje op het dashboard. '... een half uur.'

'We komen te laat,' zei Teig. 'Maar goed, een minuut of twintig maar. Het duurt uren om waar dan ook te komen op deze weg.'

Prentiss gromde, maar hij maakte het zich gemakkelijk op zijn stoel, als een beer in zijn hol. Als Engelsman zou hij een verwijzing naar American football niet snappen, maar Teig vond altijd dat hij eruitzag als een *lineman* uit de eerste linie die nu met pensioen was. Eén meter achtentachtig lang, zo sterk als een beer, met een borst als een kleerkast en een trotse bierbuik. Zowel zijn haar als zijn baard konden wel een knipbeurt gebruiken, maar over dat soort dingen maakte Prentiss zich nooit druk.

'Ik hoef niet knap te zijn,' zei hij altijd. 'Ik ben nooit degene die op de film komt.'

Ze hadden elkaar vier jaar eerder leren kennen. Prentiss was knorrig, genadeloos eerlijk en toegewijd aan zijn werk gebleken. Maar wat echt de doorslag had gegeven voor hun vriendschap was Teigs besef dat hij een reisgenoot had gevonden die te verdragen was. Geen van beiden deden ze hun uiterste best om vrolijk te doen op sombere dagen. De twee mannen deelden een filosofie die ruimte liet voor stemmingswisselingen, en die filosofie schiep een band.

Wat hen echter nog sterker bond, waren de zevenduizend achthonderd en tweeënveertig dollar die Teig zijn vriend schuldig was. Prentiss was niet de enige aan wie Felix Teigland iets verschuldigd was, maar de schuld aan hem was absoluut de grootste. Teig had een vlotte babbel, hij had altijd wel een plannetje dat hij met ongebreideld enthousiasme rondbazuinde – een avondvullende documentaire van een veertienjarige regisseur uit Argentinië, de bergingsrechten op een Spaans galjoen, een tv-serie over striptekenaars in de Tweede Wereldoorlog die eigenlijk spionnen waren, en een *mockumentary* waarin de geschiedenis van Scooby-Doo en zijn team zou worden onderzocht alsof ze echt hadden bestaan.

Teig was langzaam opgeklommen. Hij was in de zomer voor zijn laatste jaar op de universiteit begonnen als technisch camera-assistent bij de crew van *Ghost Sellers*, een realitydocumentairereeks over drie onderzoekers van de paranormale wereld die gebouwen waarvan werd gezegd dat het er spookte bij wijze van gimmick 'officieel' verifieerden. Meestal waren het hotels en bed and breakfasts die hun reputatie als spookhuis gebruikten om toeristen te lokken, maar sommige afleveringen gingen over huizen en andere gebouwen die te koop stonden en waarvan de eigenaren dachten dat het feit dat het er spookte een aanbeveling was. Teig had twee seizoenen met die ploeg gewerkt voordat het programma werd geschrapt, en hij was buitengewoon ontevreden geweest over de vermeende spoken en de zogenaamde onderzoekers. Hij had zo zijn redenen om spoken te willen vinden, maar hij had nog nooit enige aanwijzing van ook maar één spook gevonden, hoewel het programma van zevenentwintig gebouwen 'officieel' had bevestigd dat het er spookte in de tijd dat hij bij hen werkte.

Maar goed, hij was wel bij de televisie gekomen. Sindsdien had hij zich via verschillende baantjes omhooggewerkt. Hij was onderzoeksassistent geweest, persoonlijk assistent en heel af en toe een 'talent' op het scherm. Zeven jaar geleden had hij zijn eigen bedrijf, Teigland POV, opgericht, en na vier tropenjaren had hij vaste contacten met leidinggevenden bij Discovery en National Geographic weten op te bouwen. Vlak achter elkaar had hij een aantal documentaires en twee series verkocht, waarvan de laatste, *Public Service*, de geschiedenis van sekswerk over de hele wereld uit de doeken deed.

Toen de laatste van de leidinggevenden met wie hij bevriend was Discovery verliet en er maar één bondgenoot overbleef bij National Geographic, begon hij het benauwd te krijgen. Hij had iets groots nodig, een programma dat hij aan iedereen kon verkopen, niet alleen aan degenen die hem al zagen zitten. Hij wilde zijn eigen *Wicked Tuna* of *Ice Road Truckers*, of, God verhoede het, *Duck Dynasty*. Een baanbrekend programma, iets eigenzinnigs maar toch commercieels. Iets wat jaren zou draaien en ervoor zou zorgen dat hij met zijn bedrijf het hoofd boven water kon blijven houden. Zonder een voltreffer zou zijn carrière binnen een paar maanden op de vuilnisbelt van de tv-wereld belanden.

Teigs successen hadden hem genoeg geld opgeleverd om het bedrijf draaiende te houden en om de meeste mensen te betalen die een gok met hem hadden gewaagd en hadden verloren. Een voor een betaalde hij hen terug. Maar er waren er nog steeds aan wie hij geld schuldig was. De toestand begon weer belabberd te worden en Teig begon zich zorgen te maken.

Hij dacht dat hij zijn voltreffer had gevonden met de Kolymasnelweg, maar hij was niet van plan het te verkopen zonder een of andere *proof-of-concept*-video, iets om mee te nemen naar verkooppraatjes zodat hij kon zeggen dat hij er zelf was geweest, kon vertellen hoe het voelde om op een plek te zijn die zo koud was dat één fout of één ongelukkige speling van het lot je dood kon betekenen.

En dus waren ze nu hier. Teig en Prentiss op de Bottenweg. Daar was je tenslotte toch vrienden voor, om samen je leven te wagen?

Het was niet de troosteloosheid, niet de duisternis en zelfs niet het klimaat dat hem had overgehaald om in deze reis te investeren. Het was die naam, de Bottenweg. Op officiële kaarten stond hij vermeld als R504. Qua weg stelde hij niet veel voor. Aan beide uiteinden was de weg verhard, maar daarna maakte dat wegdek plaats voor gewalst grind, dat over het grootste deel van de lengte van de Kolyma-snelweg op de permafrost was gelegd. Op veel plaatsen was de weg zo smal dat als twee auto's elkaar passeerden, ze net de lak van elkaar schraapten. Het landschap bestond uit sneeuw, kale bomen, bergen en af en toe een vangrail, plus de nederzettingen die als stadjes werden beschouwd, maar waarvan er vele bestonden uit enkele tientallen gebouwen en de vermetele zielen die ermee gepaard gingen.

In de tijd waarin Stalin de Sovjet-Unie had opgebouwd, waren er enorme goud- en uraniumertslagen ontdekt, wat betekende dat er veel geld te verdienen viel. Teig begreep waarom mensen toentertijd naar de regio waren getrokken – geld was altijd een geweldige drijfveer – maar vóór die tijd waren er al eeuwen mensen hier, en hun drijfveren waren een mysterie. De Jakoeten waren in de dertiende eeuw gekomen, en op dat moment leefden er al inheemse stammen in de regio.

Hij begreep dat die kolonisten in de zomer konden zijn aangekomen, maar in de eerste winternacht waarin het zo koud werd dat je oogballen in je hoofd bevroren, zouden de meeste rationele wezens toch hebben overwogen om richting het zuiden te trekken.

Degenen die een keuze hadden, tenminste.

'Je bent er weer over aan het malen,' zei Prentiss.

Teig blies zijn adem uit. Meestal ontkende hij het, maar deze keer knikte hij. 'Ik kan er niks aan doen.'

'Dit is het programma dat je wilt maken, man. Als je je er zo door op de zenuwen laat werken, waarom zijn we dan helemaal hierheen gekomen? Ik zou ergens kunnen zijn waar het lekker warm is, met íémand die lekker warm is.'

'Ik weet het. Je hebt gelijk.'

Prentiss snoof. 'Ik heb altijd gelijk, Felix.'

'Je weet dat ik een hekel heb aan die naam.'

'Het is jóúw naam! Ik heb hem je niet gegeven. Bel je moeder en ga tegen haar tekeer als je dat zo graag wilt.'

Teig keek van opzij naar hem. 'Oké, John.'

'Alleen mijn oma noemt me John, en dat is alleen maar omdat ik het niet over mijn hart kan verkrijgen om haar tanden uit haar mond te slaan.'

'Je moet jezelf niet zo tekortdoen, man. Jij lijkt me echt iemand die niet zou aarzelen om de tanden uit de mond van zijn oma te slaan.'

Prentiss knipperde met zijn ogen. 'Wat zeg je toch een lieve dingen.'

Het busje schudde toen Teig een bocht in de weg nam en de banden over de bevroren ondergrond schuurden. Het eerste uur had het geluid van de motor wel een boor in zijn schedel geleken, maar hij was eraan gewend geraakt.

Alleen die bandensporen in de weg, hoe het busje eroverheen rammelde... daar zou Teig nooit aan wennen.

'Je hebt gelijk. Ik kan nergens anders aan denken,' zei hij. 'De botten.'

Prentiss ademde uit. 'Ik wist wel dat je er verdomme weer over aan het malen was.'

Teig had het eerste jaar op de universiteit in bed doorgebracht met een meisje dat Miranda heette, en haar twee favoriete dingen waren spookverhalen en zijn tong, in die volgorde.

Noodgedwongen had hij voor zijn gevoel wel honderden afleveringen gezien van programma's over gespannen kijkende spokenjagers die net deden alsof ze in oude huizen vreemde geluiden hoorden of temperatuurveranderingen waarnamen. Destijds was hij een verstokt scepticus geweest, al was het juist aan zijn omgang met Miranda te danken dat hij later bij *Ghost Sellers* uitkwam. Terwijl Teig zijn mond dichthield over zijn twijfels had Miranda hem stevig vastgehouden terwijl ze naar al die programma's keek, had ze haar ogen bedekt, en was ze precies op de juiste momenten geschrokken. Teig had nooit laten blijken wat hij ervan vond, gedeeltelijk omdat hij haar niet wilde beledigen, maar voornamelijk omdat hij niet wilde hoeven uitleggen waarom hij zo'n razende rancune tegenover die schaamteloze huichelaars voelde.

Wat had hij moeten zeggen?

Ik heb gewacht op de geest van mijn zusje, en die is nooit gekomen.

Hij zou er alles voor over hebben gehad om ook maar een glimp van haar geest op te vangen, om te weten dat ergens, op de een of andere manier, haar lach voortleefde.

Teig was twaalf geweest toen de zilverkleurige bestelwagen op de hoek bij hun huis was gestopt. Een uitzinnige, kaneelkleurige puppy kefte vrolijk achter het deels geopende raampje van de bestuurder. De achtjarige Olivia had opgewonden in haar handen geklapt en was stralend van blijdschap naar de bestelwagen gerend. De chauffeur, in een donkere hoody en met een zonnebril op, had de motor laten lopen terwijl hij naar de achterkant van het busje was gegaan en het zijportier had opengeschoven, met de puppy in zijn handen.

Die stomme puppy.

Teig moest die dag op haar passen. Hun moeder was in het ziekenhuis geweest en hun vader aan het werk in zijn kantoor aan huis. Olivia had altijd aan zijn haar getrokken en vaak genoeg geprobeerd de baas over hem te spelen, maar ze had hem ook aan het lachen gemaakt zoals niemand anders kon. Als kind durfde ze veel, altijd sprong ze van schommels en zocht ze naar nieuwe manieren om met haar step tegen dingen aan te botsen. Elke keer dat een van hun ouders had gezegd dat 'je jezelf nog eens de dood in jaagt', kneep Olivia met een sluwe grijns haar ogen een beetje dicht. 'Als dat gebeurt, kom ik terug om Felix voorgoed elke dag te kwellen!'

Het busje was achter een verlaten winkelstraatje teruggevonden, zwart en verwrongen door het vuur.

Olivia was twee maanden later in dezelfde staat gevonden.

Teig had jaren gewacht tot haar beloofde geest zou verschijnen, maar dat was nooit gebeurd. Tegen de tijd dat hij Miranda's bed in haar studentenkamer en haar obsessie met spokenjagers had bereikt, was alle hoop op een leven na de dood weggebrand.

Maar na een heel schooljaar met Miranda had het kijken naar die programma's hem ertoe gebracht onderzoek te doen naar spookverhalen, en was hij nieuwsgierig geworden. Teig zei tegen zichzelf dat het geen hoop was, dat hij geen enkele verwachting had dat Olivia's geest plotseling in zijn studentenkamer zou verschijnen of tijdens een willekeurige aflevering van *Haunting America*, maar dat jaar was er een vonkje van het een of ander bij hem teruggekomen, en dat was nooit meer helemaal weggegaan. Op een dag tijdens het werk aan *Ghost Sellers* had hij de opdracht gekregen om Deja Madison, een van de sterren van het programma, naar het meest recente 'spookhuis' te rijden. Teig had van de gelegenheid gebruikgemaakt om haar te confronteren met de vraag of ze ook maar iets geloofde van wat ze in het programma deed. Hij had verwacht dat ze boos zou worden, dat ze hem misschien wel zou ontslaan, of dat ze hem in vertrouwen zou nemen en zou toegeven dat het allemaal doorgestoken kaart was. Teig had niet verwacht dat haar ogen oplichtten en ze vurig bevestigend antwoord gaf op zijn vraag. Ja, had ze gezegd, minstens negentig procent van wat ze op televisie lieten zien was puur theater, allemaal onzin om de kijkers en de zender tevreden te stellen.

'Maar die tien procent,' had Deja gezegd. 'Daar draait het om.'

Ze was hem verhalen begonnen te vertellen over plekken waar ze geweest was, dingen die ze had gezien, gehoord en gevoeld, die zo verontrustend waren dat Teig zich er een paar keer op betrapte dat hij zijn adem inhield. Ze brachten twee uur door in de auto en Deja werd zijn vragen nooit zat, en ze bleef al die tijd vol passie praten over de spoken waarvan ze geloofde dat ze ze was tegengekomen. Aan het eind van die dag was Teig weliswaar nog niet helemaal overtuigd, maar een stuk minder stellig in zijn scepsis.

Hij wilde erin geloven.

Hij had er altijd al in willen geloven.

Als het ergens kon spoken, als spoken konden verschijnen, dan zou Olivia zich misschien op een dag aan haar belofte houden en bij hem terugkomen, en dan zou Teig haar eindelijk kunnen vertellen hoe erg hij het vond wat er met haar was gebeurd. Dan zou hij haar eindelijk kunnen smeken om hem te vergeven.

Er verstreken jaren. Hij werd helemaal in beslag genomen door zijn werk. Hij werd geleefd door het succes en de mislukkingen. Hij was jaren geleden al gestopt met zoeken naar geesten, maar als hij eerlijk was tegen zichzelf, had hij het nooit helemaal opgegeven. Toen hij voor het eerst over de Bottenweg las, maakte dat iets in hem wakker, iets van de angst en de ontzetting. Hij was nog nooit op een plek geweest met een geschiedenis die zo duister en droevig was als deze.

Ondanks de tijd die hij had doorgebracht met zogenaamde onderzoekers van de paranormale wereld was hij nog nooit ergens geweest waar het zo door geesten bezocht voelde als hier.

Teig huiverde, en niet van de kou.

Hij wreef in zijn ogen. 'Het kan niet ver meer zijn. Als we de gids eenmaal hebben opgepikt, moet jij maar een tijdje rijden.'

Prentiss verschoof op zijn krakende stoel. 'Alles goed met je?'

'Het is nogal wat, deze plek,' gaf Teig toe. 'Erover lezen is nog tot daaraan toe. Je ziet het woord "goelag" staan en je hebt een vaag idee van wat het is, maar dan kom je hier en dan realiseer je je dat die gevangenkampen híér waren.'

Hij keek uit zijn raampje en keek naar de dode bomen die voorbijkwamen, het landschap dat zo troosteloos was dat het net zo goed een andere planeet had kunnen zijn. Maar dit was toch echt de aarde, de wereld van mensen die grenzeloos waren in hun wreedheid.

'Ik hou er niet van om aan die dingen te denken,' zei Prentiss terwijl hij uit zijn eigen raampje keek. 'Maar weet je, als je dit project van de grond krijgt, zullen we heel lang aan niets anders denken.'

Teig blies zijn adem uit. 'Mensen moeten het weten. De lelijkste delen van de geschiedenis zijn de belangrijkste delen om te onthouden.'

Prentiss knikte, en daarna lieten ze de ronkende motor een tijdje het woord doen. Teig meende wat hij had gezegd. Het voelde belangrijk voor hem om ervoor te zorgen dat niet werd vergeten wat voor verschrikkelijks er op deze plek was gebeurd. Hij had van zijn leven nog nooit over de bouw van de Kolyma-snelweg gehoord, en toen hij het aan vrienden vroeg die hij vertrouwde, kon geen van hen zich herinneren ooit het verhaal te hebben gehoord.

Er was al een netwerk van concentratiekampen – de goelags – in Siberië geweest, maar toen de Sovjets goud- en uraniumlagen vonden, wilde Stalin dat er een weg tussen Magadan en Jakoetsk werd gebouwd. Ten minste tachtig nieuwe kampen werden er langs de route gebouwd om een meteen inzetbare arbeidersploeg te verschaffen. Politieke gevangenen, misdadigers, onschuldige mensen die pech hadden gehad, mannen die het hadden gewaagd naar de vrouwen van hoge sovjetfunctionarissen te kijken – allemaal voedden ze de goelags. Honderdduizenden werden er aan het werk gezet om de Kolyma-snelweg te bouwen. In de loop der jaren stierven er wel zeshonderdduizend mensen tijdens de bouw van de weg, de meesten doordat ze doodvroren.

Hun lichamen werden begraven op de plek waar ze sneuvelden en werden onder de permafrost geploegd.

Er lagen honderdduizenden bevroren lijken onder de Bottenweg. Ze reden over ijzige graven vol gaten en bandensporen – ze reden er al over sinds ze aan de reis waren begonnen – en er waren nog honderden kilometers te gaan.

2

Het tankstation had geen uithangbord, maar wie er langskwam, had dat ook niet nodig. Er stonden drie roestende pompen naast een gaashekwerk, met daarachter vier enorme benzinetanks. Overal elders zouden tanks zich onder de grond hebben bevonden, maar de eigenaar van deze bouwvallige bedoening aan het einde van de wereld had besloten ze niet in de permafrost in te graven.

Teig fronste toen hij stopte bij de pomp, en hij staarde naar een vierkant gebouwtje dat het kantoortje van de kassier moest zijn. Het zag er eerder uit als een schuilkelder, een eeuw na de oorlog waarvoor die was gebouwd, welke dat ook was. Iemand had er met een spuitbus een paar cyrillische letters op aangebracht, waardoor Teig twijfelde of zijn aanname dat het tankstation geen uithangbord had wel juist was. Er zou 'tankstation' of 'contant betalen' of voor zijn part 'gevaarlijke stoffen' kunnen staan, maar het betekende in elk geval iets voor iemand.

Hij zette het busje in zijn vrij. De motor tikte en ratelde. Prentiss zag eruit alsof hij in slaap was gevallen, maar de man snurkte als een grizzlybeer met een afwijking in zijn neustussenschot en op dit moment zag hij er zo vredig uit dat het niet anders kon dan dat hij deed alsof.

'Hou eens op met die onzin,' zei Teig. 'Ga die gids halen. En kijk of het de bedoeling is dat we hier zelf tanken.'

Prentiss deed zijn ogen open en zette een zielig gezicht op. 'Het is ijskoud buiten.'

'Ik moet de motor draaiende houden. Bovendien weten we allebei dat je moet pissen. Jij moet altijd pissen.'

Met een diepe zucht duwde Prentiss zijn portier open. Er kwam een vlaag kou binnen, schokkend en meedogenloos. 'Je weet dat ik niet van nieuwe mensen hou, Teig. Daarom ben jij de producer en ik de man achter de camera. Je wilde sowieso dat ik het stuur overnam, dus dan doe ik dat. Jij kunt onze ontmoetingen met de locals wel voor je rekening nemen.'

Prentiss hees zich zonder op antwoord te wachten uit het busje en zwaaide zijn portier dicht. Hij liep om de voorkant heen, door het licht van de koplampen, waarbij de ijzige lucht ervoor zorgde dat zijn gelaatstrekken in een vreemd licht werden gezet. Hij had de woorden op zijn kenmerkende knorrige toon uitgesproken alsof het een grapje was, maar Teig wist dat hij het meende. Er waren bepaalde sleutels tot een goede vriendschap, waarvan de belangrijkste loyaliteit, een gemeenschappelijke filosofie en opofferingsgezindheid waren, maar Teig had geleerd dat de meest gewaardeerde trek in een vriend was dat je wist wanneer je iets moest zeggen en wanneer je je mond moest houden. Hij had het vaak mis in dat opzicht, maar hij deed zijn best het te leren en dat moest toch iets waard zijn.

Hij gaf de motor een beetje gas, luisterde hoe hij brulde, stapte toen uit het busje en gaf Prentiss de gelegenheid zich op de bestuurdersstoel te hijsen.

Prentiss grijnsde ondeugend naar hem. 'Als ze snacks verkopen, koop er dan een paar.'

Teig lachte kort. 'Kijk nou eens naar deze plek. Het lijkt wel of er hier zombies zijn opgekomen en weer weggetrokken. Ik betwijfel of ze die Flamin' Hot Cheetos hebben die je zo lekker vindt.'

'Als ze ook maar iets hebben wat op een Cheeto lijkt, ben ik tevreden. Veel keus hebben we niet.'

Teig liep naar de bunker, fronsend naar de graffiti die erop was gespoten. Het enige raam was smerig, zo te zien van tientallen jaren vuil. Iemand had er met een vinger het woord OPEN op geschreven, en Teig vroeg zich af of dat voor hem bestemd was.

Hij duwde de deur open en stapte in een wolk scherpe sigarettenrook. Het grootste deel van de plafondlampen was doorgebrand, maar vier peertjes leverden nog genoeg licht om de twee mensen in die vierkante doos van een vertrek te zien. Een zwaargebouwde vrouw gekleed in een wollen broek en een dikke trui vol vlekken hing onderuitgezakt op een paarse pluchen stoel en aaide de vacht van een gladharige Russische spaniël. De hond snuffelde in de richting van Teig en keek weg, elegant en afstandelijk, als een prins die aan lager wal was geraakt en onder het boerenvolk moest leven. De vrouw trok een wenkbrauw op in zijn richting, nam een trek van een stinkende Turkse sigaret en richtte zich toen tot haar menselijke metgezel.

'Dit zal jouw Amerikaan wel zijn,' zei ze in gemankeerd Engels, en ze grijnsde alsof ze alleen al door zijn taal te spreken haar minachting voor Teig liet blijken, alsof ze wist dat hij haar niet dezelfde dienst kon bewijzen en hem dat wilde inwrijven. En ze had nog gelijk ook.

De man tot wie ze zich had gericht zat op een kruk achter een kleine toonbank die doorboog onder de last van een kassa. Op een plank achter hem waren allerlei zakken chips en andere snacks uitgestald, maar het hadden net zo goed gedroogde flinters vis of tacochips kunnen zijn. Geen Cheeto te bekennen. Op de onderste plank stonden blikjes Coca-Cola. Prentiss zou tevreden zijn.

'U bent laat, meneer Teigland,' zei de man achter de toonbank.

‘Des te meer reden om een gids nodig te hebben. Ik neem aan dat jij Kaskil bent?’

De gids hield zijn hoofd schuin met iets wat in de buurt van een begroeting kwam, liet zich van de kruk glijden en kwam van achter de toonbank tevoorschijn. Teig had contact met hem gehad via e-mail en één keer via Zoom, maar in levenden lijve leek hij totaal uit de toon te vallen bij zijn omgeving. Kaskils stevige rendierlaarzen waren oud en versleten en gingen duidelijk al jaren mee, maar zijn dikke trui was fris en nieuw, en felrood. Zijn broek zag er ook nieuw uit en toen hij zijn jas en lange, zware sjaal pakte, zagen die er ook niet alleen uit alsof ze zo uit de winkel kwamen, ze waren zelfs stijlvol. Er waren geen boetieks of warenhuizen aan de Kolymasnelweg, maar Kaskil kleedde zich als een man met geld en smaak. Hij was lang en slank, en zijn haar en snor waren zo geknipt dat hij eruitzag als een Hollywoodacteur uit de jaren veertig, of dat zou tenminste zo zijn geweest als hij niet een tatoeage van een zwarte spin in zijn hals had gehad, met de kop omlaag gericht. Teig wist dat de tatoeage iets betekende, mogelijk iets crimineels, en misschien had het zelfs iets met de gevangenis te maken.

Kaskil zag hem kijken. ‘Hebt u een vraag?’

‘Ik zal heel veel vragen hebben, maar niet die vraag waar jij aan zit te denken.’

De gids knikte. ‘Ik ga ervan uit dat we het prima met elkaar zullen kunnen vinden.’ Kaskil gebaarde naar de deur. ‘Ik neem aan dat u benzine nodig hebt.’

‘En een wc,’ zei Teig. ‘En wat van die snacks voor mijn cameraman.’

Kaskil ratelde wat instructies naar de dikke vrouw in iets wat geen Russisch was – Teig nam aan dat het Jakoets was – en plukte toen de Turkse sigaret uit de vingers van de vrouw en zette hem aan zijn lippen. Hij nam een lange haal en gaf hem terug, waarna de vrouw opstond, hem op de wang kuste en wat snacks van achter de toonbank ging pakken.

Teig knipperde met zijn ogen van verbazing.

Kaskil glimlachte. 'Mijn oma.' Hij ritste zijn jas dicht en sloeg de sjaal om zijn hals, waardoor hij die spin bedekte. 'Kom op. Ik ga voor je tanken en ik laat je zien waar het toilet is. En dan neem ik je mee naar de koudste plek op aarde.'

Een uur later wekte Kaskil een minder vriendelijke indruk dan in het tankstation. Prentiss, die nu reed, had hem verboden zijn gore Turkse sigaretten in het busje te roken. Teig maakte het niet veel uit, maar aangezien hij over een dag of twee in elk geval tijdelijk afscheid zou nemen van Kaskil en hij van plan was om nog jaren met Prentiss te blijven werken, wist hij voor wie hij partij moest kiezen.

Prentiss draaide Dead Kennedys via de luidsprekers. Hij hield het volume laag, wat alleen maar tot gevolg had dat de muziek in een laag, dreunend gebrom veranderde, een straf voor de schedel. Op de achterbank zuchtte Kaskil dramatisch. Teig onderdrukte een lach. De gids leek totaal geen filter te hebben, wat op zich aangenaam gezelschap kon zijn, zolang Prentiss hem maar niet vermoordde.

'Dat was voor mij bedoeld, hè?' zei Prentiss, die Teig boos aankeek.

'Ik denk het. Jij hebt de neiging om mensen te irriteren.'

'Fuck you, Felix.'

Op de achterbank mompelde Kaskil iets in zijn eigen taal, maar dat vermengde zich met het zachte gebeuk van de muziek.

Prentiss wierp een vernietigende blik in de achteruitkijkspiegel. 'Als je een rookpauze wilt, dan zeg je het maar. Dan stop ik.'

Kaskil liet zijn tanden zien, maar Teig betwijfelde of iemand die blik als een glimlach zou hebben geïnterpreteerd. In het grijze licht in de auto zat Kaskil in een bubbel van potentieel en straalde de energie uit van twee beloften: een van agressie en een andere van jovialiteit. Teig moest aan zijn oom Frank denken, die altijd met ongevraagd advies had klaargestaan toen Teig jong was. 'Wat mensen je ook geven, geef het hun in tienvoud terug,' had oom Frank gezegd. 'Sta altijd klaar om alles naar een volgend niveau te tillen. Als mensen aardig tegen je zijn, doe dan je best om ze een mooie dag te bezorgen, glimlach naar ze of geef ze een schouderklopje. Maar als ze je iets wijs proberen te maken, of ruzie zoeken, geef je ze ervan langs. Bereid je voor op beide mogelijkheden, elke dag.'

Teig beschouwde de energie die van Kaskil afstraalde als 'oom-Frank-energie'. Als Teig niet beter wist, zou hij hebben gedacht dat Kaskil een lang verloren gewaande neef van hem was.

Nu verschoof de gids zwijgend in de schaduw van de achterbank.

'Meneer Teigland,' zei Kaskil, 'uw vriend is minder charmant dan hij denkt.'

Prentiss gromde geamuseerd. 'Maak je geen zorgen, vriend, ik weet precies hoe weinig charme ik heb. Ik zit er niet mee.'

Teig draaide zich om en glimlachte terug naar Kaskil. 'Hij zit er echt niet mee. Als je op deze trip op zoek gaat naar charme, vrees ik dat ik je beste optie ben.'

'Ik woon in Achoest, mijn vriend. Charme is hier schaars.'

Teig knipperde met zijn ogen van verbazing. 'Wacht, woon jij in Achoest?'

'Mijn familie bestaat uit rendierhoeders. In mijn jeugd heb ik die beesten gehoed.'

'Je ziet er niet uit als een rendierhoeder,' zei Prentiss.

Kaskil lachte zachtjes en alle spanning verdween. 'Dat zal best. Ik heb wel wat gereisd, maar nu ben ik voorgoed thuis.'

'En nu hoed je toeristen,' zei Teig.

'Rendieren zijn makkelijker,' antwoordde Kaskil. 'We hebben niet veel toeristen, maar degenen die wel komen, hebben graag een gids. We krijgen nieuwsgierige mensen, avonturiers die willen verkennen en leren. Meestal in de zomer natuurlijk. Het terrein kan modderig en akelig zijn, maar in elk geval probeert het je niet te vermoorden.'

'En wanneer er geen toeristen zijn?' vroeg Teig.

Kaskil glimlachte. 'Ach, nou ja... de rendieren zijn in elk geval charmanter dan meneer Prentiss.'

Zelfs Prentiss moest daarom lachen, maar Teig was nog steeds gefocust op Kaskil. De laagst waargenomen temperatuur in Achoest was maar iets boven de honderd graden onder nul. Hij had niet kunnen voorkomen dat hij bevooroordeeld was over de mensen die hij langs de Kolyma-snelweg zou tegenkomen. Kaskil was niet hoe hij zich hem had voorgesteld, hoewel de oma van de man wel heel aardig aan het beeld voldeed.

'We willen je graag voor de camera interviewen,' zei Teig. 'En je familie ook.'

Kaskil leek het niet te horen. Prentiss reed door een reeks diepe kuilen in de weg, waardoor ze alle drie stuiterden op hun stoel, maar Kaskil knipperde geen moment met zijn ogen. Teig keek naar buiten om te zien waardoor hij zo gebiologeerd was, en zag een betonnen muur op vijftien meter van de weg, met daarbovenop prikkeldraad. Daarachter waren daken van industriële gebouwen te zien, wit gebleekt door tientallen jaren zomerzon, waardoor ze bijna wegvielen tegen de besneeuwde bergen op de achtergrond. Het waren lelijke dozen met lange rijen kleine ramen, en Teig voelde misselijkheid vanuit zijn buik opkomen toen hij besefte dat hij naar een goelag keek.

De drie mannen reden zwijgend verder tot het verlaten gevangenkamp uit het zicht was verdwenen. Het busje denderde over nog wat diepe bandensporen in de weg, en Teig stelde zich voor dat er botten onder hun banden lagen. Menselijke schedels. Sommige ervan waren misschien wel die van familieleden van Kaskil, een paar generaties terug. Eigenlijk helemaal niet zo lang geleden.

Een aantal kilometer verderop reden ze langs een verlaten kerk aan de andere kant van de weg. De stenen gevel was half ingestort tot een hoop stenen die werd tegengehouden door een vangrail zodat ze niet voor hun wielen zouden rollen. Hij vroeg zich af of de kerk was gebouwd voor de arbeiders om te bidden om verlossing van hun lijden, of voor hun opzieners om voor vergiffenis te bidden.

Teig keek even naar de achterbank. De somberheid van buiten de ramen leek het busje te hebben geïnfiltreerd, de schaduwen leken nog donkerder te zijn geworden. Alleen de sjaal van de gids lichtte op in die duisternis.

'Denk je dat ze rouwdiensten hielden voor de arbeiders die op de weg omkwamen?'

Kaskils ogen glansden in het donker. Glinsterden. 'De gevangenen zouden hun doden wel hebben herdacht. Er zouden op zijn minst gebeden zijn uitgesproken, herdenkingen gehouden.'

Hij klonk eerder hoopvol dan zeker, alsof hij weigerde zich voor te stellen dat het anders zou zijn.

Prentiss boog zich naar het glas en tuurde omlaag naar de weg onder hun wielen. Het busje slingerde een beetje, waarna hij het stuur wat steviger vastgreep en weer rechtdoor reed.

'Ik vind het vreselijk om te bedenken dat al die mensen zomaar onder de weg zijn geploegd,' zei de grote man. 'Het is niet bepaald gewijde grond.'

Teig onderdrukte de neiging om met zijn ogen te rollen. Prentiss had dankzij een religieuze opvoeding een bijgelovige trek die niet vaak tot uitdrukking kwam. Hoe verschrikkelijk deze plek ook mocht zijn, Teig maakte zich geen zorgen over de vraag of de doden wel in gewijde grond waren begraven. Hij had genoeg plekken bezocht waar het spookte om te weten dat hij hier geen geestverschijningen hoefde te verwachten. De levens van diegenen die hier waren gestorven waren al afschuwelijk genoeg zonder dat je het hiernamaals er nog aan toevoegde. Maar het zou fantastische griezeltelevisie opleveren.

'Nou, eigenlijk is een deel van de weg wel degelijk gezegend,' zei Kaskil. 'Als je de verhalen mag geloven.'

Teig spitste zijn oren. 'Wat voor verhalen?'

Kaskil, die achterin nog steeds grotendeels in schaduwen was gehuld, keek uit het raam. 'Je hebt toch zeker wel wát onderzoek gedaan voordat je hierheen kwam? Er doen altijd wel spookverhalen de ronde, maar Loedmilla's geest is de afgelopen jaren heel populair. Ze zwerft langs de weg, spreekt gebeden uit voor de doden, in de hoop dat zulke zegeningen hun ziel ertoe aanzetten om rust te vinden. Volgens mij moet je absoluut een aflevering van je programma wijden aan Loedmilla.'

Ondanks de hete lucht die uit de verwarmingsopeningen blies, huiverde Teig. Hij geloofde er niet in, maar hij wilde het wel. Dat vonkje in hem, de hoop dat hij op een dag Olivia weer zou zien, brandde nog steeds in hem. Hij zag Prentiss verstijven achter het stuur, en Teig kon niet ontkennen dat hij het kouder had gekregen, dat de haartjes in zijn nek overeind stonden.

'Bedoel je dat je dit verhaal gelooft? Geloof jíj in deze geest?'

Kaskil leunde naar voren. De lichtjes van het dashboard wierpen een blauwe gloed op zijn gezicht toen hij glimlachte. 'Of ik in haar geloof? Ik heb haar gezien, mijn vriend. En het zou me niet verbazen als u haar ook ziet.'

3

Teig had gehoopt een dutje te kunnen doen zodra Prentiss het stuur had overgenomen, maar het feit dat Kaskil op de achterbank zat sloeg die hoop de bodem in. Vertellen over hun reis hoorde bij de taak van een gids, maar Kaskil sprak niet alleen over de cultuur van Jakoetië.

Tot dusverre had hij hen getrakteerd op verhalen over zijn vaders flatulentieprobleem, zijn oma's obsessie voor Japanse samoeraifilms en de zelfmoord van zijn celgenoot in de gevangenis. Dat alles verbleekte echter bij de avonturen van Kaskils zwager, Aldyn. Aldyn, de echtgenoot van zijn oudere zus Tujaara, ging elke dag van huis om voor te wenden dat hij naar zijn werk ging, maar ging in plaats daarvan naar een huisje net buiten het stadje om naar bed te gaan met een oude vrouw die voor het genoegen betaalde. De hele familie wist het – sterker nog, het hele stadje wist het – maar hij bracht geld in het laatje en leverde zijn bijdrage aan het huishouden, dus niemand zei iets. De weduwe had drie echtgenoten overleefd, waarbij zij ervan werd verdacht twee van hen te hebben vermoord, maar Kaskil dacht dat zolang zijn zwager niet getrouwd was met de vrolijke weduwe, hij veilig was.

Zijn moeder was meer dan tien jaar geleden overleden bij een ongeluk waarbij een sneeuwscooter en een Siberische ree betrokken waren. Teig zou hebben gedacht dat dit een fictief verhaal was als hij niet de oprechte pijn in Kaskils ogen had gezien terwijl hij het verhaal vertelde. Hij wist dat het lachwekkend klonk, hij lachte er zelfs bij toen hij het vertelde, maar de pijn schemerde erdoorheen. In de nasleep van zijn moeders dood had hij een hechtere band gekregen met zijn zus. Tujaara en Aldyn hadden een dochtertje van negen dat Kaskil zijn 'zonnestraaltje' noemde. Hij zei het eerst in het Jakoets en vervolgens in het Engels, maar Teig probeerde het niet in de plaatselijke taal. Hij wist dat hij er hopeloos slecht in zou zijn.

Kaskil richtte zich met dit associatieve gewauwel tot Teig alsof Prentiss onzichtbaar was en het busje zichzelf bestuurde. De grote Engelsman hield zijn handen op het stuur en zijn ogen op wat voor een weg door moest gaan. Af en toe zuchtte hij, maar hij zei niets, dankbaar dat hij niet het beoogde publiek was.

Teigs schedel gonsde en zijn nek deed pijn van het gehobbel op de weg. Hij kon maar niet beslissen of hij Kaskil wel amusant vond of zo irritant dat hij hem wilde vermoorden, maar Prentiss' geduld raakte eerder op dan dat van Teig.

'Ik moet pissen,' gromde hij, met een blik op Kaskil op de achterbank. 'Kan ik dat ergens doen zonder dat mijn ballen in ijs veranderen?'

Kaskil wees naar Prentiss. 'Daar heb ik aan gedacht. Nog een kwartier en dan zie je lichten aan je linkerkant.'

'Een stadje?' vroeg Teig.

'Ik zou Olonkho's geen stadje noemen. Zelfs niet naar Kolymamaatstaven. Maar je zult er een toilet vinden. En een café, als je zin hebt in een hamburger of een wodka.'

Teig had zin in allebei.

Prentiss keek om naar Kaskil. 'Uitstekend. Goed dan, je lijkt me best een geschikte vent, maar zou je me een plezier willen doen en je kop willen houden tot we daar aankomen?

Ik hou wel van een beetje stilte.'

Teig wierp van opzij een blik op zijn cameraman. Waar was Prentiss verdomme mee bezig? Hij had de tatoeage van een spin op Kaskils hals misschien niet gezien, maar had hij hem net niet horen praten over zijn celgenoot in de gevangenis? Ondanks de zweem van onvoorspelbaarheid die rond de gids hing, had Teig besloten dat hij hem mocht, maar ze kenden Kaskil niet goed genoeg om hem te irriteren.

Op de achterbank stak de gids allebei zijn handen op ten teken van overgave. 'Ik hou mijn mond al.'

Ze rolden voort door het vreemde grijze daglicht. De stilte werd alleen verbroken door de motor en door de wielen die over de weg hobbelden. Op een heuvel, in de diepere schaduwen voorbij de bomenrij, zag hij een aantal donkere gestalten laag bij de grond rennen alsof ze probeerden hen bij te houden. *Wolven*, dacht hij, terwijl hij keek hoe ze tussen de bomen door schoten, sterk en soepel en zonder een geluid te maken. Hij huiverde bij de gedachte dat de wolven misschien wel een roofzuchtige blik op passerende voertuigen wierpen, maar toen zag hij vijftig meter voor zich een eland uit de bomenrij tevoorschijn schieten.

Prentiss vloekte en trapte op de rem terwijl de eland met grote sprongen door een halve meter sneeuw banjerde, de berm over sprong en de weg over snelde. De banden slipten, maar niet zo erg. De profielen kregen grip op de weg, het busje kwam stuiterend tot stilstand, en ze bleven zwijgend vol ontzag toekijken hoe de wolven langs stroomden om achter de eland aan te gaan.

De eland bereikte de bomen aan de andere kant van de weg, maar zijn voorsprong was gehalveerd. Hij zou niet aan zijn achtervolgers ontsnappen, en Teig voelde het in zijn borst. Het waren natuurlijk wilde dieren en dit was gewoon de natuur, maar de eland kon nergens heen.

'Aha, we zijn er,' zei Prentiss. 'Goddank. Ik sta op springen.'

Aan de linkerkant kwamen ze bij een smalle, geveegde weg. Hij boog weg van de Kolyma-snelweg, tussen de bomen door en vervolgens een lage heuvel op, waar een handjevol lichten lonkten.

Kaskils aarzeling om het een stadje te noemen bleek terecht. Het gehucht, dat weinig meer was dan een chauffeurscafé, had geen naam, dus noemden de plaatselijke bewoners het naar het café: Olonkho's. Er schenen tl-balken achter de ramen, maar er waren nog een stuk of tien gebouwen naast het café, waaronder een grote lelijke parkeergarage en kleinere gebouwen die misschien woningen of bedrijfjes waren. Het belangrijkste gebouw behalve het café was een soort autogarage met één benzinepomp buiten.

'Moeten we onze tank bijvullen?' vroeg Prentiss.

Hij keek naar Kaskil, die glimlachte en zijn handen omhoogstak zoals hij daarnet ook had gedaan, en vervolgens verderging met praten alsof hij nooit opgehouden was.

'Het volgende tankstation is pas weer over honderdvijftig kilometer, dus het kan zeker geen kwaad. Als je de tank hebt gevuld, kun je parkeren in de garage. Die is niet echt verwarmd, maar het is er niet zo koud als hierbuiten. Dan hoef je de motor niet te laten lopen om hem later weer te kunnen starten.'

Prentiss liet hen uitstappen en reed weg om te gaan tanken. De kou trof Teig hard. In het busje, zittend op de bijrijdersstoel, was die als een permanente zeurende pijn in zijn botten getrokken, maar nu hij weer de auto uit was gestapt leek de warmte in het busje een tropische herinnering. Zijn adem vormde een pluim voor zijn gezicht en hij gebruikte zijn in dikke handschoenen gestoken handen om zijn sjaal over zijn mond en neus te trekken. Hij herinnerde zich zijn eerdere plechtige belofte om zijn balaclava aan te trekken, maar ze hoefden alleen van het busje naar het café te lopen. Ondanks de kou glimlachte hij achter zijn sjaal.

Een hamburger en een shot wodka leken hem precies het juiste medicijn voor wat hem mankeerde.

'Ik kan niet geloven dat je hier woont,' zei hij, hardop denkend.

Kaskil lachte. 'Dat zeggen al mijn cliënten. Ze beseffen waarschijnlijk niet wat een belediging dat is.'

Teig knipperde met zijn ogen, geraakt door wat Kaskil zei en door hoe terecht dat was. 'Het spijt me. Je hebt gelijk,' zei hij huiverend. 'Ik kan me gewoon onmogelijk voorstellen dat dit een normaal leven kan zijn.'

'Meneer Teigland,' zei Kaskil, alsof hij een klein kind de les las, 'u zou geen televisieprogramma over ons willen maken als we een leven leidden dat u als normaal beschouwt.'

Ze haastten zich naar het café. Nu het motorgeluid van het busje in de garage was verdwenen, kon Teig het kraken van de schuivende sneeuw horen, alsof er iemand op drijfhout klopte. Daarbovenuit hoorde hij gezang. Muziek van binnen in het café, nam hij aan, tot hij Kaskil zijn dikke handschoenen tegen elkaar hoorde klappen en langs het café keek naar een besneeuwd veld waar vier mannen in bontparka's een klassiek dansnummer uitvoerden, als een soort Jakoetische boyband. Er klonk muziek, die uit iemands telefoon of speakers kwam. Een van hen droeg een felgroene jas en een dikke broek van bont. De anderen zagen er allemaal uit als jagers, maar ze dansten perfect synchroon terwijl een vijfde persoon, misschien een jonge vrouw gezien haar lange zwarte haar, haar telefoon gebruikte om hun dansnummer te filmen. De muziek kwam hem bekend voor, een of andere recente pophit, maar de tekst was niet in het Engels.

'Wat zijn zij in godsnaam aan het doen?'

'Een muziekvideo maken,' zei Kaskil.

'Straks vriezen ze nog dood.'

Kaskil keek hem aan met een blik die leek op medelijden. 'Ze hebben lol. Dacht je dat we allemaal waren zoals mijn oma?'

De gids duwde de deur open en verdween zonder nog een woord het café in, en liet Teig achter met het gevoel dat hij zich alweer als een eikel had gedragen. Als hij een programma wilde maken over het leven langs de Kolyma-snelweg, moest hij wel zijn best gaan doen om de mensen die hier woonden niet tegen zich in het harnas te jagen.

Maar eerst had hij een borrel nodig.

Hij volgde Kaskil het café in. Toen hij de fleurige aankleding en de lachende gezichten binnen zag, was hij niet verbaasd meer. Voor hem leek het alsof deze mensen in een akelige, bevroren hel woonden.

Voor hen… was het gewoon thuis.

De eigenaar – een grote sjofele vent die Timir heette – stond achter de groezelige houten toog te kijken naar de warmte en de vrolijkheid binnen het kleine koninkrijk dat hij voor zichzelf had geschapen. De man straalde een gevoel van trots uit, dacht Teig, voordat hij besefte dat de glinstering in Timirs ogen eerder gewoon op tevredenheid leek. Zijn wangen en voorhoofd zaten vol plooien in plaats van rimpels, als leer dat was geweekt en vervolgens in het donker te drogen was gelegd.

'Ik schaam me een beetje,' zei Teig tegen hem terwijl hij de laatste slok opdronk van het biertje dat hij had besteld.

'Dat kan ik me wel voorstellen,' beaamde Timir met een oprechte knik.

Teig lachte zacht. Niet alleen de taal en de gewoonten hier waren vreemd voor hem, maar ook de manier waarop de mensen dachten. Als hij in de VS of het VK ongemak of schaamte zou hebben geuit over het feit dat hij maar een paar woorden in de plaatselijke taal kende terwijl zo veel plaatselijke bewoners ten minste een beetje Engels spraken, zou de reactie zijn geweest om hem ermee weg te laten komen. *Ach, dat geeft niks. Niemand kan alles leren. Het Amerikaanse onderwijssysteem, hè.* Amerikanen of Britten zouden smoesjes voor hem hebben verzonnen of hem hebben laten weten dat ze niets van hem verwachtten. Maar in Jakoetië waren ze het met hem eens dat hij zich moest schamen.

Timir pakte zijn bierglas en begon het te vullen bij de tap, waarbij hij het zorgvuldig schuin hield zodat het schuim niet over de rand kwam. Zodra Teig en Kaskil het café binnen waren gekomen, had Teig het warmer gekregen. Van de geur van vlees op de grill, van specerijen in een pan, voelde hij zich meteen beter, zodat hij geen wodka meer hoefde. Wat er ook zo heerlijk rook op de grill, hij had er een biertje bij gewild. Maar hij was niet van plan geweest er nog een te nemen.

Niet dat hij het afsloeg.

De geur van de grill bleek van een rendierburger te zijn, zelf gemalen en gemixt met fijngesneden restjes spek, en hij had er een besteld puur op basis van hoe het aroma hem het water in de mond deed lopen. Timir serveerde hem onder een laag gesmolten cheddarkaas die was gemaakt in Sizaja, een verafgelegen dorp in Siberië, en met een geïmporteerde truffelaioli. Teig kon wel zien dat de man niet over zichzelf wilde praten, maar het leek duidelijk dat hij net zo lang zou vertellen over zijn etenswaren of over de wodka die zijn broer maakte als een klant hem zou toestaan.

Teig nam nog een hap van zijn burger en genoot van de smaken op zijn tong. Met elke hap werden de veronderstellingen die hij had gehad toen hij zijn reis langs de Kolyma-snelweg plande verder uitgewist. Guy Fieri zou deze plek geweldig hebben gevonden, dacht hij. Afgelegen, bijna een verloren wereld, alleen maar te ontdekken als je over de Weg des doods reisde en niet bij het vorige tankstation je tank had volgegooid, of als je heel nodig naar de wc moest. En toch was het heel goed mogelijk dat dit de beste hamburger was die hij ooit had geproefd.

Rendier. Het kind in hem kromp ineen bij de gedachte. Maar het smaakte zo verdomd lekker.

Timir zette zijn bierglas op de bar. Teig slikte de volgende hap burger door en maakte een gebaar van dankbaarheid.

'Je zegt dat je hier tv wilt gaan maken,' zei Timir. Ze hadden het er al over gehad dat Teig een aflevering zou maken over het café. 'Dat is ergens best grappig.'

'Grappig?' vroeg Teig.

De eigenaar grijnsde. 'Er komen hier soms Amerikanen. Altijd verbaasd, Amerikanen, als ik Engels met ze spreek. Ik weet dat ze denken dat de hele wereld Engels leert omdat we jullie land bewonderen, of omdat we er willen wonen of zoiets stoms.' Hij snoof een beetje en schudde zijn hoofd heen en weer. 'Natuurlijk denken jullie dat. Maar de meeste van die mensen, die willen niet in Amerika wonen. Ze leren Engels van de films, of van tv-programma's. Jullie maken zo veel geweldige films. Ik heb het meeste van mijn Engels geleerd door naar *Baywatch* te kijken. Kent u *Baywatch*? David Hasselhoff?'

Teig nam een slok bier en verslikte zich er bijna in. 'Ja,' zei hij lachend. 'Ik ken *Baywatch* wel. Ik hoop dat jullie betere Amerikaanse tv hebben dan dat.'

'Natuurlijk. Mijn favoriet is *Breaking Bad*. Mijn vrouw houdt van de *Real Housewives*. Dat zou u moeten doen, meneer. *Real Housewives of Yakutia.*'

Teig pakte zijn hamburger op. 'Er zijn wel vreemdere dingen gebeurd.'

'Vreemdere dingen? O ja, *Stranger Things*. Die vind ik ook goed.'

Timir werd weggeroepen door iemand verderop aan de bar en hij liep weg om die man te bedienen, terwijl hij iets in het Jakoets riep. Teig bleef achter om na te denken over wat de café-eigenaar had gezegd. Miljoenen mensen over de hele wereld leerden Engels spreken als tweede, derde of zesde taal, en nog vloeiend ook. Hij had altijd gedacht dat ze jaloers waren op zijn land, dat ze er misschien wilden wonen, maar nu vroeg hij zich af of ze niet gewoon van films en tv-programma's in het Engels hielden. En misschien, heel misschien, leerden ze Engels omdat de meeste Engelssprekenden te lui of te arrogant waren om andere talen goed te leren spreken.

Als Jakoetië een bloeiende televisie-industrie had gehad, had hij misschien wel al wat van de plaatselijke taal geleerd, dacht Teig, volgens de logica van Timir tenminste. *Jezus, wat zijn we toch een eikels eigenlijk*, dacht hij. *Maar we maken tenminste wel goeie amusementsprogramma's.*

Hij grinnikte om zijn eigen kortzichtigheid en nam nog een hap van zijn burger.

Hij hoorde een grom achter zijn linkerschouder en toen liet Prentiss zich op de kruk zakken, met een blik van openlijk verlangen naar de half-opgegeten rendierburger in Teigs handen.

'Zeg me alsjeblieft dat je er zo een voor me hebt besteld.'

'Ik denk wel aan je, vriend. Kan elk moment klaar zijn.'

'Waar is onze gids naartoe?'

Teig gebaarde naar achter in het café, waar Kaskil geanimeerd aan het praten was met allerlei mensen. Het zou gemakkelijk zijn geweest om aan te nemen dat het oude vrienden waren, te oordelen naar de manier waarop Kaskil hen aansprak, maar de jonge man had een bepaalde manier van doen waardoor Teig besefte dat het best mogelijk was dat ze tot een kwartiertje geleden nog volslagen vreemden voor elkaar waren geweest.

'Man, wat kan dat joch praten,' mopperde Prentiss.

Timir schoof een bord de toog op en Prentiss keek ernaar met het wantrouwen van een buitenlander.

'Toe maar. Eet je burger,' zei Teig tegen hem. 'Het zal je leven veranderen.'

Prentiss pakte de burger en nam een hap. Hij liet een kreun van genot horen en Teig zag alle spanning uit de schouders van zijn vriend wegtrekken.

'Ik zal de rest van mijn leven op zoek blijven naar een rendierburger die zich met deze kan meten,' zei Teig.

Prentiss gromde instemmend om zijn tweede mondvol heen. Ze hadden allebei behoefte aan deze pauze gehad, vooral ook omdat het de laatste zou zijn voordat ze Kaskils geboortestad zouden bereiken en het weer daar moesten trotseren. Teig kon zich niet voorstellen dat het ergens nog kouder was dan waar ze op dit moment waren, maar ze zouden het binnenkort gaan ervaren.

Teig keek naar het vuur dat loeide in de haard in de hoek van het café en voelde hoe de warmte van het eten, het bier, het vuur en het geluid van de vrolijke stemmen zich door hem heen verspreidde, en hij vroeg zich af of het niet beter zou zijn geweest om buiten in de kou te blijven. Hoe langer ze binnen bleven, hoe minder hij ernaar uitkeek om weer in het busje te stappen. Misschien was dat het geheim van hoe je een leven voor jezelf opbouwde, hier in de verste uithoek van niemandsland. Als je je wilde aanpassen aan de kou moest je je door het ergste ervan heen slaan, leren dat te overleven.

Laat het binnen, dacht hij. Het idee rolde zich op in zijn hoofd en nestelde zich daar, een mogelijk thema voor zijn tv-project. Je kon de kou niet verslaan en ze zou nooit je vriend worden, maar misschien kon je haar in je botten toelaten zonder terug te vechten, als je het idee dat je weer warm moest worden vergat, als je het ijs accepteerde tot het deel van je uitmaakte. Wees vrolijk zoals deze mensen, werk hard, lach veel, wees relaxed, want hoewel de kou je zou kunnen doden, heeft ze dat nog niet gedaan. In plaats daarvan heeft ze je gegeven wat je nodig had om te leven.

Teig nam de twee laatste happen van zijn burger snel na elkaar en veegde toen met een ruwe servet het sap van zijn lippen. Hij spoelde het weg met een grote slok bier, tevreden over zichzelf. Deze reis was de juiste beslissing geweest. Dat voelde hij nu wel. Hij had ontzettend hard een hit nodig, en hij voelde een sprankje hoop. Nee, wel meer dan hoop. Hij was ervan overtuigd dat hij de hit die hij nodig had op de Kolyma-snelweg zou vinden. Er vielen hier lessen te leren. Het programma zou niet alleen over de plaatselijke bewoners en hun manier van leven gaan, maar ook over de filosofie van wat het betekende om mens te zijn. *Wat wij mensen werkelijk nodig hebben om gelukkig te zijn.*

Een uitbarsting van gelach klonk in het café. Teig keek om zich heen om de bron ervan te vinden en zag hoe twee vrouwen elkaar omhelsden. Een ervan was de serveerster die hij al eerder had gezien, die afgezien van de eigenaar de enige werknemer van het café was. Hij nam aan dat dat Timirs vrouw moest zijn, van wie hij had gezegd dat ze Sajaara heette. De andere vrouw droeg kniehoge sneeuwlaarzen en een bontmuts met een kleurrijke traditionele band erin verwerkt. Lokken haar die donkerrood als zwarte kersen waren geverfd, waren losgeraakt van onder de muts en vielen over haar ogen. Toen ze zich losmaakte uit de omhelzing, stopte ze haar losse haar weer onder haar muts en trok toen een bontjas aan die haar eruit deed zien als een yeti. Ze bleef kletsen met Sajaara terwijl ze hem dichtknoopte. Haar glimlach verdween abrupt, misschien vanwege iets wat haar vriendin had gezegd, en ze stak haar hand uit om die van de andere vrouw te pakken met iets wat op dankbaarheid leek.

En toen vertrok ze, op weg naar de deur.

'Ik zal nooit meer op dezelfde manier naar Rudolph kijken,' zei Prentiss.

Teig lachte en keek even naar hem. Toen hij weer naar de deur keek, was de vrouw al vertrokken. Een ijzig koude windvlaag blies door het café, maar hij had het gevoel alsof hij de enige was die het opmerkte. Alle anderen leefden er gewoon mee. Dit was Siberië.

'Ik moet er niet aan denken om weer naar buiten te gaan,' ging Prentiss verder en hij nam nog een hap van zijn rendierburger.

'Ik ook niet. Maar we kunnen hier niet slapen vannacht,' antwoordde Teig.

'Nou, welke slaapgelegenheid onze gids ook voor ons heeft geregeld, ik hoop maar dat we er als we wakker worden niet uitzien als Jack Nicholson aan het eind van *The Shining*.'

Teig pakte zijn glas bier op, maar zette het weer neer. Hij had besloten dat hij genoeg had gehad. 'Ik heb zo mijn twijfels over ons logeeradres, maar ik verwacht niet dat we dood zullen vriezen.'

'Op de een of andere manier klinkt dat niet geruststellend.'

Teig trok de manchetten van de verschillende lagen overhemden en truien die hij droeg recht. 'We hebben de juiste uitrusting voor het terrein en het weer. Het lukt ons wel. Ik wil er gewoon naartoe.'

'Oké. Ga maar pissen. Ga onze jonge vriend Kaskil halen. Tegen die tijd ben ik er klaar voor om verder te gaan.'

De deur zwaaide weer open, maar nu slechts zo'n halve meter. Er blies een ijskoude lucht het café in, maar er kwam niemand binnen.

Na een ogenblik stond een man op van de dichtstbijzijnde tafel en duwde de deur dicht, waarbij hij ervoor zorgde dat de klink deze keer in het slot viel.

'Hé, Prentiss,' zei Teig zacht. 'Dank je wel, man. Dat je met me mee bent gegaan. Dat je me vertrouwt.'

Prentiss veegde zijn mond af met een servet en keek Teig een beetje twijfelend aan. Hij slikte een hap burger door. 'Je weet dat we vrienden zijn, Teig...'

'Ik heb altijd...'

'Wacht even,' zei Prentiss scherp, en hij stak een hand op. 'Laat me uitpraten. We zijn vrienden. Ik weet dat je het goed bedoelt, ook al vertrouw ik niet alles wat je zegt, en ik ben er echt van overtuigd dat je intelligent bent en talent hebt. Maar ik ben hier omdat ik een heleboel tijd in jouw avonturen heb geïnvesteerd en die leveren niet altijd geld op. Je bent me heel wat kleingeld verschuldigd. Dus ja, ik wil je helpen dit te laten slagen, maar niet voor jou. Voor mij. Als jij slaagt, slaag ik.'

Teig knikte. 'Een opkomend tij tilt alle boten op.'

'En dat tij kan maar beter als de sodemieter opkomen.'

'Dat zal het, Prentiss. Ik weet dat het gaat gebeuren. Je zult krijgen wat ik je schuldig ben.'

Het beetje zon dat er in december in Siberië was, was weggeglipt terwijl ze in het café zaten te eten. De klok gaf 15.27 uur aan en de Bottenweg was pikzwart geworden. Er hing een sikkeltje van een maan spookachtig achter een dunne sluier van wolken, maar die gaf genoeg licht om de sneeuw aan weerskanten van de weg te laten oplichten.

Teig zat achter het stuur, dankbaar voor de rendierburger die hem vanbinnen verwarmde, maar hij wilde dat hij een kop thee of koffie had genomen in plaats van bier. Door de kou en het gedreun van de banden op de weg en dan ook nog het bier voelde hij zich slaperig, maar hij keek wel uit om Prentiss te vragen of die het stuur weer wilde overnemen. Ze waren nog geen kwartier geleden weer op weg gegaan en hij wilde zijn aandeel leveren.

Hij greep het stuur steviger vast en ging rechter zitten. Zijn gedachten gingen weer naar het café en de mensen die hij daar had gezien, van Timir tot de jonge mannen die hun filmpje aan het maken waren op de parkeerplaats. Er kwam een beeld zijn hoofd binnenzwemmen van de vrouw met het zwartekersenhaar en de kleurrijke bontlaarzen. Hij wist niet zeker waar ze woonde, maar als ze uit een van de dorpen langs de snelweg kwam, de meeste ervan nauwelijks gehuchten, dan vroeg hij zich af wat haar vooruitzichten op romantiek waren. Ze was op haar eigen manier mooi geweest, niet het soort verbluffend mooie vrouw dat mannen deed verongelukken met hun fiets of auto door alleen al langs te lopen – zoals hij ooit eens met eigen ogen had gezien – maar absoluut aantrekkelijk. En dat zwartekersenhaar wees erop dat ze om haar uiterlijk gaf, al was het alleen maar voor zichzelf.

'Kaskil,' zei Teig, en hij keek in de achteruitkijkspiegel. 'Heb je een vriendin?'

'Toen ik jonger was wel.' Zijn glimlach bleef, maar iets in zijn ogen maakte die droevig. 'Ze had een tante die in Japan woonde. In de zomer waarin ze negentien werd ging ze op bezoek bij die tante en toen is ze nooit meer thuisgekomen. Nu studeert ze aan de universiteit van Osaka. Ik mis haar, maar ik ken een heleboel mensen van mijn leeftijd die geen vriendin of vriend hebben.'

'Hoe komt dat?' vroeg Prentiss.

Op de achterbank haalde Kaskil zijn schouders op. Onder de lagen kleding en zijn jas maakte de beweging een ruisend geluid.

‘We groeien samen op, begrijpt u? Je speelt en vecht met elkaar tot je je broer en zus voelt, en dan begin je elkaar op een dag op te merken en is het soms te laat. Te vreemd om te overwegen met die persoon naar bed te gaan. Het probleem is dat we niet met veel zijn, dus is er… hoe zeg je dat? Niet veel keus. En als je niet bent opgegroeid met het hoeden van rendieren of wonen op een plek als deze, is er niet veel om iemand te overtuigen zich hier permanent te vestigen.’

‘Maar jouw werk biedt je tenminste nog de kans om mensen uit allerlei delen van de wereld te ontmoeten,’ zei Prentiss. ‘Misschien kom je wel een leuk iemand tegen uit de Cariben en kom je uiteindelijk ergens op een tropisch eiland te wonen.’

Kaskil lachte. ‘Ik ontmoet wel vrouwen in dit werk, ja. Maar geen vrouwen die een romantisch avontuurtje willen met een rendierhoeder of een man die in de gevangenis heeft gezeten. Maar maakt u zich geen zorgen, ik hoef niet op een tropisch eiland te wonen.’

Teig keek uit zijn raampje naar de vreemde steigerconstructie van kale bomen afgetekend tegen de sneeuw, en de witte bergen in de verte. ‘Thuis is denk ik gewoon altijd wat als thuis voelt. Ik ben pas een dag en een nacht in dit deel van de wereld, en ik weet nu al dat ik een week in de tropen nodig zal hebben om wat warmte in mijn botten terug te krijgen.’

‘En u, meneer Teigland?’ vroeg Kaskil. ‘Een vriendin? Een vrouw misschien wel?’

Teig schudde zijn hoofd en focuste weer op de weg voor hen. ‘Ik blijf nauwelijks lang genoeg op één plek voor een tweede date met iemand. Vraag meneer Prentiss maar naar zijn liefdesleven.’

Kaskil begon het te vragen, maar Prentiss priemde met een uitgestrekte vinger naar de jonge man. ‘Waag het niet. Ik heb drie echtgenotes gehad. Hij vindt het gewoon leuk om me op te naaien.’

Teig lachte en keek in de achteruitkijkspiegel. 'Twee ervan waren knap.'

'En de derde?' vroeg Kaskil.

Prentiss zuchtte en stompte toen tegen Teigs arm. 'Eikel.'

Teig week uit, een klein beetje. De banden maakten een rammelend geluid maar slipten niet. 'Klootzak,' zei hij, wrijvend over zijn bovenarm. 'Straks botsen we weer ergens tegenop als je zo doorgaat.'

'Als ík zo doorga?' zei Prentiss, maar hij nam niet de moeite om Teig eraan te herinneren wie er eerder vandaag achter het stuur in slaap was gesukkeld.

'Toe dan, Prentiss,' zei Teig. 'Onze gids vroeg je iets.'

Zelfs Kaskil had nu een glimlach op zijn gezicht.

Prentiss gniffelde, en hij lachte om zichzelf. 'Mijn derde vrouw. Zij is ook mooi, alleen iets meer een plattelandsmeisje dan de eerste twee. Ruthie hield van me zoals niemand ooit heeft gedaan, en ik geloof dat je wel kunt stellen dat ik me, toen ik haar leerde kennen, realiseerde dat ik daarvóór nooit echt had begrepen wat mensen bedoelden met "verliefd zijn". Ze is superintelligent en grappig, ze weet wat ze wil en ze gaat ervoor.'

Nu boog Kaskil naar voren. 'Waren jullie allebei zo verliefd? Waarom is ze dan uw ex?'

Prentiss keek weemoedig. 'Ze hield meer van een andere man dan van mij.'

'Ach, nee. Dat vind ik heel erg voor u.' Kaskil keek terneergeslagen.

'Dat hoeft niet, joh,' gromde Prentiss. 'Als Jezus iemand eenmaal echt aan de haak slaat, valt er niet met hem te concurreren.'

Teig lachte zacht en keek hoe de koplampen de weg verkenden alsof de duisternis voor hen wegvluchtte. 'Ze houdt nog steeds van je, man.'

'Daarom vroeg ze de kerk ook om het huwelijk nietig te verklaren,' zei Prentiss.

Teig hoorde een geluidje op de achterbank, een zacht 'O' toen het tot Kaskil doordrong waar Prentiss het in vredesnaam over had. Prentiss was eerst nogal bot geweest tegen de jonge man, maar nu begonnen ze met zijn drieën een beetje op elkaar ingespeeld te raken. Ze hadden een verhaal gedeeld en samen gelachen, en dat was ook Teigs bedoeling geweest. Prentiss kon enigszins afstandelijk zijn tegenover nieuwe mensen en het hielp om het ijs te breken. Zijn vrouw Ruthie was er heel goed in geweest om hem geduldig bij sociale bijeenkomsten en gesprekken met bekenden te betrekken. Ze was er zelfs af en toe in geslaagd hem zover te krijgen dat hij over koetjes en kalfjes praatte, maar Prentiss en Ruthie waren nu verleden tijd. Daar had God voor gezorgd. En dat betekende dat het aan Teig was om Prentiss eraan te herinneren dat hij niet dood zou gaan als hij af en toe wat vriendelijker was. Hierbuiten in de kou was het niet alleen fijn om een vriend te hebben, het voelde als een noodzaak.

Teig zou absoluut niet in zijn eentje op deze weg willen zijn.

Voor geen goud.

4

Ze reden ruim een uur zonder ook maar één ander voertuig te zien. De duisternis viel zo vroeg dat de tijd leek te vervagen, alsof de avond hun tegemoet was gekomen. Tegen de tijd dat de klok op het dashboard richting etenstijd tikte, voelde het voor Prentiss alsof de hele wereld al naar bed was gegaan en alleen slaapwandelaars en zondaars nog op waren. Zelfs Kaskil gaf zich over aan het slaapliedje van de motor en de wielen op de weg; eerst werd hij stil en vervolgens sukkelde hij langzaam in slaap op de achterbank.

Prentiss keek over zijn schouder. 'Die jongen slaapt als een os daar achterin. Dat moet fijn zijn.'

'Denk je dat jij hier niet in slaap zou kunnen vallen, nu het helemaal stil is?' vroeg Teig.

Prentiss keek uit het raam zodat Teig hem niet met zijn ogen zou zien rollen. Hij had eerder al een uiltje geknapt en dat wist Teig, maar dit ging ergens anders over. *Ja, Felix*, wilde hij zeggen, *ik heb het je heus wel vergeven dat je achter het stuur in slaap bent gevallen.* Ook al was hij enthousiast en zo nu en dan briljant en had hij een oprecht goed hart, Teig kon buitengewoon irritant zijn. Prentiss beschouwde hem als een broer, hij was altijd bereid hem het voordeel van de twijfel te gunnen, maar Teig gaf zich soms over aan passief-agressief gedrag dat Prentiss dan weer frustrerend, dan weer amusant vond.

'Als je slaap krijgt, kan ik wel weer rijden,' opperde Prentiss.

'Nee, dat hoeft niet. Nog een uur of zo, denk ik,' zei Teig. 'En dan eten, koffie en een bed.'

'Mooi zo. Die weg schudt mijn schedel door elkaar,' zei Prentiss.

Waar ze ook naar op zoek waren hier in de wildernis, hij hoopte voor Teig – en voor zichzelf – dat ze het in godsnaam een keer vonden. Prentiss kon zich nog herinneren hoe ze elkaar hadden ontmoet, op de eerste dag dat ze promotiemateriaal filmden voor *Gold Salvage*, een van de projecten die Teig bij Discovery had opgezet maar waar de dag voordat de contracten zouden worden getekend de stekker uit was getrokken. De financiers hadden zich teruggetrokken omdat ze er niet van overtuigd waren dat er echt goud te vinden zou zijn in het Spaanse galjoen dat op de zeebodem van de Atlantische Oceaan lag, hoeveel 'bewijs' Teig ook voorlegde. Vijfduizend van de bijna achtduizend dollar die Teig Prentiss schuldig was, kwam van die opdracht. Ironisch genoeg was die schuld de reden geweest dat ze vrienden waren geworden. Teig bleef volhouden dat hij het geld zou vinden om Prentiss uiteindelijk terug te betalen, maar in de tussentijd zou hij meer werk voor hem vinden... en dat had hij ook gedaan. Het grootste deel ervan had geld opgeleverd, maar zo nu en dan kwam het beloofde geld er niet doorheen en liepen de projecten op niets uit.

Een aantal keren toen ze samen wat hadden gedronken en Prentiss de kracht van de band tussen hen voelde, had hij aangeboden om Teig zijn schuld kwijt te schelden, maar Teig wilde daar niets van weten. Zo zat Felix Teigland nu eenmaal in elkaar. Hij was bevlogen genoeg om iedereen om zich heen enthousiast te maken, vaak genoeg om hen voor niks te laten werken, of voor een betaling die op een toekomstige datum werd beloofd. Hij stelde mensen nooit met opzet teleur – het gebeurde gewoon. Een voor een kregen de mensen die hij had teleurgesteld genoeg van de niet-ingeloste schulden en de geschonden beloften, en verloor de charme van Teigs goedbedoelde enthousiasme zijn glans. Ze waren net zo kwaad op zichzelf als op Teig.

Prentiss begreep dat allemaal. Hij had zelf ook wel eens wekenlang niet met Teig gepraat, hem geblokkeerd op zijn telefoon en zijn e-mails ongelezen gewist. Maar dan miste hij zijn vriend en kwam hij toch weer bij hem terug, en hij vergoelijkte Teig op dezelfde manier als zijn ex-vrouw Ruthie.

'Dit wordt anders, man. Ik zweer het je,' had Teig gezegd toen hij Prentiss smeekte om met hem mee naar Siberië te gaan. Dezelfde belofte die hij al een stuk of vijf keer eerder had verbroken.

Maar wat de fuck, toch? Prentiss had het geld nodig, en de vriendschap, en hij voelde zich altijd beter als hij met Teig was, omdat er dan tenminste één persoon in zijn leven was die zijn zaken nog minder op orde had dan Prentiss zelf. Het scheelde ook wel dat Prentiss' meest recente opdracht niet was doorgegaan, hij weinig andere vrienden en geen kapitaal had, en dat zijn vrouw nu met Jezus was getrouwd. Siberië? Waarom in godsnaam niet? Het was nou niet zo dat hij ergens anders moest zijn.

Hij keek uit zijn raampje. 'Ik dacht dat ik zo-even iets tussen de bomen zag.'

'Wat bedoel je met "iets"?'

Prentiss lachte hol. 'Je gaat me voor gek verklaren.'

'Dat doe ik sowieso wel.' Teig wierp een blik op hem. 'Je weet dat er hier allerlei soorten wilde dieren zijn, hoe koud het ook is. Misschien was het een beer. Een rendier. Een eland.'

Prentiss bleef uit het raam turen. 'Zijn tijgers nachtdieren?'

Teig lachte. 'Wat bedoel je in hemelsnaam?'

'Zie je nou wel? Ik heb het je toch gezegd.'

'Een tijger? Denk je dat je een tijger zag?'

Secondelang bleef het stil.

'Ik wil wat muziek horen,' zei Prentiss, terwijl hij weer over zijn schouder naar de dommelende Kaskil keek. 'Maar ik wil die jongen niet wakker maken.'

'Het is nog niet eens zes uur. Maak hem maar wakker.'

'Dat is niet aardig. Blijkbaar ben ik de goede ouder hier,' zei Prentiss. Hij krabde aan zijn baard en stak toen zijn hand uit naar de volumeknop op het dashboard.

'Hij is onze zoon niet.'

Prentiss zette het volume hoog maar hoorde alleen ruis. Hij keek Teig aan met een gekwetste blik. 'Wat ben je toch een monster, dat je zo je verantwoordelijkheden tegenover onze dierbare jongen ontkent. Ik eis een vaderschapstest.'

'Hoe weet ik waar jouw camera nog meer geweest is?'

Ze lachten samen in stilte. Prentiss probeerde nog enige tijd een radiostation te vinden maar het was tevergeefs, en vervolgens probeerde hij zijn telefoon te synchroniseren met de bluetooth van het busje. Nu er geen ruis van de radio meer was, hoorde hij iets ritselen op de achterbank.

'Ik ben geen kind,' zei Kaskil. Hij sprak beleefd en afgemeten, maar er schemerde onmiskenbaar woede doorheen.

Prentiss verschoof zijn zware lichaam zijdelings op zijn stoel zodat hij Kaskil zijn volle aandacht kon geven. 'Hé man, het spijt me. Ik wilde je niet beledigen. Je bent duidelijk goed in je werk. Ik heb gewoon de neiging om iedereen van onder de dertig als een kind te beschouwen.'

Het licht van het dashboard wierp een masker van schaduw over Kaskils gezicht.

'Ik jaag. Ik help mijn gezin om te overleven. Ik zorg voor mijn nichtje wanneer haar ouders hun verantwoordelijkheid niet nemen,' zei de gids. 'Ik ben geen kind.'

'We bedoelden er niets mee,' verzekerde Teig hem. 'Het zal niet weer gebeuren.'

Kaskil ging weer achterover op zijn stoel zitten en deed zijn ogen dicht. 'En verder: ze zijn zeldzaam, maar er bestaat ook nog zoiets als een Siberische tijger.'

Prentiss wierp een blik op Teig en er ontstond een stilzwijgend besef tussen hen. Niet alleen kende Kaskil de regio op zijn duimpje, hij was ook onderdeel van de cultuur ervan, was hier geboren en getogen, en zijn overredingstalent zouden wel eens het verschil kunnen maken tussen locals ervan overtuigen om mee te werken aan een tv-serie of uit Siberië worden verjaagd. Ze hadden die jongen nodig.

Nee, niet 'die jongen'. Kaskil.

'Zie je wel dat ik een tijger zag,' zei Prentiss zacht.

Hij zette zijn muziek aan, een soort oldskool punk waarvan hij wist dat Teig die nauwelijks kon verdragen, maar het zorgde er wel voor dat het ongemakkelijke moment werd doorbroken. De muziek verdrong de duisternis een beetje, en tot zijn verrassing zag hij Teig meeknikken met de Buzzcocks. De wonderen waren de wereld nog niet uit.

Hij haalde net adem om zijn verbazing uit te spreken toen Teig op de rem trapte. Prentiss tuurde in de duisternis. Op de weg voor hen uit werd het licht van de koplampen van een rode SUV weerkaatst waarvan de voorkant voor de helft in een sneeuwbank zat. Er stond een vrouw midden op de weg met haar armen te zwaaien en Prentiss herkende haar onmiddellijk. Ze hadden haar in de bar zien zitten. Kleurrijke sneeuwlaarzen, een modieuze bontmuts en rood haar, zo donker dat het bijna zwart was.

'Zet hem aan de kant,' zei Kaskil. 'Snel, meneer Teigland. Stop de...'

'Hij stopt al, vriend,' mopperde Prentiss.

Kaskil gooide het achterportier voordat het busje schuddend tot stilstand was gekomen open en rende naar de vrouw toe. Hij legde een arm om haar heen, waarbij hij de SUV negeerde alsof die onzichtbaar was. Binnen enkele seconden had hij haar naar het portier geduwd dat hij open had laten staan en begon haar op de achterbank van het busje te proppen. Prentiss sprak de taal van deze twee niet, maar hij had geen enkele moeite om de dringende toon in Kaskils stem te interpreteren, en het was onmiskenbaar waarom de vrouw zo beefde terwijl ze over de zitting gleed. Ze maakte sissende ademstootjes en krulde zich zittend op in een foetushouding.

'Wat is er gebeurd?' vroeg Prentiss terwijl hij de vrouw onderzoekend aankeek. Hij kon alleen haar ogen zien, maar toen trok ze de sjaal van haar gezicht en hij zag dat haar huid bloedeloos asgrauw was geworden. 'In slaap gevallen achter het stuur?'

Kaskil trok met een ruk het portier dicht en negeerde hen terwijl hij met hun tot op het bot verkleumde passagier sprak. Prentiss had nog meer vragen. Was de auto kapot? Had ze hem de sneeuw in gereden? Konden ze geen kabels gebruiken om haar motor een kickstart te geven?

Uiteindelijk trok Kaskil de handschoenen van de vrouw uit en inspecteerde haar vingers op tekenen van bevriezing. Hij blies erop en bekeek ze nauwkeuriger, waarna hij de warmte weer in haar handen begon te wrijven.

'Gewoon motorpech,' zei hij ten slotte. 'Ze probeerde hem weer aan de praat te krijgen terwijl hij nog doorrolde en kwam toen in de sneeuw terecht. De motor doet het niet meer...'

'Maar we hebben kabels,' bracht Prentiss hem in herinnering.

Teig schudde zijn hoofd. 'Nee, man. Ze heeft hier al een tijdje gestaan. De brandstofleidingen zijn inmiddels bevroren.'

'Precies,' zei Kaskil. 'We kunnen iemand vragen om hem morgen naar een garage te slepen. Vanavond kunnen we niet meer doen dan haar naar Achoest brengen en ervoor zorgen dat ze warm blijft.'

Prentiss zag de vrouw in haar eigen handen blazen. Ze keek naar hem, staarde hem aan en knikte een somber dankjewel.

'Heeft ze ook een naam?' vroeg Teig.

'Haar naam is Narijaana,' antwoordde de vrouw. Ze duwde haar zwartekersenkleurige haar omhoog in haar muts en zuchtte. 'Zeg maar Nari. Engelsen hebben moeite met mijn naam. Dus Nari is beter.'

Prentiss knipperde verbaasd met zijn ogen. 'Je spreekt goed Engels.'

'Hij spreekt het beter,' zei ze terwijl ze naar Kaskil wees. Ze rommelde nog wat met een lok haar, trok in plaats daarvan haar muts maar af en gebaarde toen naar Teig. 'Maak het meer heet, alstublieft.'

'Heter,' zei Teig terwijl hij de verwarming hoger zette.

Prentiss betwijfelde of Nari in de stemming was voor een lesje grammatica, maar hij zei er verder niets over. 'Wat zou er zijn gebeurd als we niet langs waren gekomen? Ook al zat ze in haar auto, ze moest het toch ijskoud hebben.'

'Ja,' zei Kaskil instemmend. 'Ze zou doodgevroren zijn.'

Nari leek zich niet druk te maken om dit vooruitzicht. 'Ik heb mijn telefoon bij me, maar...' Ze maakte een wuivend gebaar in de lucht. 'Geen bereik.'

Prentiss staarde naar deze vrouw, die fonkelende, intelligente ogen had, en besefte dat ze haar leven hadden gered, gewoon door op dat moment langs te rijden. Nari leek niet van slag en niet onder de indruk, alsof doodgaan aan motorpech een risico op de weg was waar je je niet minder bezorgd om hoefde te maken dan een lekke band.

Aan een lekke band zou ze net zo goed zijn doodgegaan, dacht Prentiss.

'Ik ben blij dat ik kan helpen,' zei hij, gefascineerd door Nari en de manier waarop ze zich overgaf aan het gevaarlijke leven langs de Kolyma-snelweg.

Teig zette het busje in beweging en versnelde langzaam. Hij keek naar de rode SUV toen ze er voorbijkwamen. Prentiss was blij dat Teig voorzichtig reed. Hij realiseerde zich dat hij meer angst had voor autopech dan hij ooit in zijn leven had gehad. Altijd wanneer hij bang was of zich ongemakkelijk voelde, merkte hij dat de snelste manier om zichzelf te kalmeren was door op zijn camera te vertrouwen. Als hij wat foto's nam of een filmopname maakte, kon hij wat afstand tussen zichzelf en de buitenwereld scheppen, zichzelf wat perspectief geven.

Op de bestuurdersstoel mompelde Teig iets.

'Wat zeg je?'

'De titel, denk ik,' antwoordde Teig.

'Hoeveelste titel is dit al? Nummer zevenendertig?'

Teig knikte langzaam terwijl hij naar de weg die voor hen lag keek. 'Het kwam zomaar bij me op. Maar ik denk dat deze wel een blijvertje is. Ik wil het *Leven en dood op de Bottenweg* noemen.'

Prentiss keek weer naar de achterbank. 'Dat is eigenlijk een fucking geweldige titel.'

Hij keek naar zijn cameradisplay. Hij besloot Nari een tijdje te filmen, en gaf zichzelf op zijn kop dat hij haar gestrande auto niet had gefilmd. Hij hief zijn camera en richtte hem op de achterbank, maar Teig pakte hem bij zijn pols en duwde zachtjes zijn armen omlaag.

'Geef haar een beetje de ruimte.'

Prentiss staarde hem aan. 'Je weet toch nog wel waarom we hier zijn, hè?'

Teig hield zijn blik strak vooruit gericht. 'Ik heb jou meegenomen, dus ja, ik weet het nog. Betekent nog niet dat we ons als hufters moeten gedragen.'

Prentiss' wangen en nek begonnen te prikken van warmte. Hij werd altijd rood wanneer hij kwaad werd, en hij wist dat hij op dat moment vuurrood moest zijn.

Hij ging zachter praten en keek naar voren zodat de twee plaatselijke bewoners die op de achterbank zaten te kletsen hem niet boven de motor uit zouden horen. 'Luister, vriend. Ga nou niet zitten klooien. Je hebt me niet met je mierzoete stem en die leuke kuiltjes in je wangen overgehaald om mee op reis te gaan, maar met de belofte van geld. Het geld dat je me schuldig bent, en daarbovenop nog veel meer. Ik weet heus dat je elk woord meent wanneer je een belofte doet, maar we weten allebei hoe vaak het je lukt om je er niet aan te houden. Dus als ik iets zie waarvan ik denk dat het waarde zal toevoegen wanneer we dit programma te koop aanbieden, dan film ik dat, ondanks je plotselinge ethische oprisping.'

Prentiss wachtte tot Teig hoog van de toren zou blazen en hem een preek zou geven over wie hier de baas was, of over het idee dat ze hun onderwerpen invoelend moesten benaderen, maar hij moest hebben beseft hoe volkomen onzinnig hypocriet hij dan zou klinken, want hij deed zijn mond met een klap van zijn tanden dicht.

Mooi zo, dacht Prentiss.

De stoel zakte onder hem in toen hij zich omdraaide en Kaskil en Nari begon te filmen terwijl ze zachtjes praatten. Ze was nog steeds bleek, met haar armen om zich heen geslagen alsof ze de warmte kon terughalen die haar lichaam had verloren. Als ze al complicaties had opgelopen van de blootstelling aan de kou, liet ze dat niet merken. Ze praatten door, maar Prentiss zag aan de flikkering in hun ooghoeken dat ze de camera opmerkten. Hij had een minuut of twee gefilmd toen Nari haar volle gezicht naar hem toe draaide en glimlachte alsof ze elkaar al jaren kenden.

'Gaat u me beroemd maken, meneer?' vroeg ze.

Prentiss klikte zijn camera uit, liet hem zakken en glimlachte. 'Het is een vreemde wereld. Alles is mogelijk.'

Het was een van de langste dagen in Prentiss' leven geweest. Het enige wat hij nu wilde was uit het busje stappen en ergens binnengaan waar vier muren, een bed en een kachel waren. Teig had deze reis uitgekozen, en er hing heel veel van af, maar Prentiss wenste dat ze al thuis waren.

Voorlopig zou hij maar genoegen moeten nemen met Achoest. Het zou niet lang meer duren voordat ze er waren, de kou en de duisternis uit.

Daar zouden ze veilig zijn.

5

De lucht was opgeklaard tegen de tijd dat Teig door de buitenste straten van Achoest reed. In het bleke schijnsel van de maansikkel zag hij veel verschillende gebouwen, allemaal bestoven met sneeuw en omlijst door ijs. Ze kwamen langs een orthodoxe kerk die zo wit was geworden dat hij uit sneeuw gebeeldhouwd leek.

'Wat is het stil,' zei Prentiss.

'Bijna altijd,' antwoordde Kaskil. 'Na zonsondergang, tenminste.'

Het busje rammelde langs een speeltuintje – gebouwd voor de zomermaanden – waar een buitenthermometer drieënvijftig graden onder nul aangaf. Teig begreep dat dat in graden Celsius was, maar als het zo koud was, leek het geen zin te hebben het naar Fahrenheit om te rekenen.

Boven op de thermometerpaal zat een metalen windwijzer in de vorm van de hamer en sikkel uit het Sovjettijdperk. Ze waren echt een andere wereld binnengegaan.

'Prentiss, pak je camera. Laten we onze aankomst markeren.'

De vreemde geschiedenis van de plek ontvouwde zich om hen heen terwijl Teig reed over wat naar hij veronderstelde de hoofdstraat was. Er was een aantal grijze gebouwen van het oude Sovjetmodel, betonnen rechthoeken zonder esthetische waarde, maar de rest van het stadje bestond uit kleine huizen en een paar winkels en kantoren, plus een kleine school en verschillende auto- en vrachtwagenreparatiebedrijven, garages en lompe gebouwen die misschien een slachthuis of een houtzagerij waren.

Een steek van pijn wriemelde naar binnen achter zijn linkeroog, als een heel dun wormpje. Teig kneep dat ene oog dicht, en er ontsnapte een zachte zucht aan zijn lippen. Prentiss moest het hebben gehoord, want hij keek Teig aan met een onderzoekende blik, die Teig wegwuifde. 'Beetje hoofdpijn,' zei hij, wat geen verrassing was na de reis die hen hierheen had gebracht.

Maar het was niet alleen zijn hoofd, of wel soms? Een andere worm kronkelde in zijn maag, alleen deed deze geen pijn, maar leek die meer op misselijkheid.

Een golf van die klamme warmte steeg ineens naar Teigs hoofd, typisch voor het moment vlak voordat je lichaam wordt overmand door de hijgende, koortsachtige behoefte zich van iets te ontdoen. Het moment waarop het al te laat is. Het moment waarop je verstijft, en de stroom zure gal zo snel als een schreeuw opkomt.

Zijn voet kwam los van het gaspedaal. Hij haalde bevend adem, en hij voelde een laagje zweet op zijn voorhoofd. En toen was het voorbij.

'Teig?' vroeg Prentiss.

Hij remde en ging langzamer rijden, en hij knipperde met zijn ogen om zijn zicht weer helder te maken. 'Het gaat wel. Heel even... Ik had het gevoel alsof ik moest overgeven. Zomaar ineens.'

Alle drie zijn passagiers zwegen en keken naar hem, alsof ze zich schrap zetten omdat ze bang waren dat er in de volgende paar seconden een straal braaksel tegen het stuur zou kletteren. Maar tot zijn verbazing was het gevoel echt overgegaan. Teig haalde een paar keer diep adem om zijn hoofd helder te maken. De motor sputterde een paar keer en dat herinnerde hem eraan dat hij niet wilde dat die hier in de openlucht zou afslaan, waar ze hem misschien niet meer aan de praat zouden krijgen.

'Is alles goed met u, meneer Teigland?' vroeg Kaskil, zo beleefd als maar kon. Alsof hij nooit in de gevangenis had gezeten.

Teig knikte, maar hij haalde regelmatig en diep adem, want hij wilde niet riskeren dat zijn maag van streek zou raken.

'Shit,' zei Prentiss. 'Ik hoop niet dat het je rendierburger was. Ik heb hetzelfde gegeten.'

Teig wilde hem plagen dat hij zo egoïstisch was, maar Prentiss had gelijk. Het zou vervelend zijn als een van hen ziek zou worden, maar als ze allebei een voedselvergiftiging opliepen, zou het project tot stilstand komen en misschien wel een vroege dood sterven. Hoe dan ook, Teig wilde niet ziek zijn zo ver van zijn eigen bed.

'Het gaat wel,' zei hij. Hij pakte het stuur vast en begon weer sneller door het stadje te rijden. De ramen waar ze voorbijkwamen leken donkerder, en er bleef een spoortje misselijkheid hangen dat hem net een beetje gespannen hield.

Het voelde alsof het hier niet pluis was. Zo koud als het was, en na zonsondergang, was het logisch dat de mensen zich in hun huis schuilhielden om warm te blijven, afgezonderd met alleen hun dierbaren. Maar de leegte van Achoest zorgde ervoor dat het stadje zelfs nog troosteloozer aanvoelde. Teig was al zijn hele leven eenzaam, sinds het moment dat de bestelwagen Olivia had weggevoerd. Sindsdien had hij zich nergens meer thuis gevoeld, zelfs niet één dag. Maar hij had zich nog nooit zo ver weg gevoeld van iets wat op thuis leek als nu.

'Hoeveel mensen wonen hier ook alweer?' vroeg Prentiss, en hij tilde zijn camera op om door de voorruit te filmen.

'Vierhonderd,' antwoordde Teig, over het stuur gebogen, terwijl hij de vreemde, onaardse stilte in zich opnam. Alles was bedekt met sneeuw, alsof er zojuist een storm doorheen was gekomen en elk oppervlak had bedekt, maar hij wist dat de laatste echte sneeuw misschien wel een maand geleden was gevallen en dat het nooit zo warm was geworden dat het zou zijn gesmolten.

'Dat klopt niet,' zei Kaskil. 'Mijn vader zegt dat ze nu op vijfhonderdtweeëndertig mensen zitten. Al is dat inclusief mijzelf, en ik woon hier niet fulltime.'

Nari was een half uur of langer vrijwel stil geweest terwijl ze het laatste deel van hun reis naar Achoest aflegden. Teig was ervan uitgegaan dat ze in haar gedachten verzonken was, en dat ze probeerde te bedenken hoe irritant deze omweg voor haar was. Maar nu leunde ze met haar hoofd tegen het raam en keek in de verte.

'Het voelt als...' begon ze, op zoek naar het juiste woord in het Engels. 'Eeuwig.' Ontevreden drukte ze haar vingers tegen het glas om te wijzen op de bomen en de witte bergen die het maanlicht weerspiegelden. 'Als de laatste halte voor de eeuwigheid.'

Teig kromp ineen omdat hij tot zijn verrassing zijn eigen gedachten weerkaatst hoorde worden.

Kaskil ging over op het Jakoets, misschien in een poging het haar te laten uitleggen, maar Teig vond dat ze het perfect onder woorden had gebracht. Hij boog zich over het dashboard en keek naar diezelfde bergen, naar de wildernis voorbij de rand van het stadje, en hij begreep het. Hier te midden van dit verspreide groepje bouwsels konden ze zichzelf nog wijsmaken dat ze zich in de mensenwereld bevonden, maar als ze eenmaal in het bos waren, zou het onmogelijk zijn om net te doen alsof ze ook maar ergens controle of macht over hadden. Jagers en herders gingen die bossen in of die berg op vanuit Achoest, en wanneer ze dat deden, gaven ze zich over aan de oernatuur van de wereld. Achoest vormde een grimmige geheugensteun aan hoe nietig het was om een mens te zijn.

Teig kon dat feit waarderen, de esthetiek ervan, en de gelegenheid om het gevoel dat hij op dat moment in zijn borst had te gelde te maken, om de kijkers er een voorproefje van te geven. Hij hoopte alleen dat ze zich niet net zo onbehaaglijk zouden voelen door deze plek als hij, anders zou niemand naar de tweede aflevering kijken.

Tenzij ze dat wel doen, dacht hij. *Tenzij ze het fijn vinden om zich zo te voelen.*

Als het publiek dit gevoel fijn vond, had Teig het idee dat hij wel eens bakken met geld zou kunnen verdienen.

'Dit is goed,' mompelde hij zacht. 'Dit gaat werken.'

Prentiss richtte de camera op hem. 'Dat is wel te hopen.'

Het gaat ook lukken, dacht Teig. Maar dat zei hij niet hardop. Niet voor de camera. In plaats daarvan remde hij, ging hij langzamer rijden en draaide hij zich om naar de camera.

'Na een tocht die voelde als een reis door een andere wereld, een of andere winterplaneet, rijden we eindelijk Achoest binnen...' Hij keek naar Kaskil op de achterbank.

'Als ik dat goed uitspreek.'

'Het is Achoest,' antwoordde Kaskil.

'Zei ik dat dan niet? Achoest.'

'Achoest,' verbeterde Kaskil hem opnieuw.

Teig keek uit het raam en glimlachte schaapachtig. 'Nou, uiteindelijk zal het me wel lukken. Mensen, we hebben onderweg een paar vrienden gemaakt, en onder behoorlijk beangstigende omstandigheden. Maar ja, gewoon naar buiten gaan kan dan ook beangstigend zijn hier. Nu gaan we iets eten, ons opmaken voor de nacht, en morgenochtend beginnen we aan onze echte verkenning van hoe het is om op de koudste plek op aarde te wonen.'

Prentiss begreep de onuitgesproken aanwijzing en zette de camera uit.

Zodra hij dat had gedaan, leunde Kaskil naar voren. 'Dat was de afslag daar rechts. Ik wilde je shot niet onderbreken.'

Teig glimlachte, bedankte hem en trapte op de rem. Hun gids praatte misschien wat te veel, maar als hij zo slim was om een opname niet te verpesten wanneer Prentiss aan het filmen was, zou hij nog nuttiger voor het programma blijken dan Teig had gehoopt.

Terwijl hij straatje keerde, voelde Teig iemand op zijn schouder tikken. In de achteruitkijkspiegel zag hij dat Nari naar hem keek.

'Bedankt voor de lift,' zei ze. 'Ik denk dat ik dood zou zijn gegaan in mijn auto als jullie niet waren verschenen.'

Teig sloeg de brede straat in die Kaskil hem had gewezen, met maar een paar huizen aan weerszijden. 'Het genoegen is geheel aan ons, Nari. Ik krijg het idee dat mensen hier veel op elkaar moeten vertrouwen, en dat heeft iets heel moois. Ik ben heel blij dat we konden helpen.'

Hij zou hetzelfde tegen iedereen hebben gezegd, en dat zou hij ook gemeend hebben, maar hij sloeg zijn ogen weer op naar de achteruitkijkspiegel voor nog een blik op haar. Nari zou binnen een paar minuten uit het busje stappen. Morgenochtend, of zelfs vannacht al, zou ze weg zijn en zouden ze elkaar nooit meer zien. Teig vond dat jammer. Ja, ze was aantrekkelijk, maar belangrijker was dat ze bruiste van een soort rusteloze energie die hem intrigeerde. Het was echt jammer dat ze zo snel nadat ze elkaar hadden ontmoet alweer afscheid zouden nemen.

Kaskil leunde naar voren en wees op een klein huis, weinig meer dan een blokhut, waarin één lamp brandde. 'Daar verblijven jullie. Het is niet veel, maar jullie blijven er tenminste warm.'

'Van wie is dat huis?' vroeg Prentiss.

'Het was van mijn oom. Hij is nu dood en mijn neven en nichten zijn jaren geleden al weggegaan. Ik overnacht daar als ik op bezoek ben, dus je zou kunnen zeggen dat het mijn huis is. Maar eigenlijk denk ik dat het van niemand is. Zo zijn er heel veel. Huizen vol met niemand. Maar zolang jullie hier verblijven, is het van jullie.'

'Perfect,' zei Teig, terwijl hij het busje voor het huisje liet stoppen. De diepere sneeuw knerpte onder de banden. Hij liet de motor voorlopig lopen; het zou niet veilig zijn om hem uit te zetten totdat hij hem in het parkeergebouw in de buurt had geparkeerd. Hij staarde door het raampje naar het huisje en dat ene warme licht dat achter het raam brandde. 'Dank je, Kaskil. Echt. Ik weet niet of ons dit zou lukken zonder jou.'

Kaskil klapte in zijn handen. 'Onthoud alsjeblieft dat u dat gezegd hebt wanneer ik opslag vraag.'

Prentiss lachte. 'Mensen zijn ook overal hetzelfde.'

Teig keek weer naar zijn gids. 'Ik zal het niet vergeten, vriend. Dat beloof ik je.'

Overal in het huisje liepen er elektrische radiatoren langs de plinten, maar de ramen rammelden bij elke windvlaag en de kou sloop naar binnen. Teig had heel vaak in huizen en herbergen bij de oceaan geslapen en dan de ramen opengelaten, gekalmeerd door het altijd aanwezige gefluister van de branding. In dit huisje leverde de wind die doorlopende soundtrack, soms met gefluister en andere keren met gekrijs. Het huisje kreunde en kraakte als een hamer die een roestige spijker uit oud hout trekt.

Teig ritste zijn koffer open. Prentiss was de keuken in gelopen om te kijken of Kaskil iets had achtergelaten om koffie of thee te zetten, als het maar warm was, en Teig genoot van het feit dat hij even een moment voor zichzelf had. Hij deed zijn koffer open en haalde zijn toilettas eruit. Hij wilde zijn gezicht wassen en zijn tanden poetsen, en een fris T-shirt en een schone trui aantrekken.

Wat hij niet wilde doen, was blijven focussen op de wind. Wanneer er een harde vlaag was en hij bleef staan om te luisteren, klonk het net alsof er stemmen uit het gefluit en het gejammer opklonken.

'Gelukt!' verklaarde Prentiss toen hij de kamer binnenkwam.

Teig schrok zich rot. 'Wil je dat niet doen?'

Prentiss lachte. 'Sorry, man. Sinds wanneer ben jij zo schrikachtig?'

'Sinds we aan de rand van de eeuwigheid zijn aangekomen, precies zoals Nari zei, en jij besloot me in het donker te besluipen.'

Prentiss plofte in de enige grote, comfortabele stoel neer. Er stond één eenpersoonsbed in de kamer maar er was ook een futonachtige mat die Kaskil op de vloer had uitgerold. Ze hadden nog geen ruzie gemaakt over wie van hen het bed zou krijgen.

'Ik zal niet liegen,' antwoordde Prentiss. 'Het was een lange, vreemde dag. Ontzettend surrealistisch. Ik denk dat ik gewoon geen energie meer heb om me er druk over te maken.'

Teig dacht weer aan Nari. Ze was samen met Kaskil vertrokken om op zoek te gaan naar iemand die haar kon helpen.

'Ik vraag me af of het ze gaat lukken om haar auto vanavond nog naar het stadje te slepen en hem weer te starten,' zei hij. 'Zo donker en koud als het is, zou ik niet degene willen zijn die nu op weg zou moeten gaan.'

'Nee, hè?' zei Prentiss. 'Ik heb zin om me gewoon in te graven in een berg dekens en te wachten tot het licht wordt. Het probleem is dat daar maar zo weinig van is hier in deze tijd van het jaar.'

Wroetend in zijn spullen vond Teig een dikke katoenen trui die onlangs was gewassen en buiten te drogen was gehangen, thuis. Hij bracht hem naar zijn neus en ademde diep in, blij met de frisse geur.

Toen hij hem liet zakken, vulde een andere geur de kamer en hij draaide zich om naar Prentiss.

'Je bent koffie aan het zetten.'

'Ze noemen me niet voor niets Miracle Jack.'

'Zo noemt niemand je.'

'Ja, nou, je had mijn moeder moeten kennen. Die vrouw vond altijd dat ik haar kleine mirakel was. En Ruthie...'

Hij knipperde met zijn ogen alsof hij niet meer wist waar hij was gebleven in een boek en op zoek was naar de juiste alinea. Teig zag de glimp van pijn in de ogen van zijn oude vriend en voelde zich schuldig dat hij hem eerder had geplaagd.

'Prentiss...'

'Nee, het gaat wel. Soms komt het gewoon plotseling boven,' zei Prentiss. 'Ik geloof niet dat ik ooit zo ver bij haar vandaan ben geweest als nu. Als Ruthie wist wat we van plan waren, zou ze voor ons bidden. Dan zou ze zeggen dat ze nog steeds van me houdt, dat God ons zal leiden, en dat ik moet luisteren naar Zijn stem in plaats van stomme dingen doen zoals Felix Teigland volgen naar Siberië.'

De seconden tikten voorbij in de kille kamer.

Teig glimlachte. 'Ruthie is altijd de verstandigste geweest.'

Prentiss knikte langzaam, peinzend. 'Ik heb erover gedacht om achter haar aan te gaan, geloof het of niet. Na drie echtgenotes wil je het niet zo makkelijk opgeven. Ruthie is de enige op wie ik verliefd ben gebleven. Die vrouw dronk, lachte en vloekte net zo hard als wij allemaal. Ik weet dat die vrouw van vroeger nog steeds in haar zit, Jezus of geen Jezus.'

Hij keek Teig aan met een ondeugende blik. 'Je gelooft niet op wat voor rare plekken we hebben geneukt. Vliegtuigtoilet op twaalf kilometer hoogte. Op wandelingen in de natuur. Het dek van de boot tijdens die cruise over de Donau die we eens hebben gemaakt. IJsland, tijdens een trektocht om het noorderlicht te zien.'

'Ongelooflijk.'

'Ja hè?' zei Prentiss. 'Maar nu draait het alleen nog maar om de Kerk en om bidden. Ze wil een bedevaart maken naar het Heilige Land. Ik denk niet dat er veel geneukt gaat worden bij die klote-Klaagmuur.'

'Nee, nee,' antwoordde Teig. 'Ik bedoel, ja, het is ontzettend naar om je te horen praten over neuken met een vrouw die een non is, maar ik bedoelde dat het ongelooflijk is dat jij trektochten maakt. Laat staan dat je in een vliegtuigtoilet past met nog een tweede persoon erbij. Hoe gaat dat in zijn werk?'

'Vuile smeerlap,' sneerde Prentiss. 'Eigenlijk zou ik je een dreun moeten verkopen, maar ergens heb je wel gelijk. Dat gebeuren in het vliegtuig, die *mile high club*, was een ramp. Ik ging naar binnen, liet mijn broek zakken en wilde de boel alvast opwarmen. Zij klopte op de deur en ik deed hem open, Ruthie wrong zich naar binnen samen met mij, maar het lukte ons niet om de deur helemaal dicht te trekken en op slot te doen. We waren net een beetje op gang toen een stewardess de deur een stukje openduwde en iets door de kier fluisterde.'

Teig kneep zijn ogen tot spleetjes, meegesleept door het verhaal. 'Wat zei ze?'

'Het bleek dat mijn dij het knopje had geraakt waarmee je alarm kon slaan. Ze wilde zeker weten dat we haar hulp niet daadwerkelijk nodig hadden, en ons melden dat de gezagvoerder het "riemen vast"-lampje had aangezet en dat we terug moesten keren naar onze stoelen.'

Teig barstte in lachen uit. 'Ik vind het zo jammer voor je, man. Jezus heeft je beste vrouw ooit gestolen.'

Met een weemoedige glimlach stond Prentiss op en liep terug naar de keuken. Teig grinnikte, met het verhaal nog steeds in zijn hoofd, maar zijn gedachten dwaalden af naar zijn eigen leven. Prentiss was drie keer getrouwd geweest, terwijl Teig nog nooit binnen honderd kilometer van een altaar was gekomen. Ze hadden het er vaak over gehad, maar hij had de vraag altijd weggewuifd. Op een dag, zei hij altijd, zou er een relatie komen die zijn perspectief zou veranderen. Hij zou een vrouw ontmoeten die bereid was haar leven te delen met iemand als Teig, een man die grote dromen had die soms uitkwamen, maar die zichzelf niet kon dwingen om een normale baan te nemen, hoe hij ook zijn best deed. Teig wist dat hij een risico was, en op een dag zou hij iemand vinden die oprecht bereid was dat risico te nemen.

Of niet.

'O, fuck,' zei hij tegen zichzelf. 'Je begint weer melodramatisch te doen.'

Prentiss kwam terug met twee mokken koffie. De lucht was zo koud dat er dikke pluimen stoom van de koppen oprezen.

'Teig, vriend,' zei hij, terwijl hij een beker overhandigde. 'Ik had zo mijn twijfels, echt waar. Maar volgens mij hebben we hier iets. Wie weet zul je me uiteindelijk dan toch nog kunnen terugbetalen.'

Met een zucht die zijn hoofd weer helder maakte, hief Teig zijn mok om te proosten. 'Kerel, misschien krijg je wel veel meer dan wat ik je schuldig ben. Er is geen reden waarom je niet een aantal afleveringen zou kunnen regisseren, misschien wel als uitvoerend producent voor me kunt werken.'

Prentiss hield zijn mok stil voor zijn lippen en tuurde over de rand naar Teig. 'Zou je dat doen?'

Teig voelde de aandrang om de volgende woorden die hem te binnen schoten in te slikken. Hij was nooit erg goed geweest in sentiment, hij focuste nooit genoeg op de mensen in zijn leven die ertoe deden. De volgende opdracht, de volgende droom, het volgende plannetje leek altijd belangrijker. Voor deze ene keer liet hij de woorden komen.

'Ik neem heel vaak een gok. Soms pakte dat best goed uit en soms ging ik failliet, maar ik heb nog nooit een echte klapper gemaakt. Ik heb in mijn leven veel mensen teleurgesteld, man, en jij bent zo'n beetje de enige die me niet heeft afgeschreven. Misschien ben je hier wel omdat je denkt dat het je beste kans is om een deel van je geld terug te krijgen, maar zelfs als dat de enige reden is, dan nog betekent het dat je een greintje vertrouwen in me hebt. Daar doe ik het voor.'

Prentiss gaf hem een klap op zijn schouder. 'Moet je jezelf nou zien, Felix. Je begint helemaal klef tegen me te doen. Ja, ik heb nog een beetje vertrouwen over, vooral nu we dit met eigen ogen hebben gezien. Mensen zullen thuis lekker op de bank zitten kijken naar die enorme fucking rendieren die sleeën voorttrekken en verlaten goelags, en dan zien ze ons zoeken naar een eng oud vrouwtje van wie het hele land denkt dat ze een spook is, en ze zullen het geweldig vinden. Dit gaat ons heel wat opleveren, Felix, ik weet het gewoon zeker.'

Teig hield zijn mok op en Prentiss deed hetzelfde. Ze proostten op hun onderneming en op de toekomst. Even later, toen ze hun eerste slok namen, grimasten ze naar elkaar. De koffie smaakte naar roestige modder, maar hij was tenminste heet. Teig nam nog een slok, vond die net zo smerig als de eerste, en nam toch een derde.

Iemand bonsde op de deur.

Voordat Teig of Prentiss in beweging kon komen, hoorden ze de deur rammelend opengaan en voelden ze de schokkende kou om hen heen naar binnen stromen.

Kaskil strompelde de drempel over met Nari op zijn hielen. Ze gaf hem een duwtje om ruimte te maken zodat ze de deur achter zich dicht kon schuiven. Kaskil had zijn muts ver omlaag over zijn hoofd getrokken zodat de flappen zijn gezicht deels bedekten, en zijn sjaal zat over zijn mond. Hij keek met heldere, schrikachtige ogen van onder de muts vandaan en zijn borst ging met snelle, oppervlakkige ademteugen op en neer.

Nari zei zijn naam, greep zijn arm, en hij draaide zich naar haar om en spuide een woedende woordenstroom in een taal die Teig niet kon vertalen. Maar hij had geen tolk nodig om de blik op Kaskils gezicht te begrijpen.

'Hé, rustig aan,' zei Prentiss. 'Wat is er gebeurd? Wat is er aan de hand?'

'Iets... vreemds,' antwoordde Nari. Ze fronste bij het woord, misschien niet helemaal zeker of het wel het goede woord was.

Maar dit was meer dan vreemd. Teig wierp een blik opzij naar Prentiss en met zijn tweeën liepen ze langzaam op Kaskil af. De gids wreef met zijn hand over zijn mond als een dronkenlap die naar een fles snakt. Hij keek de hele tijd om zich heen naar verschillende plekken op de vloer, alsof hij dacht dat hij daar antwoorden zou vinden, en toen draaide hij zich om en staarde naar de deur waardoor Nari en hij zojuist binnen waren gekomen.

'Er is niemand,' zei hij.

Teig rechtte zijn rug. De worm van misselijkheid begon opnieuw in zijn ingewanden te kronkelen. 'Wat bedoel je?'

Kaskil liep naar het raam. Hij ging naast het kozijn staan en schuifelde langzaam naar voren zodat hij door het berijpte glas kon kijken, alsof hij bang was gezien te worden.

'Precies wat ik zeg,' mompelde hij. 'Er is hier niemand. Helemaal niemand.'

'Waar ben je dan naar op zoek?' vroeg Prentiss.

Kaskil draaide zich naar hem om, met toegeknepen ogen. Hij lachte spottend en mompelde iets in het Jakoets. 'Hoorde je niet wat ik net zei? Ze zijn weg. Ik ging naar het huis dat mijn vader met mijn oom en tante deelt, en er is niemand. Bij de buren ook. De deuren staan open maar er is niemand binnen. Ik ging naar de garage om iemand te zoeken die Nari's auto kon takelen. De garage was...' Hij kneep zijn ogen dicht, op zoek naar het woord, en vond het. 'Verlaten.'

Kaskil rukte zijn muts af, tuurde weer uit het raam en begon vervolgens te ijsberen. Hij zei niets, maar Teig kon zien dat zijn hersenen hard aan het werk waren.

'De politie is ook weg,' zei Nari. 'Er zijn maar twee agenten, maar het gebouw is leeg. Ik ben naar de achterkant gelopen. Ook die deur stond open.'

'Een of andere bijeenkomst,' zei Prentiss, het wegwuivend. 'Jullie moeten allebei even op adem komen. Het is allemaal toeval. Een stadje als dit, en jullie hebben maar op een paar plekken gekeken. Er is vast ergens een verjaardagsfeest of zo, toch, Teig?'

Kaskil keek hem vernietigend aan. Prentiss probeerde waarschijnlijk iemand gerust te stellen, maar Teig wist niet zeker of dat voor de gids of voor Prentiss zelf bedoeld was. Zelf voelde hij een koude rilling van iets wat ergens tussen angst en opwinding in zat. Zijn periode bij *Ghost Sellers* had hem blasé gemaakt. Wanneer er sprake was van echt rare toestanden, greep hij altijd terug op cynisme. Maar hij dacht aan hoe hij zich al voelde sinds ze hier waren aangekomen, de knoop in zijn maag en de pijn in zijn hoofd, en de stilte en de verlatenheid van deze plek. Hij keek Kaskil onderzoekend aan en zag niet alleen bezorgdheid om zijn familie in zijn ogen, maar ook echte angst. In al die programma's over spokenjagen had hij vurig geloof en fanatisme gezien, en sluw bedrog van charlatans. Hij had mensen gezien die van streek of een beetje geschrokken waren, en mensen die helemaal opgetogen waren bij het idee dat het ergens spookte. Maar een angst als deze had hij nog nooit gezien.

Wat Kaskil ook in Achoest had aangetroffen, het had hem de stuipen op het lijf gejaagd.

'Laten we een kijkje gaan nemen,' zei Teig, en hij pakte zijn jas.

'Laten we wat?' vroeg Prentiss.

'Pak je jas,' zei Teig. 'En je camera. Kleed je warm aan, balaclava en al die dingen.' Hij draaide zich om en zag Nari en Kaskil allebei naar hem staren.

'Er is iets mis,' zei Nari. 'We moeten hier weg. Heel ver weg.'

Kaskil zette zijn muts weer op. 'Ik kan niet weg. Ik moet kijken bij het huis van mijn zus.'

Nari staarde hem aan. 'Je hebt de andere huizen gezien. Je hebt naar je familie geroepen, geschreeuwd dat ze moesten antwoorden, maar er was niemand.'

Kaskil negeerde haar, ondanks zijn angst. Hij zette zijn kraag op tegen de wind, deed de deur open en stapte de afgrijselijke kou in. Nari riep hem na in het Jakoets. Ze spuwde de woorden bijna uit. Het kwam op Teig over alsof ze flink tegen hem tekeerging.

Ze wendde zich tot Teig. 'Het busje is van jullie. We moeten hier weg.'

Hij ritste zijn jas dicht en begon de knopen over de rits heen vast te maken. 'Als er iets met zijn familie is gebeurd...'

'Het is niet alleen zijn familie.' Nari keerde zich met een angstige blik naar het raam.

'Dit is niet onze stad. We hebben geen reden om hier te blijven.'

'Dat is een beetje harteloos, vind je niet?' vroeg Prentiss aan haar. Maar het was eerder een oordeel dan een vraag. 'Als er iets aan de hand is in het stadje, moeten we op zijn minst de autoriteiten waarschuwen. En dat kunnen we niet doen tenzij we weten wat er is gebeurd.'

Nari vloekte weer.

Teig had zijn balaclava en zijn handschoenen aangetrokken. Nu liep hij naar de deur. 'Nari, blijf maar gewoon hier. We zijn zo weer terug. Als we niemand vinden die ons iets kan vertellen, en als je echt het gevoel hebt dat het niet veilig is, gaan we weg.'

Ze schudde haar hoofd. 'Nadat jullie... dát hebben gedaan.' Met een boze frons wees ze op Prentiss' camera.

Ze liet het heel duidelijk doorschemeren. Teig en Prentiss hadden spannende beelden nodig uit de hele regio rond de Weg des doods, en wat het ook voor noodsituatie was waarin ze terecht waren gekomen, ze zouden wel volslagen idioten zijn als ze niets van Kaskils paniek op film vastlegden. En als er mensen dit landschap in waren gegaan en hun deuren open hadden laten staan, had hij waarschijnlijk ook wel iets om over in paniek te raken. Teig zette dergelijke gedachten van zich af; anders ging hij zich harteloos en roofzuchtig voelen. Hij hield niet van dat gevoel, maar hij kon niet verhullen dat hij hier was om te jagen voor zijn toekomst, voor een verandering in zijn omstandigheden die hem het leven zou bieden dat hij altijd had gewild.

Hij kon ook niet net doen alsof het griezelige hem niet aantrok. Nu hij helemaal tot aan de rand van de beschaving was gekomen en daar een echt mysterie had gevonden, was hij niet van plan ervoor weg te rennen. Ter geruststelling zei hij tegen zichzelf dat ze antwoorden zouden vinden – en ook de vermiste mensen. Maar diep vanbinnen hoopte hij stiekem dat ze eindelijk op iets anders waren gestuit.

Teig liep als eerste naar buiten, gehuld in vele lagen kleding geschikt voor koude omstandigheden. Prentiss volgde hem, en de kou greep hen onmiddellijk beet. Ook al waren ze maar heel kort binnen geweest, hij was erin geslaagd te vergeten hoe koud de nacht kon worden. Die roofde de lucht uit zijn longen, trok elke spier strak en legde een knellende band om zijn borst.

Nari stond in de deuropening, onzeker, alsof ze elk moment weg kon rennen.

'Ga je mee of blijf je hier?' vroeg Teig.

Ze vloekte weer, boog voorover tegen de wind en de kou en verliet het huis, waarbij ze de deur met een klap achter zich dichtsloeg. 'We gaan samen.'

De mensen waren niet verdwenen – natuurlijk niet. Ondanks de gekwelde blik in Kaskils ogen en zijn eigen heimelijke hoop, zei Teig tegen zichzelf dat ze heel snel een verklaring zouden vinden. Onwillekeurig vroeg hij zich af of het niet allemaal in scène was gezet; een show voor de showman. De afgelopen twee dagen waren zo surrealistisch geweest, alsof er een droom als een wazig spinnenweb boven op de gewone wereld was gelegd, dat hij ergens bij zichzelf dacht: *natúúrlijk zijn de mensen in het stadje verdwenen.* Maar het rationele deel van zijn hersenen liet luidkeels zijn afkeer daarover blijken. De enige logische verklaringen waren dat ze wel hier waren en een of andere lollige streek uithaalden, of dat ze zich allemaal op één plek hadden verzameld voor een kerkelijke plechtigheid of een sjamanistisch ritueel.

Een bruiloft, dacht hij. *Of een of ander feest. Het vijftigjarig huwelijksfeest van een of ander oud echtpaar.*

Resolute, logische gedachten.

Aan de andere kant was daar Kaskil. Teig geloofde de blik in de ogen van de man; niemand kon zoiets acteren. Hij was zo geschrokken van het feit dat zijn familie weg was dat hij, zodra ze de straat op liepen, wegrende naar een vierkant bouwwerk dat eruitzag als een kruising tussen een schuur en een pakhuis.

'Kaskil, wacht even!' riep Prentiss hem na.

De woorden waren zichtbaar in de lucht doordat de adem van elke lettergreep als een wolkje uit Prentiss' mond kwam voordat de wind ze fluitend wegblies. Kaskil had hem niet gehoord of hij luisterde niet. Het was net alsof ze voor hem niet meer bestonden nu hij Nari bij hen had afgeleverd, en hij dus alle verantwoordelijkheid die hij eventueel voor haar voelde had overgedragen.

'Ga achter hem aan,' zei Teig. 'Zorg dat je wat op film krijgt.'

Prentiss verbleekte en keek hem aan. 'Dit is ziek, man.'

'Geen discussie. Schiet op. Hij is snel. En trek je bivakmuts over je hoofd.'

Prentiss mompelde onhoorbaar terwijl hij zijn hand in zijn zak stak, er een balaclava uit haalde en die vervolgens over zijn hoofd trok. Zijn baard zag er belachelijk uit onder de stof.

Kaskil was al dertig meter verder, en Prentiss vloekte en tierde terwijl hij zich omdraaide om achter de jongere man aan te rennen. Hoewel hij Teig door zijn baard en zijn omvang altijd aan een beer deed denken, kon Prentiss toch best met een flinke snelheid doordenderen wanneer hij eenmaal op gang was.

Teig draaide zich om om de paar huizen langs de weg af te speuren.

Nari kwam naast hem staan. 'Dit is geen goed idee. We moeten allemaal bij elkaar blijven.'

Hij keek haar onderzoekend aan. Ze zag er moe uit en ze vond het maar niks dat ze hier buiten in de kou was... misschien was ze een beetje bang. Of meer dan een beetje.

Teig knikte. 'Je hebt gelijk. Ik vind het ook niet fijn om hier in m'n eentje te zijn. Jij en ik, oké?'

Nari knikte.

Hij keek dit donkere stadje rond, diep in het hart van dit godvergeten land. De sneeuw kraakte en plofte. Teig wist dat er vorstbevingen konden optreden, luide knallen als geweerschoten die het gevolg waren van zettende sneeuw in de extreme kou, maar hij had niet verwacht dat het voortdurend zou kraken en ploffen, alsof iemand in het donker op hen afkwam.

De kou drukte zijn borst samen, schroeide zijn longen. Prentiss en hij hadden zich op deze blootstelling voorbereid. Ze hadden de juiste kleding, de juiste lagen, mutsen en bontcapuchons. Alleen hun ogen werden langere tijd blootgesteld aan de lucht. Maar niets had hen echt kunnen voorbereiden op een kou als deze. Ze dreef de spot met de manier waarop Teig dat woord vóór deze dag altijd had begrepen. Praten over de kou in dit stadje in de Siberische winter was alsof je sprak over water terwijl je de diepste oceaan op duizend kilometer uit de kust bedoelde, en je niet kon zwemmen.

Déze kou betekende, net als de diepten van de oceaan, dat als je jezelf niet op de een of andere manier kon redden, je zou sterven. Deze kou was een roofdier, en zij waren aan haar genade overgeleverd.

'Deze kant op,' zei hij, want ze moesten in beweging blijven om niet dood te vriezen. En ook omdat hoe langer hij zich hier op straat bleef staan afvragen of al die huizen verlaten waren, hoe zekerder hij ervan werd dat ze dat ook zouden zijn, en dat bracht weer allemaal vragen naar boven.

Teig maakte zichzelf wijs dat hij wilde dat de enige mysteries hier de mysteries waren die hij voor een televisiepubliek verzon. Maar dat was niet helemaal waar.

Er waren drie andere huizen op loopafstand. Ze waren erlangs gereden toen ze het stadje binnen waren gekomen en in alle drie brandde er licht. Nari volgde hem toen hij snel de straat door liep naar een huis dat meer een chalet dan een blokhut was. Het raam boven de deur wees erop dat het zelfs een verdieping had. Teig bonsde op de deur. De urgentie zorgde ervoor dat hij zijn manieren vergat. Hij was niet van plan zijn ballen eraf te laten vriezen uit beleefdheid. Stampend met zijn voeten keek hij naar Nari en zag dat ze geen aandacht aan dit huis schonk. In plaats daarvan speurde ze de donkere straat en het open stuk sneeuw af dat het pand van het pand erachter scheidde.

Hij bonkte op de deur. 'Vijfhonderd mensen maar. Het is alleen maar logisch dat sommige van deze huizen al leegstaan.'

Er verstreken enkele seconden. Van een straat of twee verderop hoorde hij Kaskil naar vrienden en buren roepen, misschien naar zijn zus. Teig gaf het op. Hij knikte naar Nari en ze gingen op weg naar het volgende huis. Er moest toch iemand thuis zijn.

'Ga naar de achterdeur,' zei Nari.

Teig zette nog twee stappen voor ze zijn arm pakte.

'De achterdeur.'

Hij hield zich in en sprak haar niet tegen. Als er een achterdeur was, zou hij misschien iets meer te weten komen door naar binnen te kijken. Nari kwam naast hem lopen en dicht naast elkaar ploegden ze samen door de sneeuw. De wind zwiepte om hen heen in vlagen die zo sterk waren dat ze moesten worstelen om vooruit te komen.

Ze waren net de hoek aan de achterkant van het huis om gegaan toen Teig de baan licht zag die uit de achterdeur van het huisje kwam. De deur hing wijd open. Er was sneeuw over de drempel gewaaid en die had een laagje op de vloer en het tafeltje gelegd, en op de laarzen die op een geweven tapijt vlak achter de deur stonden.

Er liepen voetafdrukken weg door de sneeuw. Minstens drie paar – twee volwassenen, één kind – en de grootste waren die van een man op blote voeten.

Teig huiverde. De wind sneed in zijn gezicht. Zijn neus was gevoelloos geworden.

De voetafdrukken leidden naar het dichte bos aan de westelijke rand van het piepkleine gehucht, in de uitlopers van de bergen erachter.

Met een blik op de bezorgdheid in Nari's ogen begon Teig ze te volgen.

6

Jack Prentiss was elf jaar toen zijn moeder hem en zijn zus Lucy mee op vakantie naar Italië nam. Hun vader had hen zojuist verlaten en zijn moeder had voor zichzelf een to-dolijst gemaakt van alle dingen die ze nooit had gedaan omdat zijn vader daar nooit de tijd voor had genomen. Geen bucketlist, verzekerde ze Jack en Lucy. Bucketlists waren voor oude mensen die bang waren dat ze doodgingen. Neuh. Sarah Hughes Prentiss had het volkomen duidelijk gemaakt dat haar to-dolijst over het leven ging.

Ze reisden heel Italië en Sicilië rond tijdens die trip. Ze waren naar Capri gegaan en waren met een roeibootje de Blauwe Grot in gevaren, waren eruit gesprongen en hadden gezwommen in het helderblauwe water van die kleine donkere grot, alsof ze een duik in een meer vol feeënmagie hadden genomen. Lucy was na die dag altijd over magie blijven praten en leek haar leven in het teken van het plezier van dat moment te hebben gezet. Tot op de dag van vandaag benijdde Prentiss zijn zusje daarom, ook al gaf ze tieners les in Engelse literatuur en was hij ervan overtuigd dat dat uiteindelijk uit iedereen het plezier en de magie zou wegzuigen. Iedereen behalve Lucy.

Hun moeder had hen meegenomen naar Verona en hun het verhaal van Romeo en Julia verteld als verhaaltje voor het slapengaan. Ze waren uiteraard naar Rome geweest, en hadden de *David* van Florence bezocht. Prentiss en de kleine Lucy hadden gewenst dat ze voor eeuwig in Venetië konden blijven. Diep weggezonken in zijn herinnering kon hij in het donker nog steeds de echo's horen weerkaatsen van de gondeliers die waarschuwingen naar elkaar schreeuwden wanneer ze een bocht in de smalle, eeuwenoude grachten naderden. Hun gondelier droeg een wit overhemd met ruches en sprak tegen Lucy alsof hij haar eigen opa was, terwijl hun moeder champagne dronk. Ze had haar zoon Jack die avond een slokje gegeven en dat was Prentiss nooit vergeten. Ze hadden op dat moment een geheim gedeeld, en daarom had hij des te meer van haar gehouden.

In Modica hadden ze veel te veel chocolade gegeten en ze waren gestopt bij een agrotoerismeboerderij waar een gezin hun gerechten had voorgezet die verser en heerlijker waren dan alles wat Prentiss ooit had gegeten, en hij was tientallen jaren bezig geweest om ze na te maken, wat het aanzienlijke gewicht verklaarde dat hij met zich meetorste. Het boerenzoontje had de drie Prentissen aan zijn huisdier de struisvogel voorgesteld en er vervolgens een reeks van de smerigste krachttermen uitgegooid die Italië maar te bieden had, en waarvan zelfs de jonge Jack er een paar begreep. Zijn moeder had eerst grote ogen van schrik opgezet, maar was vervolgens in een giechelbui uitgebarsten tot ze de tranen uit haar ogen moest vegen.

Het vuilbekkende jongetje en zijn struisvogel hadden met evenveel woede als verwarring naar de Prentiss-clan gestaard, waarschijnlijk beledigd.

Ze hadden glas zien blazen op het Venetiaanse eiland Murano en waren net zo verward en verbaasd geweest als die struisvogel toen de glasblazer hun moeder een aanzoek had gedaan, schijnbaar nog serieus ook. Ze hadden overal ruïnes gezien, van Agrigento tot aan Ostia Antica, maar wat Prentiss voor eeuwig was bijgebleven, wat hem in zijn dromen nog steeds achtervolgde, was Pompeï. Bedolven als het was door de uitbarsting van de vulkaan Vesuvius in 79 na Christus, was Pompeï opmerkelijk goed bewaard gebleven. Sinds Teig hem voor het eerst over de Bottenweg had verteld, had Prentiss de echo van het bezoek uit zijn jeugd gevoeld, en de huiveringwekkende herinnering aan de angst. Mensen waren onder de as begraven, waren gestikt en doodgegaan en ter plekke ingekapseld. De straten van Pompeï waren fascinerend, en de huizen ook. Hij had die dag heel veel geleerd. Maar hij had ook een van de bewaard gebleven kadavers tentoongesteld zien staan en had er de rest van hun reis zo nu en dan nachtmerries over gehad.

Als de man achter de camera was hij op allerlei plekken geweest, en hij had beelden geschoten van plekken waarvan mensen zeiden dat het er spookte. Maar bij geen ervan had hij ooit het gevoel gehad alsof het er spookte, niet zoals in Pompeï.

Tot nu.

Hij draaide langzaam met zijn camera en keek door de zoeker om voor zichzelf wat afstand te scheppen tot de griezelige sfeer van het moment. Teig had ervan overtuigd geleken dat ze ergens mensen zouden vinden, en Kaskil – die arme drommel, met de wanhoop die in zijn ogen glansde – bleef zich maar vastklampen aan de hoop alsof die een rozenkrans was, wachtend tot God zou ingrijpen. Prentiss kon niet anders doen dan zijn ademhaling tot rust brengen, dan proberen niet te bevriezen, en zijn werk doen.

Dat was zijn mantra op angstige momenten. *Doe je werk. Doe je werk. Doe je werk.* Ook al was Teig hem geld schuldig, ook al was hij bijna net zo bang voor de kou als voor het verlaten stadje, het enige waar hij aan kon denken om zijn angst te beteugelen was zijn werk doen. Als Ruthie daar was geweest, zou ze tot God hebben gebeden, er met heel haar hart van overtuigd dat Hij haar te hulp zou schieten. Het enige wat Prentiss had, was zijn camera.

Dit zijn beelden van onschatbare waarde, zei hij tegen zichzelf. En dat hield hem op de been. Hij wilde niet geldbelust zijn en hij wilde geen aasgier of een lijkenpikker zijn als bleek dat al deze mensen ritueel zelfmoord hadden gepleegd in de schuur of zoiets, maar hij kende de markt. Hij wist dat alleen al deze beelden genoeg zouden zijn om sommige studiobazen naar lucht te doen happen.

Zijn laarzen maakten een knerpend geluid op de sneeuw. Hij verschoof de balaclava over zijn gezicht en pakte toen zijn camera van de ene hand over met de andere zodat hij zijn vingers kon strekken, om het bloed te laten stromen.

Kaskil wenkte hem vanuit de ingang van een gebouw aan de overkant van de straat.

'Wat is dat?' riep Prentiss. De wind pakte de woorden en ging ermee aan de haal.

'De bibliotheek,' antwoordde Kaskil. Hij greep de deurkruk, draaide die om en duwde de deur naar binnen open.

Prentiss liep snel achter hem aan. Hij bleef door de zoeker kijken en hoopte dat zijn camera niet bevroor. Hij had nooit het geld gehad om de camera te kopen die hij voor deze reis eigenlijk had willen hebben, maar het was hem wel gelukt om een oude vriend over te halen die aan hem te lenen, en hij had zijn huiswerk gedaan over het filmen bij temperaturen onder nul. Hij had reservebatterijen in zijn zak, bewaarde de camera in de bijbehorende tas wanneer hij niet filmde, en hoopte verder maar gewoon op een beetje geluk. Zelfs apparatuur die was gemaakt voor omgevingen met temperaturen onder nul was niet geschikt voor plekken zo koud als deze.

Kaskil ging hem voor de bibliotheek in. Prentiss volgde, met de camera voor zich uit. Kaskil probeerde de lichten aan te knippen, maar net als in de rest van Achoest bleef het donker.

Een meter of drie voorbij de drempel van de bibliotheek riep Kaskil in de duisternis. Prentiss hield zijn adem in terwijl ze allebei op een antwoord wachtten. Het duurde een aantal seconden voordat Kaskil zich omdraaide om naar hem te kijken. Misschien besefte de jongen niet dat hij op camerabeelden werd vastgelegd, of misschien kon het hem niet schelen, maar hij probeerde niet eens zijn emoties te verbergen.

'Ik dacht dat ze zich hier misschien verzameld zouden hebben,' zei Kaskil. 'Er worden soms gemeenschapsbijeenkomsten gehouden. Ik heb al in de school gekeken en die was ook verlaten. Ik dacht... als er problemen waren, waar zouden ze dan naartoe gaan?'

Zijn blik werd leeg, een beetje verloren.

'Heb je veel familie hier?' vroeg Prentiss, omdat hij het gevoel had dat hij iets moest zeggen, een interactie moest aangaan. Dat had Kaskil nodig, en hij verdiende het ook. Hij was overgekomen als een grappige en geharde kerel, met ruggengraat en flair, en een heleboel onderdrukte woede die deed vermoeden dat de gevangenis hem meer littekens had bezorgd dan alleen de tatoeages op zijn huid. Nu leek hij weer een jongen, jong en bezorgd om zijn familie.

'Dat heb ik je al verteld. Mijn vader. Mijn tante en oom,' zei Kaskil terwijl hij naar de vloer keek. 'Ze wonen samen in één huis. Ik ben ernaartoe gegaan, maar er is niemand thuis.'

'We moeten kijken bij het huis van je zus,' herinnerde Prentiss zich.

Kaskil bleef naar de grond staren, misschien omdat hij huiverig was over wat hij in het huis van zijn zus verwachtte aan te treffen. Uiteindelijk knikte hij, blies zijn adem uit en beende toen langs Prentiss de deur uit. Terwijl ze haastig langs twee andere gebouwen liepen, bleef Kaskil zijn hoofd maar ronddraaien en om zich heen kijken of hij enig teken van leven zag. Prentiss keek naar hem, liet nog steeds de camera lopen, maar het stadje voelde zo verlaten aan dat hij er zeker van was dat ze alleen waren.

Toen ze het huis bereikten, deed Kaskil de deur open. Een sleutel was niet nodig. Niemand deed hier de deur op slot.

Het eerste wat de camera registreerde toen ze binnenkwamen, was de achterdeur. In het kleine huis kon de afstand van voor- naar achterdeur niet meer dan twaalf meter zijn geweest. De deur stond open, met een beetje maanlicht dat naar binnen scheen, en binnen lag een hoopje sneeuw dat door de wind was meegenomen. Prentiss zou het daar een beetje warmer moeten hebben gehad, beschut tegen de elementen, maar op de een of andere manier voelde het kouder aan. Hij bewoog de camera rond, kwam weer bij Kaskil terecht en zag de man bij de eettafel van zijn zus staan staren naar de kommen en de glazen. Wat daar ook in had gezeten – zowel het drinken als de stoofschotel die het gezin voor het avondeten had bereid –, het was stijfbevroren.

Prentiss wist dat Kaskil hem niet echt mocht. Dat kon hij de man niet kwalijk nemen, hij wist dat hij lomp was geweest. Deze jongen – deze man – zat waarschijnlijk niet te wachten op zijn medeleven of zijn steun, maar hij had ze wel nodig. Prentiss liep de drie meter die tussen hen lag, waarbij de vloer onder hem kraakte, en legde een hand op Kaskils schouder.

Kaskil draaide zich om en schreeuwde door het verlaten huis.

Verlaten, want ook al hadden ze niet elke centimeter van het huisje uitgekamd, ze hadden niemand anders gevonden in dit verlaten stadje. Bovendien vóélde het verlaten.

Kaskil schreeuwde weer, zonder hoop in zijn ogen, en weer antwoordde er niemand.

'Hé vriend, luister,' zei Prentiss. 'Laat je verbeelding niet met je op de loop gaan. We weten niet wat er is gebeurd. Het hele stadje is verlaten, en daarom denk ik dat ze zijn geëvacueerd. Waar ze ook zijn, iedereen is samen weggegaan, en dat betekent dat jouw familie oké is, ja?'

Kaskil draaide zich om en staarde hem aan, niet overtuigd.

'Overal in het stadje staan de deuren open,' zei Kaskil. 'Waar zouden ze ooit zo snel naartoe moeten gaan dat ze hun deuren open laten staan? Dat ze het eten op tafel zouden laten staan?'

Prentiss liet de camera zakken. 'We komen erachter wanneer we ze bereiken. Het gaat vast goed met ze. Waar ze ook zijn, ze zijn bij elkaar.'

Kaskil liet ontmoedigd zijn schouders zakken en keek de woonkamer en de keuken rond. Toen draaide hij zich om en liep naar de openstaande achterdeur en naar buiten, een nacht zonder antwoorden in.

Plotseling verstijfde hij. Hij draaide zich om naar links, naar een deur richting een ander deel van het huis. Een deur die een paar centimeter openstond, met alleen maar duisternis erachter.

'Ik hoorde het ook,' zei Prentiss, en hij zag de glimp van hoop op Kaskils gezicht.

Het geluid fluisterde opnieuw naar buiten door de op een kier staande deur, en allebei wisten ze dat het niet de wind was.

Kaskil stak zijn hand uit, deed de deur nog wat verder open en glipte erdoorheen.

Nari was niet heel geïnteresseerd geweest in wat de Amerikaan en de Engelsman te zeggen hadden gehad. Ze waardeerde het dat ze zo vriendelijk waren geweest om haar een lift te geven – ze zou waarschijnlijk dood zijn gegaan als ze niet hadden ingegrepen – maar ze was niet van plan om lang genoeg bij hen te zijn om vrienden met hen te worden. Nu bevond ze zich in Achoest, in de ijzige kou en het donker, met alleen deze nieuwe mensen als gezelschap. Ze keek toe hoe het licht uit Teigs zaklamp achter de voetafdrukken in de sneeuw aan kroop. Hij zwaaide de lichtbundel heen en weer en volgde de drie paar voetafdrukken die naast elkaar naar het bos en de berg erachter leidden.

'We moeten hier weg,' zei ze.

Teig knikte zonder naar haar te kijken. Hij bleef de sneeuw voor zich uit afspeuren.

'Ik zou hier ook liever weg willen,' gaf Teig toe. 'Maar Kaskils familie woont hier. Ik kan niet zomaar zeggen: "Dank je wel, vriend, maar nu moet je het zelf weer opknappen" en hem achterlaten.'

Nari begreep het en was het schoorvoetend met hem eens. Haar eerste ingeving was geweest om Teig en Prentiss over te halen weer in hun busje te stappen en verder naar het noorden te rijden, en Kaskil en zijn stadje lekker te vergeten. Vóór deze avond zou ze hebben gedacht dat ze een beter mens was, maar haar huid prikte van angst, elk moment dat ze hier nog langer bleef. Het voelde alsof ze die angst inademde, alsof ze erdoor werd geïnfecteerd.

Nari had nog nooit in haar leven zo graag willen vluchten.

Aan de andere kant zou ze haar moeder nog hebben vermoord voor een kop koffie. De dag was begonnen met ontbijt in een zaakje langs de weg uit Magadan, waar ze de verrukkelijkste pannenkoeken hadden geserveerd. Nari was naar Magadan gereisd voor de begrafenis van haar zwager, maar die ochtend was ze heerlijk alleen geweest. Ze was niet getrouwd, niet geïnteresseerd in het huwelijk, gefocust op haar sieradenbedrijfje en haar honden, en ze gaf er meestal de voorkeur aan om alleen te zijn. De man van haar zus was het enige familielid geweest dat haar accepteerde zoals ze was in plaats van haar te bekritiseren. Nari had niet verwacht dat ze om hem zou huilen, en toch had ze op de begrafenis openlijk gehuild. Ze had plichtsgetrouw haar medeleven aan haar zus betuigd, had nét niet tegen haar moeder gezegd dat die moest oprotten, was geduldig blijven staan terwijl tientallen mensen hun condoleances aanboden, had vervolgens toegekeken hoe ze Bayans doodskist in de grond lieten zakken, en was toen in haar auto gestapt en naar het noorden gereden. Het was geen toeval dat ze zo ver weg van de rest van de familie woonde, en ze kon niet wachten om vrij te zijn van het verstikkende narcisme van haar moeder, veilig thuis bij haar honden en haar boeken en haar werk.

Maar Nari had nog nooit zo alleen willen zijn als nu.

Teig wees naar rechts. 'Kijk daar eens.'

Er waren nog andere voetafdrukken gekomen bij de exemplaren die ze hadden gevolgd. Hij liet de lichtbundel van zijn zaklamp over de besneeuwde weide glijden die de achterkant van de gebouwen van het bos scheidde, en voor het eerst besefte Nari hoeveel voetafdrukken er wel niet waren. Hoeveel mensen waren er vanavond naar het bos gelopen?

Ze zette een stap naar achteren en vergat Teig helemaal. De wind kwam in vlagen aan en liet haar jas wapperen. De capuchon klapte naar voren en bedekte haar gezicht half, maar Nari nam niet de moeite om hem weg te duwen. Haar aandacht was helemaal gericht op de bomen aan de rand van het bos, op de voetafdrukken die in het bos verdwenen. Op de manier waarop de bomen in de wind zwiepten.

Behalve dan dat het helemaal niet door de wind kwam.

Een meter of vijf het bos in weken sparren en dennen opzij en zwiepten heen en weer, maar ze bogen niet allemaal dezelfde kant op. De wind ging liggen, maar ze bleven bewegen alsof iets ze van binnenuit door elkaar schudde, tegen hun stammen streek en hun takken afbrak.

'Meneer,' zei Nari met schorre stem, maar ze keek niet naar Teig terwijl ze nog een stap naar achteren deed.

Ze rook iets ouds en gronderigs, als roest en vers omgewoelde aarde.

Teigs zaklamp verlichtte een groepje spierwitte berken. Er klonk een schreeuw in het bos, en een van de berken brak af en viel om. Takken braken af op hun weg omlaag. Een golf van stank spoelde over haar heen, de geur van schimmel en verrotting, en ze deinsde terug en hield een arm omhoog om haar sjaal dichter tegen haar gezicht te duwen.

Nari vloekte zacht en vulgair, een mengeling van heiligschennis en gebed. Ze sprak opnieuw, zich er nauwelijks van bewust dat er woorden van haar lippen kwamen. De bomen beefden niet meer en Teig leek uit te ademen, maar Nari staarde alleen maar naar de duisternis, de duisternis binnen de duisternis, die nergens door kon worden verlicht.

In de afwezigheid van licht, geluid of beweging grauwde er iets. Ze woonde al haar hele leven in Siberië en had elke soort beer en wolf gehoord, en dit was geen van beide. Er brak weer een berk af, en toen begonnen alle bomen te bewegen en hun takken te schudden doordat ze opzij werden geduwd door iets enorms, en dat fluisterde met iets wat tussen een grom en een stem in zat.

Teig fluisterde tegen haar. 'Wat de fuck is dat?'

Alsof zij dat wist. Alsof dit een doodgewone nacht in Siberië moest zijn. Of waar dan ook eigenlijk.

Ze wenste dat ze ergens anders was, desnoods in haar auto terwijl ze haar best deed om niet dood te vriezen, en ze probeerde genoeg woorden in het Engels te vinden om antwoord te geven. Maar toen hoorden ze iemand roepen. Prentiss riep naar hen, en zijn gebrul weerkaatste tegen de gebouwen en het bos en de sneeuw.

Nari draaide zich om en rende weg in de richting van dat geschreeuw.

Ze hoorde het knerpen van Teigs laarzen op de sneeuw terwijl de man haar volgde, en ze hoorde hem puffend ademen, maar haar volledige aandacht was nu op Prentiss gericht. Wat er ook in dat bos was geweest waar de voetafdrukken tussen de bomen verdwenen, Nari zou het te vlug af zijn. Ze was absoluut niet van plan hier op deze afgelegen plek dood te gaan, zonder dat iemand haar honden te eten gaf, zonder dat iemand haar moeder alle redenen zou vertellen waarom ze de afgelopen drie jaar nauwelijks met elkaar hadden gesproken.

Als er echt iets was geweest daar in het bos, en het achter hen aan kwam, wilde ze ervoor zorgen dat ze Teig een paar stappen voor bleef. Hij was vriendelijk voor haar geweest, maar ze waren evengoed vreemden voor elkaar. Ze wilde het ding dat die mensen het bos in had gelokt niet tegenkomen, wat het ook was. Voor Teig niet, voor niemand niet.

Prentiss riep weer naar hen.

Kaskil staarde naar het meisje in de kamer, en hij negeerde het geschreeuw dat van buiten kwam. Ze droeg een trui die haar overgrootmoeder voor haar had gebreid. De mouwen waren te lang en alleen haar vingertoppen staken eronderuit. Haar warrige zwarte haar viel om haar gezicht alsof ze net door een oerwoud had gelopen, maar Kaskil wist dat het meisje er gewoon een hekel aan had om het te borstelen. Haar haar zag er bijna altijd zo uit. Dat wist hij omdat ze een bloedband hadden, Kaskil en dit meisje. Ze was zijn nichtje, en ze was daar alleen in het huis geweest.

In haar eentje, hier in het stadje.

'Ariuna?' zei hij terwijl hij naast haar knielde.

De ogen van het meisje glansden in de duisternis. Ze was negen en vroegwijs, en normaal gesproken praatte ze bijna de hele dag door. Bij familiediners moesten Ariuna's ouders haar afremmen zodat ze de tijd nam om wat te eten, soms zelfs om te ademen. Kaskil had haar ooit duizelig zien worden omdat ze meer praatte dan ademhaalde.

Vanavond zweeg ze.

'Una,' zei hij. 'Alsjeblieft. Waar zijn je vader en moeder? Waar is iedereen?'

Hij trok een handschoen uit en raakte de zijkant van haar gezicht aan, voelde aan haar voorhoofd. De achterdeur stond nog steeds open en zijn nichtje voelde erg koud aan. Kaskil rommelde wat rond in de kamer en vond haar jas, haar laarzen en een muts. Ze keek niet één keer zijn kant op, zelfs niet toen hij opnieuw naast haar knielde en haar in haar jas hielp.

Een stem achter hem vroeg: 'Wat is er met haar aan de hand?'

Geschrokken trok Kaskil zijn handen terug van Ariuna en draaide zich om om Prentiss boos aan te staren. 'Denk je dat ik daar het antwoord op heb? Of op wat dan ook hier?'

Prentiss knikte snel en verontschuldigend, maar Kaskil zag dat zijn camera weer tevoorschijn was gekomen. Hij was al aan het filmen geweest voordat hij had gesproken, had de stille paniek vastgelegd van een oom die vreselijk bezorgd was om zijn nichtje. *Asshole,* dacht Kaskil in het Engels.

'Dit is je stomme realityshow niet.' Hij keek Prentiss even boos aan voordat hij Una's muts op haar hoofd zette. Het was net alsof hij een pop aankleedde. Ze liet hem begaan, maar stak geen hand uit om te helpen.

'Het is mijn werk, vriend,' zei Prentiss.

Kaskil negeerde hem. Hij hield het meisje vast bij haar schouders. Hij sprak weer tegen haar in het Jakoets. 'Una, waar zijn ze? Wat is er gebeurd?' Zijn borstkas deed pijn en hij pakte haar kin met beide handen vast, draaide haar gezicht zodat ze elkaar konden aankijken als ze in staat zou zijn geweest om op hem te focussen, of waar dan ook op.

'Lieve schat,' zei hij. 'Ben je daar ergens?'

Er klonken schuifelende voetstappen achter hem, hij hoorde een gedempt gefluister en nog voordat hij zich omdraaide besefte Kaskil dat Teig en Nari al in het huis waren. Natuurlijk waren ze dat. Prentiss was naar buiten gegaan om hen te roepen, om hulp te roepen, en ze waren met hem mee naar binnen gekomen toen hij was teruggekeerd. Ze waren vlak bij de kamer geweest, hadden in de keuken bij de openstaande achterdeur gestaan en gehoord wat hij tegen Prentiss had gezegd.

Dat was prima. Kaskil wilde dit niet nog eens hoeven zeggen. Teig betaalde hem hier dan misschien voor, had hem misschien nog veel meer in het vooruitzicht gesteld, maar er was hier in Achoest een nachtmerrie tot leven gekomen, en vanavond kon Kaskil zich geen enkele toekomst voorstellen.

'Una, alsjeblieft,' zei hij terwijl hij haar laarzen pakte en ze aan haar voeten liet glijden.

Ze bleef strak voor zich uit kijken. Ze staarde nergens naar, met hangende schouders. Kaskil begon de kamer rond te kijken, op zoek naar enig teken van een worsteling, een aanwijzing die misschien kon helpen verklaren wat hier was gebeurd en waar alle anderen naartoe waren gegaan.

'Prentiss, doe die camera weg,' zei Teig.

Kaskil ademde uit. Hij werd overspoeld door verdriet, dat zijn angst verdreef, maar in elk geval hoefde hij Teig niet uit te leggen waarom dit niet het geschikte moment was voor zijn stomme televisieprogramma.

'Wat dit ook is,' zei Prentiss schor, 'we moeten het vastleggen.'

'Dat weet ik. Maar nu moet je naar het busje gaan en kijken of de motor aanslaat. Start het en rij het hierheen. We moeten wat dingen verplaatsen om ruimte te maken voor het meisje.'

Kaskil fronste, maar hij ging er niet tegenin. Natuurlijk moesten ze vertrekken. Waar zijn familie en de rest van de mensen van het stadje ook naartoe waren gegaan, ze hadden Una achtergelaten. Kaskil moest haar ergens in veiligheid brengen, waar andere mensen en echte warmte waren. Ergens waar ze de autoriteiten konden inlichten zodat er een zoektocht kon beginnen naar de mensen die waren verdwenen.

Prentiss ging niet met Teig in discussie. Hij stommelde de openstaande achterdeur uit en liet Teig en Nari achter in de keuken.

'Gaat het wel goed met haar?' vroeg Teig terwijl hij de kamer binnen stapte. 'Weet ze wat er is gebeurd?'

'Ik denk dat Una in shock is,' legde Kaskil uit. 'Ze heeft nog geen woord gezegd. Maar je hebt gelijk. We moeten hier weg, naar een plek waar het veilig is.'

Op het moment dat hij dat zei, zag hij de angst op Nari's gezicht. Ze stond nog steeds in de keuken en bleef over haar schouder kijken, naar de open deur waardoor Prentiss zojuist naar buiten was gegaan, hen achterlatend. Iets aan die schichtige blik, de grote ogen, de manier waarop ze rukjes gaf met haar hoofd, als een nerveuze vogel, maakte hem zelfs nog zenuwachtiger dan de lege blik op zijn nichtjes gezicht.

Kaskil ritste Una's jas dicht en tilde haar in zijn armen. Teig stapte opzij terwijl Kaskil het meisje de keuken in droeg. Nari was dieper het huis in gelopen, verder van de open deur.

‘We moeten gaan,’ zei Kaskil tegen haar in het Jakoets.

Toen hij dat zei, draaide ze zich met een ruk om om naar hem te kijken, en toen naar Una in zijn armen. ‘Ja,’ zei ze, en ze stak haar hand uit om de muts van het meisje recht te zetten. ‘En vlug ook.’

Nari keek Kaskil voor het eerst aan. ‘Als we snel genoeg zijn, kunnen we misschien de weg bereiken voordat ze uit het bos komen.’

Niet-begrijpend begon Kaskil te vragen wat ze bedoelde. Wat haar zo ontzettend bang had gemaakt.

Nari rende de kou en het donker in zonder nog om te kijken. Kaskil keek vragend naar Teig of die antwoorden had, maar de man negeerde zijn blik en voor het eerst zag Kaskil dat ook hij gekweld leek, gespannen, bang voor wat zich aan de rand van zijn blikveld zou kunnen bevinden.

Teig gebaarde dat Kaskil naar buiten moest gaan.

De wind geselde hen. De kou joeg door het stadje en wervelde door de straten.

Nari stond op de weg, alsof ze er klaar voor was om ervandoor te gaan, en staarde naar het bos. Er bewoog iets in de duisternis, een boom of een man, en heel even voelde Kaskil een sprankje hoop.

Toen deinsde Nari achteruit terwijl er een stortvloed van heiligschennis en gebed uit haar mond kwam, draaide zich om en vluchtte de duisternis in.

7

Prentiss draaide de sleutel nog een keer om. De motor hoestte, maar sloeg niet aan. Hij haalde zijn hand van de sleutel en staarde naar de rijp aan de binnenkant van de voorruit. Het enige licht in het parkeergebouw kwam van oranje noodlichten die werden gevoed door een noodaccu of een generator ergens, maar het was genoeg om te zien hoe ijskristallen zich over het glas vermeerderden en verspreidden. De garage was gebouwd met geen ander doel dan voertuigen warm genoeg te houden om te voorkomen dat de brandstofleidingen bevroren. Dit zou niet moeten kunnen.

Zo lang heeft het niet eens geduurd.

Hij wrikte aan de sleutel in de ontsteking. Toen hij hem eerder had omgedraaid, voelde die stijf aan, alsof het mechanisme zelf op het punt stond te bevriezen.

'God, ik heb nooit eerder reden gehad om te denken dat U ergens daarboven bent,' mompelde hij, zijn stem gedempt door zijn balaclava. 'Als U enige interesse hebt om me van gedachten te laten veranderen, zou dit een goed moment zijn.'

Prentiss haalde diep adem en draaide de sleutel om. De motor sputterde, maakte een ratelend, doodeng geluid, en toen sloeg hij aan. Het busje kwam brullend tot leven. Ruthie zou het fantastisch hebben gevonden. Prentiss lachte en drukte een paar keer op de claxon om het te vieren. Hij gaf een dot gas – het busje schraapt zijn keel, zou hij hebben gezegd – draaide de verwarming zo hoog mogelijk en zette hem in de eerste versnelling.

Terwijl hij naar de uitgang van de garage reed, keek hij omhoog naar de hemel. 'Klootzak. Ik denk nog steeds dat je maar een fabeltje bent. Als je me warm en veilig thuisbrengt, verander ik misschien van gedachten.'

Hij reed de garage uit. Nu de motor draaide en de dashboardlampjes brandden, voelde hij zich omgeven door een kleine cocon van normaliteit die extra scherp aangaf hoe vreemd en onrustbarend hun aankomst in Achoest was geweest. Waar waren de mensen nou werkelijk? Evacuatie leek het meest waarschijnlijk, maar met welk doel? Voor welk gevaar hadden de bewoners gestaan? Iemand had toch Kaskil, hun familielid, kunnen bellen en hem kunnen waarschuwen?

De koplampen streken over de anderen die over straat naar hem toe renden. Kaskil droeg het meisje in zijn armen, gewikkeld in een dikke deken van bont. Teig rende soepel achter hen aan, maar hij draaide voortdurend zijn nek opzij in de richting van de bomen. De uitdrukking op zijn gezicht beviel Prentiss totaal niet, maar zelfs toen duurde het even voor hij zich realiseerde wat er nog meer niet klopte aan dit beeld.

Hij parkeerde het busje maar liet de motor draaien, en stapte uit. Kaskil liep langs hem en zette het meisje op de achterbank terwijl hij zacht en geruststellend tegen haar praatte.

Prentiss bleef voor Teig staan. 'Wat is er aan de hand, Felix? Waar is onze liftster?'

Hun liftster. Nari.

'Let op hen,' zei Teig, en hij keek hem strak aan. 'Ik moet haar vinden.' Hij liep het donker tussen de huizen in, op weg naar het bos.

'Háár vinden?' riep Prentiss hem mopperig na. 'Zij is degene die zei dat we bij elkaar moesten blijven, en nu...'

Hoorde hij haar schreeuwen.

Schreeuwend kwam ze uit het donker op hen af rennen.

Voor Teig zag ze eruit alsof ze uit een droom kwam. In zijn verbeelding zag hij nog steeds de kersenkleurige tint van haar haar, maar in het donker werd het zwart. Nari snelde over de sneeuw in een monochrome golf, helemaal zwart, alsof alle kleur uit de wereld was gelekt. Alleen haar gezicht leek een beetje licht te weerkaatsen, een bleke glans doorbroken door de speldenprikken van doodsangst die haar ogen vormden.

'Stap in het busje! Stap in het busje! Stap in het fucking busje!' schreeuwde ze naar hem alsof hij degene was die haar woede had opgewekt.

Teig was net zo bang als zij, en voelde de onderstroom van vreemdheid en dreiging in Achoest. Hij dacht aan de verloren kolonie van Roanoke, dacht aan spookschepen die stuurloos zonder bemanning waren aangetroffen, maar dit was geen legende. Hij was geschrokken, maar hij had te veel ervaring met bedrog om niet eerst aan alle rationele verklaringen te denken. Ze hadden voetafdrukken gezien, achtergelaten maaltijden gezien. Geen tekenen van geweld. De locals waren niet ontvoerd, ze waren opgestaan en hadden hun huizen verlaten.

'Nari,' zei hij, en hij stak een hand op om haar af te remmen.

Ze sloeg zijn hand weg, greep zijn bovenarm en draaide hem met kracht om. 'Lopen!'

Teig struikelde en viel bijna in de sneeuw, maar toen begon ook hij te rennen.

'Verdomme,' snauwde hij. 'Waarvoor ben je...'

Op de vlucht, zou hij hebben gezegd.

Maar terwijl hij de vraag wilde stellen, keek hij achterom en zag hij nog iets achter hen aan komen, en dat sloop door de schaduwen. Het leek wel te zweven, en het won terrein.

'De *parni*,' zei ze, terwijl ze nadacht hoe ze het moest vertalen. 'Het bos!'

Helemaal in de war liet Teig zich door de ernst in haar stem meenemen naar het busje. Zijn eerdere verdwaalde idee van mensen die een show opvoerden voor de showman kwam weer bij hem op. Wat hij ook wilde geloven, dit zou allemaal een stukje toneelspel kunnen zijn. Kaskil was degene die hun had aangeraden om te stoppen bij Olonkho's, waar ze Nari voor het eerst hadden gezien. Nari had in de berm gestaan van een weg waarvan Kaskil had geweten dat ze erlangs zouden komen – er was geen andere route. Had ze überhaupt pech gehad? Het leek nogal vergezocht, maar de economie van deze godvergeten uithoek van de wereld kon wel een boost gebruiken, en als Teig erin slaagde een succesvolle realityserie over hen te maken, zou dat absoluut iedereen geld opleveren.

Zouden ze zo ver gaan? Waren ze er wanhopig genoeg voor? Slim genoeg?

Nari hield hem bij zijn arm vast. Hij keek over zijn schouder terwijl hij voort strompelde. Zijn botten deden pijn van de kou. Als hij inademde, schroeide de lucht de binnenkant van zijn longen. De warmte in het busje riep naar hem. De motor gromde alsof hij hem aanmoedigde op te schieten, maar Teig verzette zich ertegen. Hij trok zijn arm los uit haar greep. Uit zijn ooghoek zag hij dat Nari het busje bereikte en zag hij hoe Prentiss haar achterin hielp bij Kaskil en zijn nichtje. Het meisje had haar gezicht tegen het raampje gedrukt en tuurde erdoor naar buiten alsof het de patrijspoort was van een boot op ruwe zee – maar zonder enige uitdrukking op haar gezicht. Ze staarde naar Teig en hij staarde terug, maar toen gleed haar blik langs hem naar de donkere gestalte die over de sneeuw naar hen toe kwam lopen. Die liep nu tussen twee huizen in, een meter of zes van de straat.

'Parni,' fluisterde Teig, om het onbekende woord op zijn lippen te proeven. Hij moest in het busje stappen, maken dat hij hier wegkwam, maar met alle mensen die vermist waren kon hij dit mysterie niet achter zich laten. Kon het waar zijn? Dan zou het meisje er ook bij betrokken moeten zijn, en dat zou betekenen dat ze een uitstekende actrice was.

Was Prentiss aan het filmen?

Shit. Wat de fuck dit ook was, hij moest het op camera hebben.

De parni stapte de met sneeuw bedekte straat op en voor het eerst merkte Teig dat hij zwarte vegen op het ongerepte wit achter zich had achtergelaten. Zwart… of rood? Net als Nari's kersenrode haar had hij het gevoel dat de werkelijke kleur van die vlek nog donkerder was gemaakt.

Dat was geen special effect.

'Wie de fuck ben jij?' brulde Teig tegen de parni.

De man bleef midden op straat staan en tilde de druipende kop van een afgeslachte wolf op in een vuist vol vacht. Bloedspetters regenden van zijn vuist.

In het busje gilde het meisje. En ze bleef gillen.

Prentiss brulde een waarschuwing.

Teig wervelde om zijn as naar rechts, met zijn handen omhoog om zich te verdedigen, maar wat er ook uit de donkere steegjes tussen de huizen kwam snellen, hier was niets tegen bestand.

Ze bewogen zo snel dat Prentiss eerst alleen maar schaduwen zag. De man met de bloedige wolvenkop schudde er boos mee. Hij hield hem omhoog als een lantaarn, en de zwarte druppels verspreidden zich over de grond. Hij schreeuwde iets en windvlagen waaiden over de weg, ijskoude wervelingen die sneeuw en ijs oppikten en snelle schaduwen werden, silhouetten die laag over de grond in de richting van Teig schoten.

Prentiss lanceerde zichzelf bij het busje vandaan en liet Kaskil, Nari en het meisje daar achter. Van achter zijn camera had hij in zijn leven dingen gezien die zo magnifiek waren dat hij oprecht ontzag had gevoeld, die flits van verwarring wanneer je je moet aanpassen aan het idee dat waar je naar kijkt bestaat in de wereld die je altijd hebt gekend. Prentiss zag die blik in Teigs ogen terwijl hij op zijn vriend afstormde. Verwarring, angst, ontkenning van het onmogelijke.

'Teig, kom terug!' Prentiss greep hem bij de capuchon van zijn parka.

Ze keken elkaar aan. Droefheid, twijfel, ontkenning.

In zijn ooghoeken zag Prentiss dat de schaduwen langzamer waren gaan lopen, tot de lange, soepele gang van roofdieren. Ze hadden iets wat op een vacht leek, maar de schaduwen golfden en heel even zag hij geen vacht, maar de naalden van een groenblijvende boom, scherp en stekelig. Stomme Teig. Die moest ook altijd van zichzelf worden gered.

Prentiss sjorde aan zijn capuchon en zijn riem, draaide zich half om, en slingerde hem terug naar het busje. Teig schreeuwde, in paniek. Hij raakte de grond met één voet en smakte met zijn schouder tegen het busje. Hij stuiterde terug en viel tot hij op één knie zat, maar Kaskil was al bij hem om hem overeind te helpen.

De eerste schaduw beet in Prentiss' linkerbeen. De tanden scheurden dwars door de dikke lagen die hem tegen de kou beschermden.

Prentiss wrong zich in een bocht, en door zijn eigen beweging drongen de tanden dieper naar binnen. Hij zwaaide met zijn rechterbeen en ramde zijn laars in de buik van het wezen. Toen de trap doel raakte jammerde en gromde het even en beet toen nog harder, zodat hoektanden over bot schraapten. Prentiss schreeuwde van de pijn, staarde toen naar het ding en zag voor het eerst dat het meer dan een schaduw was. Dat waarvan hij eerst had gedacht dat het dennennaalden waren, was in werkelijkheid een donkere vacht, en de tastbare werkelijkheid keerde terug.

De wolf rukte weer aan zijn linkerbeen, zo hard dat Prentiss viel. Hij raakte de weg, waardoor alle lucht uit zijn longen werd geslagen, en hij kreunde terwijl hij zich omdraaide en de wolf met zijn vuist begon te bewerken. Maar er flitsten nog meer dingen langs aan de randen van zijn blikveld en nu wist hij wat het waren. Meer wolven.

De man uit het bos had geen stap dichterbij gezet maar hij hield de bloedende wolvenkop nog steeds hoog op. Hij gooide zijn hoofd in zijn nek en liet een soort joelend gehuil horen. Toen hij met een klap zijn mond dichtdeed, wervelden de echo's in de lucht alsof ze de wind waren geworden. De wolven renden niet meer. Een voor een draaiden ze zich om en staarden naar Prentiss. Ze liepen heen en weer, met hun enorme schedels laag bij de grond en de oren naar achteren, en ze keken naar hem zoals roofdieren altijd naar hun prooi kijken. Plannen smedend hoe ze die gaan doden.

De echo's verstomden. De wind trok aan. De wolven slopen zwijgend op hem af.

Achter hem loeide de motor van het busje.

'Verdomme, Jack, laten we gaan!' schreeuwde Teig. 'Dit gebeurt echt!'

Prentiss draaide zich om en stormde naar het busje. Door het openstaande portier aan de bijrijderskant zag hij Nari achter het stuur zitten. Haar ogen schitterden van shock maar haar handen zaten stevig om het stuur en waren klaar om weg te rijden. Het meisje Una zat in het midden van het bankje voorin en de ruimte naast haar was leeg en wachtte op hem, met het portier open. Het achterportier aan de bijrijderskant was ook open, maar noch Teig, noch Kaskil was ingestapt. Ze stonden twee meter van het busje naar hem te schreeuwen en te gebaren dat hij moest rennen. Prentiss wilde lachen. Hij kon naar voren denderen en naar voren razen, maar rennen was met zijn omvang niet zo eenvoudig.

Een enorme wolf ramde tegen de zijkant van zijn toegetakelde linkerbeen. Het gewicht ervan raakte hem precies op zijn knie en Prentiss voelde het bot verbrijzelen. Er scheurde iets. Er brak iets. Hij viel voorover op de weg en zijn hoofd stuiterde tegen bevroren sneeuw. Woedend, sissend van de pijn, draaide Prentiss zich om en hield een arm op om de wolven af te weren.

Kaskil en Teig waren bij hem. Ze pakten hem ieder onder een arm en sleurden hem overeind. Zijn verbrijzelde knie vlamde van de pijn, maar Prentiss kwam in beweging. Hij liet een stroom van de smerigste verwensingen horen die hij kende en de tranen sprongen in zijn ogen, maar Prentiss kwam in beweging.

Nu raakten de wolven Kaskil.

Twee tegelijk. Toen een derde. Hij viel en raakte de grond. Hard.

Het bloed spoot in een waaier op de sneeuw en het ijs.

Prentiss maakte slagzij naar links en begon neer te gaan, terwijl hij zich afvroeg hoeveel wolven er waren. Of het zelfs wel wolven waren. Teig schreeuwde en hield Prentiss overeind, ook al kreunde hij van de inspanning. Ze begonnen allebei te vallen toen Teig Prentiss ronddraaide alsof ze een soort swingdansje deden. Prentiss smakte tegen het busje, en zijn heup maakte een deuk in het metaal vlak naast het open achterportier.

'Stap in!' blafte Teig. Hij greep hem bij zijn jas en sjorde en duwde hem op de achterbank.

Teig sloeg het achterportier met een klap dicht, stapte voorin en sloot zijn eigen portier, vlak voordat twee van de wolven tegen het busje aan ramden, woedend dat hun prooi hun was ontzegd.

'Help Kaskil!' schreeuwde Teig tegen Nari. 'Jaag ze weg! Gebruik de claxon, de koplampen!'

Nari vloekte tegen hem, zette het busje in de eerste versnelling en duwde het gaspedaal in. Het busje schoot naar voren, en de banden groeven zich in terwijl het omkeerde. Daar waren de wolven, die gretig, hongerig naar het busje keken terwijl de koplampen over ze heen streken. Kaskil probeerde op te staan, terwijl de wolven met hun kaken aan hem sleurden. Een flap van huid en spieren hing aan de linkerkant van zijn gezicht. Schreeuwend ramde hij een vuist op de ogen en de snuit van de wolf die in zijn linkerarm beet. Er kwam een wolf achter hem aangelopen, groter dan de andere en minder duidelijk afgetekend, alsof hij nog niet helemaal had besloten of hij een wolf wilde zijn en niet een schaduw.

Hij greep Kaskils rechterhand tussen zijn kaken, rukte zijn krachtige kop naar achteren en nam de hand mee. Kaskil strompelde overeind en bleef een paar seconden wankelend staan staren naar de stralen bloed die uit de rafelige stomp spoten, en toen stroomden de wolven in een golf over hem heen en bedolven hem onder rimpelende vacht en schaduwen. Hoeder, jager, gids, misdadiger, veroordeelde, liefhebbende oom – zijn leven had hem hierop niet voorbereid.

'Rij eroverheen!' Teig draaide zich om naar Nari. 'Red hem hiervan!'

In plaats daarvan draaide Nari het stuur rond, zodat ze het busje omkeerde en hen wegvoerde van Kaskils laatste schreeuw, van de meute wolven en de schaduwen, van het verlaten huis waar ze het meisje hadden gevonden dat nu voorin tussen Teig en Nari zat. Ze had al gezwegen sinds ze twee keer had gegild, en ze keek recht vooruit, alsof de gewelddadige dood van haar oom haar totaal niet aanging.

Prentiss keek uit het raam, en hij zag de wolven bij wat er nog van Kaskil over was vandaan stappen. Hun poten lieten bloederige afdrukken op de besneeuwde weg achter. Een van de wolven hield zijn kop schuin en keek hoe het busje voorbijreed – keek Prentiss aan, recht in zijn ogen. Toen gleed er een soort woestheid in Prentiss, alsof hij de wreedheid van de wolf voelde. Zijn maag keerde om van een nieuwe honger en hij kromde zijn vingers met een instinct dat hem beangstigde.

Prentiss schoof heen en weer op de achterbank terwijl Nari met gierende banden vaart meerderde en het verlaten stadje achter zich liet. Het bloed op de pijp van zijn gescheurde broek was begonnen te bevriezen. Zijn vlees bonsde waar de wolf hem had gebeten, alsof de tanden van het wezen er nog steeds in zaten. Zijn neusgaten zaten vol van de stank van zijn eigen bloed. Hij zou het bloeden snel moeten stelpen. Maar voorlopig leefde hij nog, en Kaskil lag verscheurd en gebroken op de weg. Het nichtje van de gids bleef zwijgen terwijl ze haar meevoerden.

Sissend van de pijn waagde Prentiss nog een laatste blik over zijn schouder, op zoek naar de wolven. De man uit het bos was al verdwenen, alsof hij er nooit was geweest, maar de wolven achtervolgden het busje tot ze weer schaduwen werden, een voor een, en de wind liet ze wervelen als wolken zwarte mist die het bos in dreven en verdwenen.

8

Nari probeerde haar ogen – en het busje – op de weg te houden, maar het beviel haar maar niets hoe Teig naar voren geleund zat, met één hand op het dashboard, en zijn hoofd in een bocht wrong zodat hij door de achterruit kon turen.

'Zie je iets?' vroeg ze gespannen. 'Komen ze achter ons aan?'

Teig gromde gefrustreerd. 'Het is te donker om dat te zien.'

Ze wierp een blik over haar schouder, maar er lag een sluier van rijp over de achterruit. En al was het glas helder geweest, dan nog zou de nacht het onmogelijk hebben gemaakt om uit te maken of ze achterna werden gezeten. Het ronken van de motor vulde haar hoofd, maar ze was zich maar vaag bewust van de tastbare wereld om haar heen.

'Waren het wolven?' vroeg Nari, gefrustreerd over deze mannen omdat ze haar taal niet spraken. De dingen in het duister hadden er zeker uitgezien als wolven – *doe niet zo stom, het waren wolven, natuurlijk waren het wolven* – maar ze wist dat ze daarnaast nog iets anders waren.

'Kaskil...' zei Teig, die nog steeds achteromkeek en haar nauwelijks hoorde. 'Ik kan haast niet geloven dat hij... Zag je dat?'

'Natuurlijk zag ik...' begon Nari te zeggen, maar hij had het tegen Prentiss, die bloedend en half bij bewustzijn op de achterbank lag.

'Ik heb meer dan genoeg gezien,' zei Prentiss schor. 'Ik weet alleen niet hoe ik het moet noemen.'

Nari focuste op de weg en probeerde niet tegen hen te schreeuwen. 'Ik heb het je gezegd. Ik zag de... de parni...'

Teig keek plotseling naar haar. 'En wat is dat dan precies? De man met de afgehakte wolvenkop? Is dat de parni?'

Nari trapte even op de rem om voorzichtig een bocht in de weg te nemen, en ging toen weer zo hard rijden als ze durfde. 'De parni. Hij is...' Het was moeilijk uit te leggen hoe iets twee dingen tegelijk kon zijn. 'Een sjamaan. Maar hij is ook de geest van het bos.'

Teig fronste naar haar. 'Wat betekent dat nu weer?'

Op de achterbank begon Prentiss snel te puffen, vechtend tegen de pijn van een gebroken knie en een toegetakeld been. 'Jezus, vriend, dit doet ontzettend veel pijn. Luister... iemand moet de politie bellen, de autoriteiten hierheen laten komen. Kaskil is dood en wie weet wat er met de rest van hen is gebeurd.'

Nari sloot zich voor hen af. De twee mannen waren vreemden voor haar, maar vrienden van elkaar. Ze deelden hun shock, verdunden de paniek door te vertrouwen op hun verstandhouding, en lieten haar het in haar eentje opknappen. Hoe vriendelijk ze ook waren geweest, op dit moment kon ze alleen op zichzelf bouwen.

Heel even wenste ze dat ze nooit waren gestopt om haar te helpen, maar natuurlijk zou ze dan al doodgevroren zijn. Haar hart klopte razendsnel en ze hield haar ogen op de weg terwijl ze probeerde het rekensommetje in haar hoofd te maken. Nog drie kwartier voordat ze haar kapotte SUV zouden bereiken. Hoeveel kilometer was het vanaf daar naar Olonkho's? De bar zou al dicht zijn, maar

Timir en Sajaara zouden boven zijn, in hun appartement. Er zouden een telefoon en warme thee zijn, en een deur die vergrendeld kon worden om de wereld buiten te sluiten. Hadden ze genoeg brandstof om het tot daar te halen? Ze keek naar de brandstofmeter en vinkte in gedachten die zorg van haar lijstje af. Meer dan genoeg benzine.

Het zou wel goed komen met hen.

Het komt wel goed met me, dacht ze.

Het busje stuiterde door een groef. Met haar ellebogen raakte ze het meisje. Nari was haar bijna vergeten, dat arme, ontredderde ding, nog maar negen jaar. Una, die tussen Nari en Teig in zat, was nog steeds in shock. Ze staarde recht voor zich uit, door elkaar geschud door de beweging van het busje, maar verder onbeweeglijk. Psychologen zouden moeten vaststellen hoe diep haar shock ging, hoe erg de littekens in haar geest waren. Nari had geen idee wat ze in het stadje had gezien dat ze zich zo volkomen had afgesloten. Ze vroeg zich af of het meisje Kaskil had zien doodgaan, of ze de wolven haar oom in de sneeuw uit elkaar had zien scheuren. Tegen die tijd had Una al in het busje gezeten en was ze al bijna catatonisch. Misschien was het haar gelukt om niet te kijken, maar ze moest het gillen en de geluiden hebben gehoord die de wolven maakten toen ze Kaskil aanvielen, toen ze hem verscheurden, toen ze begonnen te vreten.

Daarna losten ze op in de schaduwen, dacht ze, en dat beeld kwam plotseling in haar gedachten op.

Onmogelijk. Nari had over de folklore van haar land horen vertellen toen ze opgroeide, maar het waren gewoon verhalen. Zelfs als de parni daar was geweest, was hij gewoon een man. Zelfs als hij een wolf had gedood, een ritueel had uitgevoerd en naar hen had geschreeuwd, was hij gewoon een man.

‘Hé, kleintje,’ zei ze zachtjes in het Jakoets, terwijl ze goed oplette dat ze het busje recht hield terwijl ze een blik op Una wierp. ‘Maak je geen zorgen, oké? Vanaf nu zijn we veilig. Ik let wel op je.’

Het meisje gaf geen teken dat ze de woorden had gehoord, en toch had Nari er al spijt van vanaf het moment dat ze uit haar mond waren gekomen. Het was niet aan haar om beloften aan dit meisje te doen. Natuurlijk had ze de neiging om zich over Una te ontfermen en zou ze haar best doen om haar tegen verder trauma te beschermen, maar ze moest haar eigen leven leiden. Ze was in haar jeugd emotioneel gevangengezet door haar narcistische, manipulerende moeder, en daardoor had Nari geleerd dat je niet uit empathie moest toegeven aan verplichtingen. Nari was al haar hele leven op zoek naar vrijheid, en over het algemeen was het haar niet gelukt die te vinden. Nu was ze in een verschrikkelijk scenario verzeild geraakt met volslagen vreemden, en ze kon zichzelf niet toestaan te denken dat ze hun iets verschuldigd was – in elk geval niet in die mate dat ze haar eigen veiligheid op het spel zou zetten.

Dat ze hier vanavond was, op deze plek en dit moment, was puur toeval geweest, en zodra ze contact had gemaakt met iemand van de autoriteiten en ze haar eigen voertuig weer aan de praat kon krijgen, zou ze naar het noorden gaan. Op weg naar huis. Maar ze had het meisje een belofte gedaan.

Una bleef strak voor zich uit staren, met haar handen op haar schoot gevouwen. Het rijzen en dalen van haar borstkas bewees dat ze ademde, maar verder zag ze eruit als een bijzonder overtuigende etalagepop. Er was iets aan haar uitdrukking, misschien de manier waarop ze haar wenkbrauwen samen duwde of de strakke trek om haar mond, waardoor het leek alsof ze op het punt stond in tranen uit te barsten, maar die tranen vielen niet.

Maar toch, ze was nog maar negen. Haar oom was net gedood en de rest van haar familie was verdwenen. Intussen had Nari haar een belofte gedaan en of dat nu wel of niet met tegenzin was, ze zou bij het meisje blijven totdat ze er zeker van was dat ze allebei veilig waren.

Loedmilla had maar drie-en-een-halve vinger aan haar rechterhand. Bevriezing had de ontbrekende stukken vlees en bot weggenomen en had voor permanente littekens op haar gezicht en hals gezorgd. Mensen merkten wel dat er vingers ontbraken, maar dachten er op de een of andere manier nooit aan om haar naar haar tenen te vragen. Ze had er drie verloren aan de linkervoet en een – haar kleine teen – aan haar rechter. Haar neefje Alfrid stond erop dat ze elk jaar in de eerste week van juni naar een dokter ging. Loedmilla loog tegen de dokter, de enige die haar ooit met haar sokken uit zag. Ze bleef volhouden dat ze die tenen op hetzelfde moment had verloren als de anderhalve vinger. Ze beschouwde zichzelf niet als een bijzonder trotse vrouw, maar ze zou zich hebben geschaamd om toe te geven dat ze de verschillende lichaamsdelen verspreid over vier afzonderlijke incidenten had verloren.

De dokter adviseerde haar natuurlijk om binnen te blijven. Om warm te blijven.

Hij begreep het niet.

Alfrid begreep het ook niet, maar hij was al lang geleden opgehouden met proberen haar adviezen te geven of greep op haar te krijgen. Loedmilla zei altijd ja tegen hem, was het eens met zijn advies, en ging vervolgens naar buiten en deed waar ze zin in had, ondanks zijn angst. De afgelopen winter had hij tot februari gewacht en toen had hij haar er eindelijk mee geconfronteerd, met een gezicht dat rood was van frustratie, met gebalde vuisten bij zijn zijden als een peuter die een driftbui krijgt.

'Ik lieg om het gemakkelijker voor je te maken, Alfie,' had ze opgebiecht. 'Ik wil je niet ongerust maken.'

'En ik wil niet dat je doodgaat, tantetje.'

Loedmilla had haar hand om zijn wang gelegd net zoals toen hij een kleine jongen was, en niet een bouwvakker van drieënveertig die zelf zoons had.

'Ik beloof je dat ik voorzichtig zal zijn,' zei ze tegen hem. 'Maar ik moet dit doen. Je grootmoeder stond het niet toe toen ze nog in leven was, dus moest ik wachten tot ik een oude vrouw was. Nu weet ik niet hoeveel tijd ik nog op aarde heb en er is geen tijd te verliezen.'

Alfrid had haar handen in die van hem genomen en naar haar gekeken met dezelfde smekende ogen als die hij toen hij klein was altijd had opgezet om nog wat meer snoepjes van haar te krijgen. 'Midden in de winter? Het zal toch vast niet nodig zijn om...'

Toen was Loedmilla boos geworden en had ze haar geduld verloren. 'Ze zijn doodgegaan in de winter. Hun geesten slapen in de zomer. Dat heb ik je allemaal al eens verteld. Het heeft geen zin om zegeningen aan te bieden wanneer ze me niet kunnen horen.'

Hij verklaarde haar natuurlijk voor gek. Die lieve Alfrid. Maar behalve haar meesleuren naar zijn eigen huis – dat al te klein was voor zijn gezin – en haar opsluiten, kon hij niet veel anders doen dan haar belofte accepteren dat ze voorzichtiger zou doen.

Toch zou Loedmilla vanavond, in haar eentje daarbuiten op de snelweg, alleen aan zichzelf en aan de geesten toegeven dat ze bang was voor de kou. Het deed pijn om hier te zijn. Haar gewrichten deden pijn en haar botten deden pijn, alsof iemand zojuist haar hele lichaam als een bel had laten luiden. Hoewel ze alles behalve haar ogen bedekte, deden de littekens op haar gezicht en hals pijn alsof de wonden vers waren, alsof iemand zojuist een stukje wang of de helft van een oor had afgesneden, of de huid net onder haar kaak had weggeschraapt.

Toch zong ze zachtjes in zichzelf terwijl ze aan het werk ging. Het was tenslotte maar pijn. En wat is pijn in de ogen van God? Pijn was menselijk, iets van het vlees. Het was haar taak zich bezig te houden met de geest, en het leven dat na de dood kwam.

Geen bevroren lichaamsdelen meer, had Alfie gezegd aan het eind van die ruzie afgelopen winter. *Is dat soms te veel gevraagd?*

Loedmilla had beloofd het te proberen. Meer kon ze niet doen.

Haar auto pufte uitlaatgassen uit in het rode schijnsel van de achterlichten. Sommige mensen verlangden naar de warme lichten van thuis, maar dit uitzicht was het uitzicht geworden dat haar troost gaf. Loedmilla sjokte over de weg naar de auto, maar ze had nog honderd meter te gaan. Haar handschoenen waren dik en ze gebruikte elke avond handwarmers. Haar overgebleven vingers moesten beweeglijk blijven zodat ze met dunne sparren- en jeneverbestakken kon wuiven terwijl ze liep, en elke keer dat ze bleef staan om te bidden.

Ze hadden een nare dood gehad, al die geesten. Akelig, vaak gewelddadig, onbeschrijflijk verdrietig. Ze noemden dit de Bottenweg en inderdaad, de botten waren er nog steeds, onder de permafrost, maar wat Loedmilla al voelde sinds ze als klein kind voor het eerst over deze weg had gereisd, was pure droefenis. Hun geesten werden hier in de mist van die droefenis gevangengehouden, ze waren nooit gezegend en hadden nooit een gepaste begrafenis gekregen.

Sinds de nacht waarin haar eigen moeder was gestorven, was Loedmilla op elke dag dat de temperatuur zo laag was dat haar gebeden de doden konden bereiken, zeven of acht uur lang naar buiten gegaan. Ze bad tijdens een stuk van één kilometer per keer, waarbij ze aan de oostkant van de weg van haar auto vandaan liep en daarna via de westkant terugging naar de warme achterlichten.

Steeds een stuk van één kilometer, met tien pauzes per dag, in totaal tien kilometer voordat ze 's nachts haar hoofd op haar kussen legde.

'O Heer, verleen eeuwige rust in een gezegende slaap aan uw gestorven dienaren en maak de herinnering aan hen eeuwig,' zo zong ze, met klapperende tanden van de kou, ondanks haar sjaal en balaclava. 'Eeuwige herinnering. Eeuwige herinnering.'

Loedmilla zweeg even. Gedurende de zomer had ze veel van haar kracht teruggekregen, maar al sinds het koude weer was teruggekeerd, moest ze steeds vaker een pauze van haar werk nemen. Soms kon ze het eerste couplet van een lied niet afmaken, of de eerste regels van een gebed dat ze opzegde, zonder even te stoppen om op adem te komen. Ze sloeg er geen acht op omdat ze wel moest; ze had intussen langs honderden kilometers weg gezongen en gebeden uitgesproken, maar er waren nog steeds vele honderden kilometers te gaan.

'Vannacht niet,' zei ze lachend tegen zichzelf.

Voor zich uit zag Loedmilla de achterlichten van haar auto gloeien en ze begon ernaartoe te sjokken. Ze wilde in de auto stappen en op adem komen voordat ze naar huis reed, maar dat zou ze niet doen. Ze zou vannacht misschien geen honderden kilometers afleggen, maar ze had nog wel een paar kilometer te gaan, en als ze die vannacht niet afrondde, zou ze ze alleen maar aan haar lijst voor morgen moeten toevoegen.

Haar longen deden pijn bij elke ijskoude ademhaling. Nu ze ouder was, voelde ze de kou intenser, dieper. Hoeveel lagen ze ook droeg, hoe zwaar de jas ook was of hoe dik haar laarzen, de kou drong door tot in het merg. De wind begon harder te waaien en liet ijskristallen en sneeuwvlokken langs de weg naar haar toe dwarrelen. De kleine wervelwind danste heel even om haar laarzen heen en verdween toen de lucht in.

Loedmilla glimlachte. Haar moeder had haar altijd op haar kop gegeven voor haar bevliegingen, maar haar oma was juist meer dan toegeeflijk geweest. In dit deel van de wereld hadden overtuigingen van de ene op de andere generatie enorme veranderingen ondergaan. Haar oma was een *udagan* geweest, een vrouwelijke sjamaan van de witte traditie, en had Loedmilla alles geleerd wat ze wist over de *ichchi* van het bos, de levende geesten van rotsen en bomen en de wezens van de bossen, de ziel van het land zelf. Bij de generatie van haar moeder hadden de Sovjets niet alleen het sjamanisme, maar alle vormen van religie ontmoedigd. En dus had Loedmilla als meisje geleerd van beide vrouwen die ze aanbad. Het animistische sjamanisme voelde oprecht en goed in haar hart, net als de christelijke overleveringen die ze als meisje had meegekregen wanneer ze bij haar twee beste vriendinnen thuiskwam.

Volgens wat ze had gelezen hield een stevige vijftien procent of meer van de mensen in Jakoetië zich nog steeds met sjamanisme bezig, en Loedmilla had de neiging die mensen meer te mogen dan de anderen die ze ontmoette. Ze had haar geloof in het orthodoxe christendom gevonden, maar de twee geloven smolten samen in dit deel van de wereld. Beren en heiligen werden gezamenlijk vereerd, en Christus zelf versmolt met de Heldere Schepper van het sjamanistische geloof. Dus hoewel haar oma er de voorkeur aan zou hebben gegeven dat ze zich tot het animisme en de gebeden van de sjamaan beperkte, wist Loedmilla dat haar eigen overtuiging genoeg zou zijn. Die gaf haar kracht, gaf haar warmte, en bevroren merg zou haar net zomin tegenhouden als het mogelijke verlies van nog een vinger.

Ze bleef weer staan, ongeveer vijf meter achter haar auto. Ze opende haar armen met haar handpalmen naar boven, boog haar hoofd en begon een gebed te zingen voor de doden onder de weg. In gedachten kon ze daar hun botten zien, kon ze de omtrek van ruggengraten en sleutelbeenderen uittekenen. In de donkere holten waar ooit ogen hadden gezeten, zag ze een vonk van bewustzijn toen haar gebeden hen wakker maakten, hen troostten, hen verzekerden dat ze de eeuwige rust konden zoeken die hun was ontzegd.

Loedmilla glimlachte toen ze hun gefluister hoorde.

'Inderdaad, mijn vrienden,' zei ze. 'Gezegend zijn jullie allen. Leg de werken van het leven af die jullie hier gebonden houden. De Heer verwacht jullie.'

Misschien hadden ze maar heel even nodig om te beginnen zich van dit vlak naar het volgende te begeven, of misschien maanden, maar ze zouden gaan. Vriendelijkheid en gebed en het ware geloof waren alles wat ze ooit nodig hadden gehad om verlossing te vinden.

Elke dag en bij elk gebed hunkerde Loedmilla ernaar om te huilen om de zielen die ze bevrijdde, maar haar ogen bleven droog. Want tranen zouden kunnen bevriezen.

Glimlachend liep ze naar haar auto en stapte in, en ze trok het portier achter zich dicht. Veilig in de warmte die uit de zwaarbelaste warmteopeningen kwam, rustte ze een paar minuten uit. Haar gezicht prikte, haar oude littekens van bevriezing deden pijn, maar de pijn in haar botten werd al minder.

Ten slotte keek ze op de brandstofmeter, stelde vast dat ze nog steeds meer dan genoeg had en zette de auto in beweging. Eén kilometer, dat was alles. Als het warmer was geweest, zou ze deze gebeden om de kilometer hebben kunnen doen, maar de geesten waren in de winter veel dichter bij de wereld.

Loedmilla zette de auto weer stil, met de banden aan de passagierskant in de sneeuw, maar ze bleef nog een paar minuten van de warmte genieten voordat ze het portier opende en uitstapte.

'Goed dan, mijn lievelingen,' zei ze, terwijl ze zich omdraaide om terug te lopen langs de weg van waar ze was gekomen. 'Tijd om wakker te worden uit je sluimering. Tijd voor de genade die jullie zo lang is ontzegd. De Heer wacht op jullie.'

Ze begon te zingen, te bidden en te lopen, terwijl de kou in haar botten sneed, zoals altijd.

Het meisje leunde naar voren, stak haar hand uit naar de warmteopening en draaide die opzij zodat die rechtstreeks naar Teig blies. Het was geen snelle beweging geweest, maar alleen het feit dat ze überhaupt bewoog zorgde ervoor dat hij naar haar staarde. Als een ballerina uit een muziekdoosje verstijfde ze weer net zo plotseling als ze in beweging was gekomen.

Teig staarde naar haar. 'Hé meisje. Is alles goed met je? Kun je me horen?'

Op de bestuurdersstoel gaf Nari een rukje aan het stuur, na een bocht in de weg. Ze was al afwezig sinds ze langs haar SUV waren gereden. Het leek er bijna op alsof ze niet alleen van de gruwelijkheden en dat stadje probeerde weg te komen, maar ook van de mensen die toevallig op haar pad waren gekomen. Teig begreep het wel. Op de een of andere manier zou hij zich veiliger hebben gevoeld in zijn eentje dan met het meisje dat het allemaal had overleefd, en de voortdurende herinnering aan het feit dat Prentiss bloedend op de achterbank lag. Nari keek van de door de koplampen van het busje verlichte weg naar het uitdrukkingsloze gezicht van het meisje, verlicht door de gloed van het dashboard.

Teig keek de vrouw aan. 'Wil jij proberen of je tot haar kunt doordringen?'

Nari stootte Una even aan met haar elleboog, met haar handen nog steeds op het stuur. Ze sprak in haar eigen taal, die op Teig zowel rijk aan keelklanken als zangerig overkwam. Als hij er ooit aan toe kwam om *Leven en dood op de Bottenweg* te maken, wilde hij wat van die taal leren.

Wat de fuck denk je nou eigenlijk? Het is afgelopen. Het is fucking afgelopen.

Kaskil was doodgegaan op straat, neergehaald door wolven, Prentiss lag bloedend en koortsig van de pijn op de achterbank, en uit een heel stadje waren alle mensen verdwenen, behalve dit ene meisje. Het idee om televisie te maken leek heel ver weg, maar hij kon er niets aan doen. Het afgelopen uur had hij geprobeerd een manier te bedenken om deze trip te redden, om een invalshoek te vinden waarmee hij een programma kon maken. Misschien zat er wel één documentaire in. Misschien. Maar hoe hard hij ook zijn best deed om te proberen er vat op te krijgen, hij wist dat zijn grote plannen voor de Kolyma-snelweg uit elkaar waren gespat.

Hij zou alles kwijtraken. Het bedrijf zou instorten.

Maar binnen in hem was er een oude hunkering ontwaakt. Er was iets onnatuurlijks geweest aan die wolven – het was dat óf hij had gehallucineerd. En die kerel met de afgehakte wolvenkop... Die was misschien gewoon gek, maar hij had er niet normaal uitgezien, toch? Teig had hem grotendeels in het donker gezien, maar zijn lichaam zag er vreemd uit en hij leek abnormaal lang. En had er niet iets uit zijn hoofd gestoken, alsof hij een of andere kroon droeg?

De cynicus in hem verzette zich hevig tegen het stemmetje vanbinnen dat tegen hem zei dat hij eindelijk toch iets onnatuurlijks was tegengekomen. Een of andere duistere magie, hoewel alleen het woord al het cynische deel van zijn hersenen liet gieren van het lachen. Teig moest zich verzetten tegen de verleiding om het busje om te keren en terug te gaan.

Doe niet zo stom. Wees niet zo harteloos.

Kaskil was dood. Dat was geen illusie geweest. Als hij al had gedacht dat dit allemaal een of andere act was, dan waren die gedachten nu weggevaagd uit zijn hoofd. Nu voelde hij zich misselijk van walging om zijn zelfzuchtige gedachten. Zijn beste vriend had snel medische hulp nodig. Hoeveel bloed had Prentiss al verloren? Hoeveel schade hadden de wolven aangericht? En het meisje had geen familie meer om voor haar te zorgen.

Teig wierp weer heel even een blik op haar, om te zien of ze met haar ogen knipperde, of ze ook maar ergens op focuste. Het meisje leek volkomen catatonisch, behalve dat ze een minuut geleden zo geïrriteerd was geweest door de hitte die uit de opening kwam blazen dat ze die had weggedraaid. Teig wist dat Una waarschijnlijk geen Engels verstond, maar ze negeerde Nari ook.

'Het geeft niet, meisje,' zei hij, en hij overwoog een troostende arm om haar heen te slaan, maar wilde haar ook niet bang maken. 'Ik pas wel op je. Bij mij ben je veilig.'

Teig keek door zijn raam naar de duisternis. Hij keek ongeveer een minuut lang naar zijn spiegelbeeld, maar hij zag het niet echt. In plaats daarvan keerden zijn gedachten terug naar die dag zo lang geleden, met het busje en de puppy, de laatste keer dat hij zijn zusje had gezien. Hij had haar die dag in de steek gelaten en het monster dat haar had meegenomen had haar vermoord. Haar verbrand. Andere dingen bij haar gedaan waarvan zijn moeder had voorkomen dat hij er ooit iets over zou horen, maar waarvan hij zich zonder dat hij het wilde allerlei voorstellingen maakte.

Deze keer niet. Dit kind niet.

'De oma,' zei Teig.

Nari greep het stuur vast en wierp even een blik op hem. 'Wat?'

'Het tankstation waar we Kaskil hebben ontmoet, is misschien twee uur hiervandaan. De overgrootmoeder van het meisje is de eigenaar ervan. We kunnen haar daarheen brengen.'

'Oké. Dat is goed,' zei Nari.

Op de achterbank kuchte Prentiss om zijn keel te schrapen. 'Ik wil niet vervelend zijn, maar ik verlies liters bloed en twee uur klinkt... lang.'

'We zijn misschien een half uur van Olonkho's,' zei Nari. 'Daar zullen we het bloeden stelpen. Daar hebben ze vast wel...'

Teig zag dat ze moeite had om de juiste woorden te vinden, maar hij begreep de strekking. 'Verband. Een EHBO-koffer.'

Nari gebaarde en knikte. 'Dat. Ja. En whisky. Ik zou heel graag whisky lusten.'

Op de achterbank lachte Prentiss hoestend. 'Ik ook, schat. Ik ook.'

Voor de eerste keer sinds ze in alle haast uit Achoest waren vertrokken, voelde Teig de spanning een beetje wegebben. 'We zagen je daar al. In Olonkho's bedoel ik.'

Nari keek hem even van opzij aan. 'Mijn vriendin Sajaara en haar echtgenoot zijn de eigenaren.'

'Uitstekende rendierburgers,' zei Prentiss. Hij moest om zichzelf lachen, kreunde toen van de pijn en vloekte zachtjes tegen zichzelf.

'Weet je of daar politie komt? Is er politie in de buurt?' vroeg Teig.

Nari lachte schamper. 'Denk jij dat je in Amerika bent? Dat er op iedere hoek politie is? We hebben weinig mensen. Verkeerspolitie, misschien, maar niet hier.'

Teig keek naar het meisje dat tussen hen in zat, maar zij leek nog steeds verdwaald in een of andere innerlijke wereld, waar wat er ook om haar heen gebeurde er helemaal niet toe deed.

'En een telefoon?' vroeg Teig. 'Om hulp in te roepen?'

'Er is een telefoon,' zei Nari. 'We bellen wel iemand.'

Op de achterbank was Prentiss sneller gaan ademen, vechtend tegen zijn pijn, maar verder was hij stil geworden. Teig begon zich schuldig te voelen, vroeg zich af of ze eerder hadden moeten stoppen en meer hadden moeten proberen om Prentiss te helpen, maar ze hadden zojuist Kaskil op straat dood zien gaan, midden in dat verlaten stadje dat zo griezelig was als de hel. Ze waren high geweest van de angst en de adrenaline en die begon pas nu een beetje weg te zakken.

'Het komt wel goed met je, man,' zei Teig terwijl hij naar de achterbank keek.

Prentiss slaagde erin een keer te knikken.

Teig glimlachte, maar het brommen van de motor had zich in zijn hersenen geboord, en had daar een hoofdpijn veroorzaakt die alleen maar erger beloofde te worden. Una begon tussen Nari en hem in zachtjes te neuriën, een ritmisch geluid dat op dat van de zwoegende motor leek.

'Hé,' zei Prentiss op de achtergrond, met een zwakke stem die nauwelijks hoorbaar was vanwege het gebrom van het busje. Hij schraapte zijn keel en sprak wat harder. 'Teig, vriend... Jezus, Teig, kijk eens uit het raam.'

Links van hen, boven op een met sneeuw bedekte heuvel, nauwelijks zichtbaar in de duisternis aan de rand van het bos, hielden wolven het busje bij. Ze schoten tussen de bomen door, verdwenen en kwamen weer tevoorschijn in de nacht en de diepere schaduwen, maar het was onmiskenbaar.

Dat konden niet dezelfde wolven zijn. Met geen mogelijkheid.

'We moeten sneller gaan,' zei hij.

Nari werd bleek en keek uit het raam. Ze versnelde, en het busje schoot naar voren, denderend over de bandensporen in de weg.

Teig keek naar de wolven en een vreselijk vermoeden bekroop hem, de angst dat geen enkele snelheid genoeg zou zijn. De wolven achtervolgden hen. Ze waren op jacht.

Nari stuurde het busje slippend door een bocht in de weg. Het meisje leunde tegen Teig aan, maar ze strekte haar hals niet en zei geen woord.

Buiten in de bevroren bossen renden de wolven, stil en koud.

In het appartement boven Olonkho's knetterde de houtkachel van de hitte en verspreidde de gloed van de vlammen door de slaapkamer. Sajaara zat op een verweerde, gerieflijke oude stoel bij het raam, gewikkeld in een deken, en ze ging op in een roman van Olga Grushin die nogal ongebruikelijk was voor de auteur. Sajaara hield van haar werk, maar met deze duistere, fantastische reis leek Grushin als auteur bijna herboren.

Meestal voelde ze pure tevredenheid in haar leven met Timir. Ze hield van hem, en ze hadden samen de bar. Ze hadden het nooit zo druk dat ze niet samen konden lachen of dansen in de keuken, wat de kok met zijn ogen deed rollen, maar de bar bleef wel zo drukbezocht dat ze zich nooit verveelden. Er was altijd werk te doen, er waren altijd mensen met wie ze konden praten. Maar zo nu en dan, in een van de boeken waar ze van hield, trof Sajaara plotseling een hunkering aan om ergens anders te zijn, iemand anders te zijn. Dat effect had Grushin vaak op haar. Ze vond het ironisch, want als het aan Timir lag zouden ze jaren geleden al naar Moskou zijn verhuisd. Timir verlangde naar meer chaos, meer stadsleven, maar zij wilde alleen de stilte, een goed boek en haar houtkachel.

Er klonk een valse noot in hun woonkamer. Het appartement was niet groot: twee slaapkamers, een badkamer, een keukentje en de woonkamer met de bank en de comfortabele versleten stoelen. Er hing een flatscreen-tv aan de muur, maar geen van beiden was echt geïnteresseerd in wat er op televisie te zien was. Zij had haar boeken en Timir zijn gitaar. Wanneer de bar dichtging en iedereen weg was, maakten ze schoon, gingen ze de trap op naar hun appartement, gingen ze onder de douche – samen, als ze de energie hadden om de liefde te bedrijven – en maakten ze zich vervolgens op om van hun welverdiende rust te genieten. Ze sliepen wat langer uit op de winterochtenden, want de eerste leveranties kwamen pas na half tien, en de klanten lieten zich in Olonkho's niet voor twaalf uur 's middags zien.

Sajaara legde een vinger op haar boek en luisterde naar Timirs gitaarspel in de andere kamer. Hij had een prachtige akoestische gitaar, een kunstwerk, het enige waar hij geld aan had besteed. De gitaar had bijna duizend dollar gekost en ze had niet één keer met haar ogen geknipperd. Hij vroeg haar nooit iets, haar lieve echtgenoot, en hij verdiende alles op de hele wereld. Ze had gewild dat hij die gitaar kreeg, om elk prachtig lied te leren spelen, elk wijsje dat hem gelukkig maakte – zoals 'Een miljoen rode rozen', dat hij op dit moment speelde.

Wat hem maar gelukkig maakte.

Behalve naar Moskou verhuizen. Dat was uitgesloten.

Olonkho's was een gemeenschapje op zich geworden. Afgezien van de bar en de garage met de benzinepomp waren er een stuk of tien grijze, doosachtige huizen en een vierkant gebouwtje dat als truckerscafé en minimarkt functioneerde. Er woonden eenendertig mensen in en om Olonkho's – met nog twee op komst in het voorjaar wanneer Nina Volkovs tweeling zou komen – en Sajaara mocht bijna iedereen. De meeste mensen bleven niet lang, want ze werden een beetje gek doordat de plek zo afgelegen was, of omdat sommige artikelen die in een stad zo eenvoudig te vinden zouden zijn hier zo lastig te verkrijgen waren.

Sajaara zuchtte en dook weer in haar boek, net op het moment dat haar echtgenoot in de kamer ernaast een andere song begon te spelen. Een langzame, bijna begrafenisachtige versie van 'Purple Rain' van Prince waar ze altijd op de een of andere manier zowel droevig als gelukkig van werd, als de herinnering aan een verloren liefde. Hij was een goede man. Ze hoopte alleen maar dat hij zou blijven.

Ze hoorde wat houtblokken verschuiven in de houtkachel. Er kwamen een paar vonken omhoog door het zwarte ijzeren rooster, en ze zweefden door de lucht. Ze keek ernaar om zich ervan te verzekeren dat ze niet ergens terechtkwamen en daar vlam vatten. Terwijl ze de dansende vonkjes volgde, bereikte een geluid haar oren. Ze fronste en hield haar hoofd schuin. Het geluid vermengde zich met het knetterende vuur en het geluid van Timirs gitaar, maar al snel veranderde het in het dringende blèren van een autoclaxon, steeds maar weer.

'Liefje?' riep ze terwijl ze van de stoel opstond en haar boek opzijlegde. 'Hoor je dat?'

Zijn muziek hield op – het laatste akkoord bleef hangen. 'Hoor ik wat?'

'Kom eens hier!'

Sajaara liep naar het raam. De ruiten waren aan de randen berijpt, maar elk ervan had een plekje dat doorzichtig bleef. Ze duwde haar voorhoofd tegen het glas en draaide zich om om omlaag op straat te kunnen kijken. Het raam was zo koud dat haar huid pijn deed toen ze het aanraakte.

'Ik hoor een auto toeteren. Uitzinnig, alsof er een noodgeval is.' Ze keerde zich naar links en naar rechts om te proberen goed zicht op de garage en op de huisjes te krijgen, die in een groepje achter Olonkho's stonden.

Timir legde een hand op haar schouder om te proberen haar opzij te schuiven zodat hij uit het raam kon kijken. ‘Er is vast iemand gewond. We moeten…’

Sajaara legde hem het zwijgen op door een hand op te steken. Ze liep een paar centimeter bij het raam vandaan, zodat ze niet meer omlaag op straat hoefde te kijken. Er waren koplampen op de snelweg, een busje dat hun kant op kwam scheuren. Het getoeter werd luider, op de een of andere manier nog dwingender, en het busje begon af te remmen voor de bocht. De achterwielen slipten op de weg.

In het rode schijnsel van de remlichten zag ze hoe een kleine donkere vorm zich met lange, soepele stappen achter het busje aan voortbewoog.

‘Wat is dat in godsnaam?’ fluisterde Timir net over haar schouder heen.

Ze draaide zich weg van het raam en greep hem bij de hand. ‘Kom! Snel!’

9

Teig zat op zijn knieën op de zitting, met één hand op het dashboard terwijl ze de smalle toegangsweg naar Olonkho's insloegen. Ze stuiterden over de bandensporen in de sneeuw. Zijn hoofd knalde tegen het dak van het busje en hij hield zich vast om niet boven op Una te vallen. Het meisje zwaaide heen en weer terwijl ze slipten en leunde tegen hem aan, bijna alsof ze bescherming zocht, maar hij wist dat het alleen maar door de vaart van het busje kwam dat ze dichterbij was gekomen.

'Geen lichten,' zei Nari. Ze ramde weer op de claxon. In plaats van gepiep klonk het als een echte toeter. 'Er zijn geen lichten!'

Teig draaide zich om om door de voorruit te kijken. 'Bovenste verdieping. Eén raam met de lichten aan!'

Op het moment dat hij het zei, gingen er knipperend lampen aan in het café, en zijn hart sloeg over. Ze hadden een schuilplaats nodig, muren en een stevige deur tussen hen en wat het ook was dat hen achtervolgde. Hij maakte zichzelf wijs dat het maar wolven waren, maar ze hadden het busje meer dan dertig kilometer lang bijgehouden en waren pas de afgelopen tien minuten achteropgeraakt.

Hij draaide zich weer om en keek over de bovenkant van de zitting, ineengedoken om zoveel mogelijk door de achterruit te kunnen zien. Er bewoog nog steeds iets, ver achter hen op de weg. De meeste van die lopende schaduwen waren tussen de bomen gebleven, maar een aantal ervan was de snelweg op gekomen. De schaduw die hij nu zag moest daar een van zijn.

Hij rende niet, maar zweefde als het ware over de weg, een meter of tachtig achter hen.

Hij was nauwelijks zichtbaar in het donker, maar achtervolgde hen nog steeds. Nog steeds op jacht.

Ze raakten weer een bandenspoor. Prentiss kreunde.

Teig draaide zich helemaal om op de zitting. Hij hield zich met één hand vast en stak zijn andere hand uit om die van zijn vriend te grijpen. Prentiss deed zijn ogen open maar die waren wazig, alsof hij te veel whisky had gehad in plaats van dat hij bloed verloor.

'Klootzak,' raspte Prentiss.

'Je hebt helemaal gelijk,' beaamde Teig. Als de man grapjes kon maken – of misschien was het geen grapje, maar zelfs als hij kwaad kon zijn – dan was hij nog steeds bij zinnen. 'Probeer alle kracht die je nog hebt te verzamelen, Jack. Dat heb je nodig over een paar...'

Nari trapte vol op de rem. Teig ramde naar achteren tegen het dashboard en knalde met zijn hoofd tegen de voorruit. Prentiss slaakte een schreeuw van pijn, waarna Teig doorkreeg dat hij zijn vriends hand nog vasthad en hem van de achterbank had getrokken. Prentiss' ogen waren opengesperd en nu hing zijn hoofd slap opzij, nauwelijks bij bewustzijn door de schok.

'Kom op!' blafte Nari. Ze deed het portier open en sprong zo ongeveer uit het busje, en draaide zich toen weer om om de gordel van het meisje los te maken.

'Ik... ik geloof dat het wel gaat,' zei Teig, knipperend met zijn ogen. Nog steeds verdoofd. Hij voelde aan de achterkant van zijn hoofd, voelde een plakkerige, vochtige plek die alleen maar bloed kon zijn, en toen hij zich omdraaide zag hij het kleine spinnenweb van barstjes waar zijn schedel de voorruit had geraakt.

'Teig!' schreeuwde Nari.

Ze had Una's gordel losgemaakt maar had moeite om het catatonische negenjarige meisje over de zitting te trekken. Teig schudde met zijn hoofd in een poging te focussen, maar hij hees Una omhoog en schoof haar het busje uit, Nari's armen in. Terwijl Nari haar portier dichtsloeg, stapte Teig uit het busje en deed hetzelfde met de deur aan zijn kant.

Hij hoorde stemmen achter zich. Nari's stem, en misschien die van haar vriendin de serveerster. Misschien ook die van de barkeeper. Het maakte allemaal niet uit. Teig wierp één blik op de weg en zag daar twee wolven. Ze waren te groot, hun snuiten te lang, hun lijven te dicht bij de grond. Het zou niet mogelijk moeten zijn dat hun poten ze zo snel hadden gedragen, en toch kwamen ze. Hongerig. Hun ogen glommen wit in het donker, als speldenprikken in het weefsel van de wereld.

Hun poten maakten geen geluid, ook niet toen ze de grote weg af gingen en over de toegangsweg vol bandensporen naar het café renden. Maar zelfs nu, op zestig meter afstand, vijfenvijftig, vijftig, kon hij ze horen ademen. Kon hij het gepuf en gekreun van hun inspanning horen, en iets wat op lachen leek.

Hij rukte het achterportier open. Prentiss greep de rand van het portier vast en sleepte zich al deels de achterbank af voordat Teig een hand uit kon steken om hem te helpen. Daarnet was hij nog half bewusteloos geweest, maar nu hield hij zich vast aan Teig en wrong zich in een bocht om zijn goede been op de permafrost te zetten.

Toen Prentiss zijn gehavende been achter zich vandaan sleepte, liet hij een schreeuw horen die de lucht openreet. Met ontblote tanden van de pijn bleef hij op één been staan. In het schijnsel van de binnenverlichting van het busje zag Teig het bloed op de achterbank, dat poeltjes in de plooien vormde. Toen Prentiss zijn been naar buiten liet glijden liet hij een brede rode veeg achter, maar dat weerhield hem er niet van om het portier dicht te slaan.

'Lopen!' brulde hij.

Teig gehoorzaamde. Hij zag de wolven dichterbij komen. Zag een derde uit het bos net ten noorden van het café komen. Hij sloeg Prentiss' arm om zijn nek, dankbaar dat de grote man nog op één been kon hinken. De gewonde knie moest gebroken zijn, en hij had heel veel bloed verloren door de verwondingen van de wolven, maar op een of andere manier wist hij de kracht op te brengen om naar het café te lopen zonder hen allebei tegen de grond te trekken.

Er klonk geschreeuw van verderop langs de toegangsweg. De luide claxon had een paar mensen wakker gemaakt die in deze kleine nederzetting woonden. Er begon een fel licht te knipperen aan de voorkant van het dichtstbijzijnde doosvormige huis, maar Teig had geen belangstelling voor dat licht of die mensen.

De wolven waren te dichtbij. Hun gepuf leek vlak achter hem te zijn, en plotseling kon hij hun poten de weg horen raken. Het waren helemaal geen schaduwen. Geen verschijningen. Wat het ook waren, ze waren echt en tastbaar en *fuck, jezus, fuck*, ze waren vlakbij. Vlak achter hem.

'Ga maar,' gromde Prentiss, zo zacht dat Teig niet zeker wist of hij het had gehoord.

Maar dat was een leugen die hij zichzelf vertelde; hij kende de stem en de toon, en hij begreep het. Prentiss had hem toestemming gegeven om te vluchten, om hem daar op straat achter te laten, zes meter van de voordeur van het café. Maar hij zou Prentiss nooit van zijn leven loslaten. Hij zou die dikke klootzak nog naar binnen dragen als het moest.

En toen moest dat.

Prentiss slaakte een kreetje, hing tegen Teig aan, en begon in elkaar te zakken.

Teig keek over zijn schouder naar de wolven.

Het bos leek er vol mee te zitten. Ze kwamen tussen de bomen vandaan geslopen en liepen met soepele sprongen naar het busje. Naar het café. Maar die nieuwkomers, die luilakken, zouden geen kans krijgen, want de eerste twee, die met de witte speldenknopogen, die klootzakken zouden vanavond goed eten.

Prentiss leunde tegen Teig aan. Half bij bewustzijn mompelde hij een verontschuldiging. Teig zei tegen zichzelf dat het hem zou lukken om Prentiss de rest van de afstand mee te zeulen, maar die gast moest meer dan honderdvijftien kilo wegen en een van zijn benen deed het niet meer.

Rénnen, had Prentiss gezegd. Ergens wilde Teig dat hij dat had gedaan.

'Teig!' schreeuwde Nari. 'Laat hem niet...'

De spieren in zijn rug en nek zwoegden toen hij Prentiss probeerde te dwingen op zijn goede been te gaan staan. Hij staarde naar Nari, die in de open deur van het café stond, met het catatonische meisje nog in haar armen.

De deur. Die ging hij niet halen.

Toen wrong de vrouw zich langs Nari en het kind, stapte de deur uit met een jachtgeweer, zette de geweerlade tegen haar schouder en schoot de voorste van de wolven neer.

Teig vloekte. Terwijl hij zijn uiterste best deed om Prentiss overeind te houden, draaide hij zich om om te kijken wat de impact van de kogel was. De wolf werd met een ruk naar achteren gesmeten en van zijn poten geblazen, maar maakte geen geluid. Geen gehuil of een kreet van pijn. Teig staarde ernaar terwijl Sajaara de tweede van de voorste wolven neerschoot, met hetzelfde resultaat. Aan de overkant van de straat, waar de andere wolven net voorbij de garage uit het bos waren gekomen, bleef de rest van de meute staan en begon heen en weer te lopen, hun ogen gericht op het café, de mensen en het geweer.

De barkeeper – Timir – zwenkte om zijn vrouw heen en haastte zich om Teig met Prentiss te helpen. Samen werkten ze hem naar de deur. Vlak nadat ze hem over de drempel hadden weten te krijgen, hoorde Teig Nari en haar vriendin vloeken en het geweer ging weer af, drie keer kort na elkaar.

Terwijl de barkeeper en hij Prentiss op de verweerde, met biervlekken bespikkelde houten vloer legden, keek Teig door de deur en zag de twee wolven die waren neergeschoten met lange sprongen terugrennen naar het bos en zich bij de anderen voegen. Hij had verwacht dat de meute het bos in zou vluchten, maar toen hun leiders zich eenmaal hadden aangesloten, verspreidden de wolven zich alleen maar tot ze een rij vormden, en begonnen heen en weer te lopen. Ze hielden het café in de gaten. En wachtten geduldig.

Terwijl ze Una nog steeds vasthad duwde Nari haar vriendin zachtjes naar binnen en deed de deur dicht. Ze draaide de twee sloten op slot en schoof toen de grendel ervoor. Zowel zij als de andere vrouw was bleek geworden, daar in het smoezelige licht van het café. Voor het eerst zag Teig dat het meisje in Nari's armen in slaap was gevallen met een glimlachje op haar gezicht.

Veilig, dacht Teig. *Ze voelt zich veilig.*

Hij wilde dat hij zich ook zo voelde.

Prentiss dreef een tijdje weg in een droom over de zee. In de droom lag hij in een roeiboot zonder riemen maar hij kon zichzelf niet zover krijgen om zich daar druk over te maken. De wind en de stroming zouden hem wel brengen waar hij naartoe moest, waar dat ook was. De lucht leek zo ver weg, een zacht, mistig blauw, en de namiddagzon wierp schaduwen die zo lang waren dat de zijkant van de boot hoog genoeg was om hem tegen het felle licht te beschutten. Geen zorgen. Geen riemen. Alleen het lot en de stroming.

'O, christus,' snauwde hij, sissend tussen op elkaar geklemde tanden door. 'Godver. O, jezus...'

Dat waren de enige woorden die hij kon uitbrengen. De pijn deed elke spier in zijn lichaam straktrekken. Hij werkte zich omhoog op een elleboog om te kijken naar de bron van die pijn, het vlees dat hem had verraden, de botten die in wapens tegen hem waren veranderd. Er waren nog anderen in de kamer maar Prentiss was zich maar vaag van hen bewust, of van de hardhouten vloer die stonk naar verschaald bier en tientallen jaren van gemorste wodka.

Het been. Dat rotbeen.

'O, jezus.'

De linkerpijp van zijn broek was halverwege zijn dij afgescheurd of -geknipt. Er zat verband om zijn kuit en zijn knie. Er was een metalen sportbrace over zijn knie geklemd, versterkt met stutten die misschien gebroken skistokken waren en vervolgens met zwarte elektriciteitstape omwonden om alles bij elkaar te houden. De knie klopte woest, maar ondanks de pijn kon hij nauwelijks focussen op die verwonding vanwege de diepere pijn – de pijn die hij diep in zich voelde, die zijn klauwen in hem sloeg, die opkwam via zijn dijbeen en omlaagtrok naar het scheenbeen en het kuitbeen.

Op wel vijf of zes plekken sijpelde er bloed door het verband heen.

Prentiss dacht dat hij zich herinnerde hoe een vrouw met donkere ogen een naald in het vlees van zijn been had gestoken. *O, wat de fu...*

Teig kwam op zijn hurken naast hem zitten en knipte een paar centimeter voor Prentiss' gezicht met zijn vingers. 'Hé, man. Focus hier eens op.'

Met de arm die hij niet gebruikte om zichzelf te ondersteunen, sloeg Prentiss zijn arm weg. 'Rot op.'

Het beetje adrenaline dat de pijn had verschaft vloeide weg, en hij ging weer op de grond liggen, terwijl zijn been ongenadig klopte. Er hingen ventilators boven hem, maar die draaiden niet. Er zaten spinnenwebben tussen de rotorbladen en er zat een laag stof op de houten plafondbalken. Hij moest eens met de eigenaren gaan praten over hun huishouden, dacht hij met een duister lachje. Heel even vroeg hij zich af waar hij was; waarom hadden ze in godsnaam plafondventilators nodig in Siberië? Maar het was hier natuurlijk niet altijd zo koud als een heksentiet.

Opnieuw giechelde hij in zichzelf.

'Lig je nou te lachen?' vroeg Teig. 'Dan heeft die spuit die ze je hebben gegeven goed gewerkt.'

Prentiss voelde de pijn weer aan zijn been knagen, maar de woorden drongen tot hem door. 'Een spuit met wat? Hebben ze me drugs gegeven?'

Teig ging op de vloer zitten, met zijn benen voor zich opgetrokken. Met een rukje van zijn duim wees hij naar de mensen die zich achter hem in het café hadden verzameld. Voor het eerst kwam het grootste deel van de ruimte scherp in beeld. Het voelde voor Prentiss alsof hij een tijdlang alleen maar had bestaan op het stukje vloer dat zijn lichaam in beslag nam, en misschien het stoffige plafond boven zijn hoofd. Maar nu rolde hij zijn hoofd naar rechts om langs Teig te kijken en zag hij de rest van hen. Nari's zwartekersenhaar glansde in het licht van de lampen boven de bar, waar ze op een kruk naast een andere vrouw van ongeveer dezelfde leeftijd zat. Halverwege tussen hen en Teig was een steunpaal. Prentiss knipperde even met zijn ogen en dacht aan zijn rendierburger van eerder die dag. Zijn maag keerde even om uit protest bij de gedachte, maar hij herkende de man.

'Het is de barkeeper,' mompelde hij.

'Timir,' bracht Teig hem in herinnering. Hij stak zijn hand uit naar Prentiss' voorhoofd, misschien om te voelen of hij koorts had. 'En zijn vrouw daarachter is Sajaara. Hoeveel kun je je herinneren?'

Prentiss fronste zijn voorhoofd. Hij stond op het punt hem weer uit te schelden tot hij besefte dat het een verdomd goede vraag was. Er gingen een paar seconden voorbij waarin zijn geheugen alleen maar een beeld wist op te roepen van hun gids die dood en bebloed op straat lag. Kaskil, zo heette hij. Zijn ogen wijd open, maar zonder iets te zien. Koud en dood. Kaskil, verscheurd en bloederig en...

'De wolven,' fluisterde hij.

Nu werkte hij zich omhoog op allebei zijn ellebogen. Zijn been klopte nog steeds, maar de pijn maakte hem nu vooral boos. Hij keek om zich heen waar de deur was, zag hem, en zag een paar ramen met luiken ervoor. 'Ze zaten vlak achter ons.'

'Dat klopt,' zei Nari van bij de bar. Ze proostte naar hem met een shot wodka, dat ze achteroversloeg waarna ze er meteen nog een voor zichzelf en voor Sajaara inschonk. 'Ze zijn nu weg. Maar misschien niet wég. Als jij niet binnenkort doodgaat, zou ik graag hier willen blijven tot de zon opkomt.'

Prentiss probeerde te verschuiven. De pijn schoot door hem heen. Hij grimaste en keek naar Teig. 'Ga ik dat? Ga ik binnenkort dood, bedoel ik.'

Bij de bar vertaalde Nari voor Sajaara en Timir en heel even lachten ze macaber. Prentiss ontblootte zijn tanden naar hen met iets wat geen glimlach was, maar hij nam maar aan dat je een duister gevoel voor humor moest hebben om hier te leven.

'Je gaat niet dood,' antwoordde Teig. 'Maar het wordt waarschijnlijk wel je slechtste dag. Morgen wordt het niet veel beter. Timir heeft in het leger gezeten. Hij heeft je spalk provisorisch voorzien van een brace die hij gebruikte toen hij zijn knie had verstuikt, maar die van jou is gebroken, man. De knie is maar een deel van het probleem. Sajaara heeft de twee diepste wonden gehecht omdat die nog steeds bloedden. Ze hadden wat pijnstillers; ik weet niet zeker of ze wel legaal zijn, maar ze werkten. Weet je dat niet meer?'

De pijn bracht helderheid, maar de herinnering was nog steeds wazig. Ze waren door de deur gestommeld, met woest bonzende harten. De barkeeper – Timir – had de deur hard dichtgeslagen en op slot gedaan. En toen waren ze allemaal ingestort, en de emoties waren uit hen gestroomd. Nari had heel lang Sajaara omhelsd en Teig had zichzelf omhelsd, terwijl hij trillend uit het raam keek op zoek naar de wolven. Buiten had geschreeuw geklonken, een paar mensen die wilden weten wat er aan de hand was, maar misschien hadden ze de wolven gezien en waren ze weer naar binnen gegaan.

Prentiss was bewusteloos geraakt op de vloer.

Hij was wakker geworden toen Timir zijn broekspijp aan het afknippen was. Teig had drie pillen in zijn hand gelegd, hem ze laten doorslikken met een shot wodka, en gezegd dat hij moest blijven liggen tot ze begonnen te werken. Hij was buiten westen geraakt door de pillen, en hoewel hij het had gevoeld toen de naald zijn been in ging, de draad aan huid en vlees had voelen trekken, had zelfs dat hem niet bij bewustzijn gehouden.

'Er is een ziekenhuis op ongeveer drie uur rijden naar het zuiden,' zei Teig. 'Dat is je volgende halte.'

'Hoe lang ben ik buiten westen geweest?' vroeg Prentiss.

'Een paar uur.'

'De drugs zijn al uitgewerkt,' zei hij met een grimas. 'Of ze waren niet echt bedoeld als pijnstillers.'

Nari liet zich van haar barkruk glijden, sloeg nog een shotje wodka achterover en liep naar hem toe. Ze bekeek hem aandachtig, met rimpels in haar voorhoofd van bezorgdheid. 'Het zijn pijnstillers. Desomorfine. Het heeft een enge naam, misschien heb je die wel eens gehoord? Krokodil?'

Er knipperde een herinnering in zijn achterhoofd, maar Prentiss kon haar niet te pakken krijgen.

Nari haalde haar schouders op. 'Het is gevaarlijk als je te veel neemt. Misschien een slecht idee om het aan jou te geven. Maar het maakt niet uit... jij nam alles wat er was.'

Prentiss voelde zich misselijk. Niets om zijn pijn te verlichten? 'Hoe lang duurt het tot de zon opkomt?'

'Het is nog maar net middernacht geweest,' zei Teig. 'Het spijt me, man. Nog negen uur te gaan.'

'Godverdomme.' Prentiss keek om zich heen naar de anderen in de ruimte. 'Nou, blijf daar niet staan als een stelletje nietsnutten. Bezorg me een fles whisky, of anders maak ik jullie nacht net zo lang als die van mij.'

Met een opgeluchte grijns stond Teig op om de whisky te pakken. Pas op dat moment, toen hij Teig, Nari, Sajaara en Timir allemaal tegelijk zag, realiseerde Prentiss zich dat het meisje ontbrak. Hij herinnerde zich vaag dat Teig in de auto had gezegd dat ze Una naar het tankstation zouden brengen waar ze Kaskil hadden opgepikt, de zaak die gerund werd door de overgrootmoeder van het meisje. Maar dat kon niet zijn gebeurd, niet als iedereen nog hier was.

'Waar is Una?' vroeg hij. Zijn been klopte en hij moest het tussen opeengeklemde tanden door vragen. 'We kunnen beter allemaal bij elkaar blijven.'

Nari sloeg haar armen om zich heen, en haar blik schoot de hele tijd heen en weer alsof ze nergens echt goed naar durfde te kijken. 'Ze slaapt. Boven.'

'Het meisje is uitgeput,' zei Teig. 'Ze viel in slaap en ik heb haar naar boven gedragen. Sajaara en Timir hebben ons haar in hun bed laten leggen.'

Prentiss knikte, maar terwijl Teig naar de bar liep om bij Timir een fles whisky te halen, merkte hij dat hij zich zorgen maakte. Ondanks de kloppende pijn, die alle gedachten aan al het andere leek te willen verdrijven, kon hij de beelden van het meisje niet uit zijn hoofd zetten.

'Wil je me overeind helpen?' vroeg hij aan Nari, en hij stak zijn hand uit naar die van haar.

'Ho, ho,' waarschuwde Teig, die zich naar hem toe haastte om te helpen. 'Ik weet niet of dit wel een goed idee is.'

'Ik ga niet de nacht op die vloer doorbrengen, vriend,' wist Prentiss uit te brengen, hoewel verse pijn zijn klauwen in hem sloeg toen hij overeind kwam en bleef staan op het been dat het nog deed. Het werd een paar seconden grijs voor zijn ogen terwijl zowel Teig als Nari hem in evenwicht hield, maar hij haalde een paar keer diep adem en daar klaarde zijn hoofd voorlopig van op. 'Ik ben te oud en te dik voor zulke onzin. Als er een stoel is waar ik in kan neerploffen, zou ik dankbaar zijn.'

Hij keek om zich heen naar de paar restauranttafeltjes en toen viel zijn blik op de rij zitjes langs de muur aan de andere kant. Als je de tafel tussen die zitjes uit schoof en de twee bankjes tegen elkaar zette, zou dat goed genoeg zijn voor één nacht – als hij genoeg whisky dronk.

'Daar?' vroeg hij terwijl hij naar Sajaara en Timir keek. De echtgenoot fronste een beetje, maar Sajaara knikte, stond op van haar barkruk en gebaarde naar de zitjes. Ze sprak Jakoets of Russisch tegen Nari, maar wat ze ook zei, de vrouw stemde ermee in.

Prentiss wilde om een kussen vragen, maar de verbeten uitdrukking op Timirs gezicht overtuigde hem ervan dat hij blij moest zijn met wat hij kreeg.

Ze hielpen hem om de bar heen te lopen. Hij hinkte voornamelijk, in een poging zijn gebroken knie niet te belasten.

'Ik zorg voor je, man,' zei Teig, en hij klonk echt alsof hij het meende. 'Het spijt me zo. Het spijt me dat ik je hierheen heb gesleurd. Maar ik zal het goedmaken. Dat zweer ik.'

Prentiss wilde vragen hoe hij van plan was het goed te maken voor Kaskil, maar dat zou wreed zijn geweest. Dit was allemaal Teigs schuld niet. Zelfs door de pijn heen, en de mist die de medicijnen in zijn hersenen hadden achtergelaten, wist hij dat. Wat er was gebeurd in Achoest...

Wat wás er gebeurd in Achoest?

Verlaten huizen. Deuren die openstonden. Voetafdrukken in de sneeuw. Een spookstadje, behalve dan dat ene meisje.

'Teig,' fluisterde hij, terwijl Nari en Sajaara de tafel tussen de bankjes van het zitje uit begonnen te slepen. 'Waarom hebben ze haar achtergelaten?'

'Wat?'

Prentiss zette zich schrap door Teig bij zijn schouders vast te grijpen. Ze keken elkaar nu in de ogen, en de geschiedenis van hun vriendschap passeerde tussen hen. Vriendschap, broederschap, heel goede tijden en heel slechte. 'Het meisje. Ik wil... wat er daar ook is gebeurd, ik wil er niet aan denken, maar waarom werd zij achtergelaten?'

Teig knikte, uitdrukkingsloos. Hij slikte moeizaam. 'Ik wou dat ik het wist. Maar haar kunnen we tenminste helpen. We kunnen niets doen voor Kaskil, maar...'

'Krijg jij dan geen raar gevoel bij haar?' vroeg Prentiss, zo zacht dat Nari en Sajaara hem niet leken te horen.

'Ze is catatonisch, man. Dat is toch ook niet gek, na wat ze allemaal heeft gezien?'

'We weten niet wat ze heeft gezien,' zei Prentiss, die nog zachter ging praten, alsof hij bang was dat de schaduwen hem zouden horen. Hij voelde zich een sukkel, omdat hij een lichte huivering door zich heen liet gaan, maar hij kon er niets aan doen. 'Maar ze is gewoon... er klopt iets niet aan haar.'

Timir klapte in zijn handen en blafte iets wat bijna opgewekt klonk. Prentiss draaide zich om en zag dat hij glimlachte en naar de deur achter de bar gebaarde, die was opengegaan zonder dat de rest van hen het had gemerkt. Daar stond Una, nog steeds zonder uitdrukking op haar gezicht, maar haar ogen waren tot leven gekomen. Ze keek ieder van hen om de beurt aan, en toen haar blik op Prentiss bleef rusten, glimlachte ze voorzichtig.

Nari haastte zich naar haar toe en praatte snel, hoewel Prentiss er geen woord van begreep. Er was daar moederlijke bezorgdheid, en Nari stak haar hand uit.

Het meisje pakte haar hand. Ze bleef zwijgen, maar liet zich naar de bar leiden, waar ze op een kruk klauterde en bleef zitten wachten op wat er nu zou komen. Prentiss wist dat ze haar te eten zouden geven, en te drinken, en zo hoorde het ook. Voor haar zorgen. Iemand moest het tenslotte doen. Totdat ze haar naar haar overgrootmoeder brachten, had het meisje niemand anders.

Teig schoof de twee bankjes tegen elkaar, waarbij de poten over de vloer schraapten, en hielp Prentiss om te gaan zitten. Hij hoopte dat hij op de bankjes in slaap kon vallen zonder 's nachts door de spleet te glijden, maar met genoeg whisky deed het er allemaal niet toe, bedacht hij. En als het meisje iets ging eten, zou Timir hem misschien ook wat geven. Hij had ijzer nodig om zijn bloedverlies op te kunnen vangen. En hij moest ophouden met nadenken over waarom ze niet nu meteen naar het ziekenhuis reden. Waarom ze zich schuilhielden in dit café tot de zon opkwam, hoewel hij zo snel mogelijk een arts nodig had.

'Teig, luister eens,' zei hij schor.

Voordat hij verder kon gaan, klonk er een luid gebonk op de deur.

Teig wervelde om zijn as en staarde naar de deur. Al urenlang was hij op van de zenuwen en kon hij zich alleen maar op het huidige moment concentreren. Achoest was in een spookstadje veranderd. Nu Kaskil dood was en Prentiss uitgeschakeld, was het aan hem en Nari – een volslagen vreemde – om voor Una te zorgen, in een nacht en op een plek die heel ver weg was van wat hij veiligheid zou noemen. Het café had hem voor het eerst de kans gegeven om op adem te komen. Achoest was verlaten geweest, maar de kleine gemeenschap rond het chauffeurscafé van Olonkho's leek tenminste te leven. Timir en Sajaara waren niet van de politie en het waren geen artsen, maar ze waren competente, zorgzame mensen, en ze hadden Teig hoop gegeven.

Maar nu werd er op de deur gebonsd, schreeuwde die stem vanuit het donker, en was zijn angst ineens helemaal terug.

Wolven kloppen niet, zei Teig tegen zichzelf.

Timir liep naar de deur om die te openen.

'Hé, wacht even!' riep Teig. Hij glipte langs Sajaara en greep Timir bij zijn schouder. De ogen van de man flakkerden op van woede. Teig wees op de deur. 'Wat doe je? Je hebt de wolven toch gezien?'

'Dat zijn geen gewone wolven,' viel Prentiss hem bij. Zijn stem klonk schril, vermoeid en moeizaam.

Teig was het met hem eens. Allebei hadden ze geen ervaring met wolven en kwamen ze niet uit deze streek, maar ze hadden de dieren van dichtbij gezien in Achoest en op de weg. Zoals ze de auto bijhielden, hun niet-aflatende snelheid... Teig had voor deze avond nog nooit met eigen ogen een wolf gezien, maar deze dieren haalden een van zijn voorouders overgeërfde angst omhoog van diep uit zijn hersenen. Ze klópten op een of andere manier niet.

Dit is het dan, dacht hij, en hij liet zijn blik naar de vloer zakken, alsof de oude houten planken een geheim bewaarden dat alles zou verklaren. Al die jaren had de echo van Olivia's stem in zijn geheugen geklonken. Dat ze hem had geplaagd dat ze terug zou komen als zijn kwelgeest. Daar had hij op gehoopt, en hij had zich vastgeklampt aan elke mogelijkheid dat het waar zou kunnen zijn, zodat hij haar op een dag kon vertellen dat het hem speet. Hij wilde het bewijs dat er een leven na de dood bestond, dat spoken bestonden, dat het bovennatuurlijke bestond naast de tastbare wereld.

Deze wolven waren geen spoken, maar wat er ook in Achoest was gebeurd, het was absoluut niet iets natuurlijks.

Weer klopte er iemand, hard genoeg om de zware deur in de sponning te laten trillen. Timir draaide zich weer om naar de deur en Teig greep zijn arm. Timir sloeg zijn hand weg.

'Hé, hé!' zei Nari, die tussen hen in ging staan. 'Wat is er mis met jou?'

Teig vroeg zich af of ze haar verstand had verloren. 'De wolven die Kaskil hebben gedood zijn daarbuiten!'

'Nee, dat zijn ze niet,' zei Nari, en ze schudde haar hoofd. Ze ademde uit, pakte zijn pols om hem ervan te weerhouden om nog meer te gebaren, en dwong hem haar aan te kijken. 'Dit zijn vrienden. Hoe zeg je dat...'

'Buren,' zei Sajaara.

Zowel Teig als Nari draaide zich naar haar om, verbaasd dat ze wist wat het woord in het Engels was, maar toen knikte Nari. 'Ja, buren. Die bezorgd zijn om Sajaara en Timir. Ze zagen de wolven, maar zeggen dat ze weg zijn.'

'Dat zeggen ze nu, op dit moment?' vroeg Teig.

'Zo-even, ja,' antwoordde Nari. 'De wolven zijn weg, maar ze zijn bang.'

Timir stond bij de deur, met zijn hand op de grendel. Hij hield zijn hoofd schuin en mompelde iets in het Jakoets tegen zijn vrouw voordat hij Teig aankeek.

'Ik doe nu open,' zei Timir. 'Is oké.'

Teig ademde uit. Ze hadden natuurlijk gelijk. Als de wolven nog steeds daarbuiten waren, zou niemand dichtbij genoeg zijn gekomen om op de deur te kloppen. Hij keek Nari schaapachtig aan en ze liet zijn pols los.

'Het is een lange dag geweest,' zei hij, en hij hoopte dat ze zijn angst begreep.

Timir trok de grendel naar achteren.

'Wacht!' riep Prentiss schor. 'Luister!'

Teig en Nari draaiden zich om en keken weer naar de deur, op tijd om Timir zijn hand te zien uitsteken naar de deurkruk om het tweede slot om te draaien. Sajaara legde haar hand op die van haar man om hem tegen te houden. Alle vijf zwegen ze, terwijl ze naar de deur keken en luisterden.

Er werd niet meer geklopt. Er klonk geen geschreeuw meer buiten. De deur leek te ademen. Teig kon de dreigende vraag in zijn gedachten niet onder woorden brengen, maar die opende zich als een afgrond voor hem terwijl hij naar de deur staarde.

'Timir?' zei Sajaara. Ze veranderde de naam van haar man in een vraag.

De café-eigenaar draaide zich om naar Teig. Hij keek hem aan met een frons waarmee hij Teig zonder te praten de schuld gaf van de angst die als stofdeeltjes bij hen door de ruimte zweefde. Ze ademden die allemaal in en uit.

Bonk-bonk-bonk.

Drie gedempte dreunen, zwaar, op het onderste deel van de deur. Heel anders dan het geklop dat er eerder was geweest. Dit gebonk klonk niet als dat van vuisten, zelfs niet van schoppende laarzen.

'Erel?' riep Timir door de deur, waarna hij de naam liet volgen door een paar staccato uitbarstingen in het Jakoets. Teig hoefde de taal niet te spreken om naar de vragen te kunnen raden. *Ben je daar nog? Wat was dat? Zie je de wolven?'*

Teig draaide zich om naar Nari. 'Ga naar boven. Kijk of je vanuit het raam iets kunt zien. Voor we de deur opendoen, moeten we...'

Er kwam een stem van achter de deur, zacht en zwak. Het enige woord dat Teig herkende was de naam van de café-eigenaar. Timir verstijfde heel even en daarna stak hij zijn hand opnieuw uit naar de deurkruk.

'Erel?' riep Sajaara. Haar stem brak toen ze haar hand naar haar mond bracht, haar ogen wijd open.

Nari bewoog als eerste. Teig volgde.

'Timir, nee!' riep Nari. De woorden die volgden waren niet in het Engels, maar woorden deden er niet meer toe.

Ze ademden allemaal de angst in die het café vulde, maar ze reageerden er verschillend op. Timir en Sajaara maakten zich zorgen om hun buurman, maar de anderen hadden dezelfde angst gehoord in die zwakker wordende stem achter de deur en waren tot een andere conclusie gekomen. Ze kenden Erel niet, en ze wilden hun leven niet voor hem wagen.

Nari probeerde Timir bij de deur vandaan te trekken. Sajaara schreeuwde tegen haar. Hun oude vriendschap was er niet op gebouwd om een nacht als deze te weerstaan. Timir schudde Nari van zich af, draaide het slot om, drukte de deurkruk omlaag. Erels stem veranderde in gejammer aan de andere kant van de deur, en door de spleet tussen deur en sponning zag Teig de stoppelbaard van de man en een glimp van één oog.

Erel riep iets, maar het klonk als overgave.

Teig duwde Timir met zijn schouder opzij, beukte tegen de deur en ramde de grendel weer op zijn plek, vlak voordat iets de deur van buitenaf raakte. Iets wat niet Erel was. Iets wat een eind maakte aan Erels gejammer.

Sajaara was begonnen te huilen. Ze schreeuwde tegen Teig, wist twee woorden Engels op te roepen – '*fuck you*' –, maar Teig gebaarde dat ze stil moest zijn. Nari riep om stilte terwijl Teig achteruit bij de deur vandaan liep. Ze stonden en keken, stonden en luisterden.

De nacht was stil geworden.

In het gele schijnsel van de lampen van het café zag het bloed dat onder de deur door naar binnen begon te sijpelen er bijna zwart uit. Het vormde langzaam een plas en verspreidde zich langs de lijn van een scheur in de vloer. Timir stak zijn handen uit naar Sajaara, en man en vrouw omhelsden elkaar in gedeeld verdriet. Ze ademden meer van die stofdeeltjes in waar ze nu allemaal van doordrongen waren. Sajaara draaide zich om naar Nari en vroeg haar iets, waarop Nari haar hoofd schudde, met ogen vol spijt.

'Wat zegt ze?' vroeg Teig.

‘Wat denk je?’ zei Nari. Ze liet zich op een barkruk zakken die dichtbij stond. ‘Ze wil weten wat er buiten is.’

Achter hen schraapte Prentiss zijn keel. Teig schrok. Hij was bijna vergeten dat Prentiss in de ruimte was.

‘Wolven,’ zei de Engelsman. ‘Maar ook nog iets anders. En ze zijn nu misschien buiten, maar het lijkt me vrij duidelijk dat ze veel liever hierbinnen bij ons zouden willen zijn.’

10

De stank van tientallen jaren aan gemorst bier maakte plaats voor de koperachtige geur van bloed. Teig en Prentiss zaten op eenvoudige houten stoelen rond een logge tafel die werd ontsierd door ingekraste graffiti die totaal niet leek op het alfabet dat ze kenden. Prentiss had niet comfortabel gelegen op de bankjes waar hij zich eerder op had uitgestrekt, maar het zag er niet uit alsof hij zijn stoel veel beter vond. Teig staarde naar zijn wodka en zuchtte. Zijn warme ademhaling vormde een waas op het glas.

Nari was met haar vrienden naar boven gegaan, en dat was maar beter ook. Door pech was ze in het busje met hen terechtgekomen, maar zij had tenminste vrienden.

Jij hebt ook vrienden, dacht Teig terwijl hij naar Prentiss keek. *In elk geval één.*

'Je hoeft me geen gezelschap te houden,' zei Prentiss.

'Hou ik je wakker?'

'Het is juist de bedoeling dat je me wakker houdt. Stel dat ik buiten bewustzijn raak… in een coma wegzak of zoiets?'

Teig sloeg de wodka achterover. Die brandde op de weg omlaag en hij draaide het glas om en zette het met een klap op tafel, waarmee hij wat van die kunstige graffiti bedekte. Hij duwde zich van zijn stoel op en liep naar de deur, waar hij naar de plas bloed staarde, die zich eindelijk niet meer verspreidde. Het was kouder geworden, en de ijskoude lucht buiten de deur zorgde ervoor dat er zich kristallen op de donkerrode plas vormden.

Hij draaide zich om naar Prentiss. 'We kunnen niet wachten tot de ochtend.'

Prentiss kreunde en stak zijn hand uit om zijn toegetakelde been te verschuiven. Nu het gespalkt, ondersteund en verbonden was, zag het er zelfs nog meer uit als een wrak dan het daadwerkelijk was, maar Teig wist dat de werkelijkheid erg genoeg was. Prentiss dommelde voortdurend in slaap en werd dan weer wakker, sissend of kreunend van de pijn die aan hem vrat. Misschien had hij niet genoeg bloed verloren om eraan dood te gaan, maar hij moest wel geopereerd worden, moest die knie laten zetten, en ze waren nog een roteind van het dichtstbijzijnde ziekenhuis vandaan.

'Ik zit voorlopig goed hier vannacht,' zei Prentiss. 'Het is nou niet zo dat ik het op een rennen kan zetten, en we moeten ook aan het meisje denken.'

De twee mannen keken elkaar aan door het café heen. Ze waren weer met zijn tweeën. Sinds het begin van deze trip hadden ze meer dan genoeg tijd samen doorgebracht, in de auto, in het vliegtuig, in hotelkamers. Hoe vaak had Teig niet de gelegenheid gehad om het gesprek te voeren dat onuitgesproken tussen hen bleef wachten, en het onderwerp toch nooit ter sprake gebracht? Of het in elk geval nooit serieus genomen? Nu zaten ze vast. Prentiss zat met zijn gehavende been uitgestrekt op een extra stoel. Teig had hem daar zo achter kunnen laten, had kunnen wegrennen van de dingen die gezegd moesten worden. Hij had die dingen eerder geprobeerd uit te spreken, maar niets kwam er ooit precies zo uit als hij wilde.

'Teig,' zei Prentiss.

Ze staarden elkaar weer aan.

'Ja?'

'Ik ben bang om de dingen die door mijn hoofd gaan hardop te zeggen.'

Ik ook, dacht Teig. Maar hij was niet zozeer bang voor zijn gedachten, alleen maar om ze hardop uit te spreken. Om toe te geven hoe erg hij zijn leven had verprutst.

'Wacht even, waar heb jij het over?' Teig liep door de ruimte terug naar zijn stoel. 'Ik heb wel duizend dingen in mijn hoofd, en ja, heel veel daarvan maken me bang.'

Prentiss verschoof op de houten stoel en zijn gezicht vertrok van pijn. 'Het is hier nu stil. Zo stil dat ik die gedachten niet uit mijn hoofd kan houden. Als het maar wolven waren, zou ik wel een manier vinden om het van me af te zetten. Dan zou ik mezelf een of ander onzinnig sprookje vertellen, ook al weet ik dat het natuurlijk niets voor wolven is om mensen aan te vallen, en zeker niet zoals in Achoest.'

Prentiss zweeg even. Zijn lichaam leek in te zakken en zijn ademhaling werd diep en regelmatig, alsof hij vocht tegen de pijn, of de slaap, of de aandrang om over te geven, of alle drie.

'Jack...'

Zijn ogen gingen open. 'Ja, Felix?'

'Oké, goed dan.' Teig stak zijn handen op in een gebaar van overgave. 'Wat zei je over het gedrag van de wolven?'

Prentiss bleef hem met een vernietigende blik aankijken, maar zijn hoofd zwaaide een beetje heen en weer, als een dronkenlap die op het punt stond het gevecht tegen zijn drank te verliezen. 'Je weet... je weet wat ik bedoel, Teig. Die mensen zijn uit dat stadje verdwenen. De manier waarop die wolven ons aanvielen, de helft van de tijd zagen ze er alleen uit als wolven wanneer ik rechtstreeks naar ze keek. Als ik vanuit mijn ooghoek keek, kon ik niet eens zeggen of ze er wel waren.'

Het was alsof Teig ijs langs zijn nek omhoog voelde kruipen, hoewel het heel warm was in de bar. 'Het was donker.'

'Ach rot toch op met je "Het was donker"!' gromde Prentiss. Hij probeerde rechtop te gaan zitten op zijn stoel en greep toen zijn toegetakelde been vast met een stortvloed aan krachttermen die een woud aan kerkgaande dames zou hebben geveld.

'Rustig aan, man,' zei Teig. Het beviel hem maar niets hoe bleek Prentiss was, hoe hij ademde, of hoe hij even het idee had dat de man gewoon daar op die stoel de geest zou geven.

Prentiss streek met een hand over zijn voorhoofd, waar een laagje zweet op glinsterde. 'Ik erger me dood aan je, vriend.'

'Wat wil je dan dat ik zeg? Dat dit niet normaal is?' Teig lachte zacht, ook al werd hij er eigenlijk misselijk van. 'Ze hielden het busje bij, man. Ze zijn ons hiernaartoe gevolgd, hebben zich verborgen gehouden en bij de voordeur een man gedood toen ze dachten dat die misschien geopend zou worden. Wolven zijn niet zo snel en ook niet zo slim, maar er ligt een plas bloed bij de deur waar iets anders uit blijkt. Maar wij zitten nog hier, Prentiss. We zitten nog steeds in dit café terwijl we jou verdomme naar het ziekenhuis moeten krijgen en dat meisje in veiligheid moeten brengen, omdat we allebei weten dat die dingen buiten nog steeds op ons wachten.'

Prentiss begon weg te dommelen. Toen hij met een ruk overeind kwam, in een poging bij bewustzijn te blijven, waren zijn ogen wazig.

'Hé,' zei Teig, en hij ging op zijn knieën naast hem zitten. 'Hé, hé, Prentiss. Man, als je moet slapen, ga dan gewoon slapen. Het spijt me, ik had niet zo...'

Maar hij zag dat laagje zweet en de geel wordende huid, en hij legde zijn hand op Prentiss' voorhoofd, en toen viel het kwartje. Prentiss werd niet door slaap belaagd, maar door koorts. En nu zijn been zo gehavend was, om nog maar te zwijgen van de bacteriën in de beet van een wild dier, kon koorts maar één ding betekenen: een infectie.

'Prentiss.' Teig schudde hem door elkaar, en Prentiss deed zijn ogen open. 'Ik ga je hier weghalen. Vannacht nog. Nu.'

'Hoe ga je dat voor elkaar krijgen?'

Teig glimlachte. 'Weet je nog dat Discovery zei dat ze alleen groen licht gaven voor mijn Shark Week-idee als ik Richard Dreyfuss wist te strikken om het te presenteren?'

Prentiss hoestte licht terwijl hij lachte. Zijn oogleden trilden een beetje, alsof hij elk moment kon wegdommelen, maar het was duidelijk dat hij het zich herinnerde. Teig had een voorstel gedaan voor een datingprogramma dat tijdens Shark Week kon worden uitgezonden. Daarin zouden stellen op een vlot in een steengroeve in Texas drijven en daar kijken naar hun favoriete haaienfilms, die op de wand van de steengroeve werden geprojecteerd, praten over waarom ze zo van haaien hielden en waar ze bang voor waren, en kijken of ze een liefdesband konden smeden. Het was belachelijk, maar het had zo veel absurde charme dat Discovery bereid was het een kans te geven... mits hij met Dreyfuss op de proppen kon komen, die een groot deel van zijn leven had gewijd aan The Dreyfuss Civics Initiative, dat ernaar streefde dat er weer maatschappijleer op scholen werd gegeven. Iedere idioot wist dat de acteur er nooit mee zou instemmen om *First Bites* te presenteren, maar Teig beloofde Dreyfuss dat hij ten minste twee eigenaren van National Football League-teams zover zou krijgen dat ze ieder een miljoen dollar aan het Initiative zouden schenken, en hij zorgde ervoor dat dat gebeurde.

'Jij hebt... een hele hoop shit... verprutst...' zei Prentiss. 'Maar soms ben je zo gek bezig dat je een wonder verricht.'

Teig legde een hand op zijn schouder. 'Ik ben gewoon te dom om het te geloven wanneer mensen me zeggen dat iets niet mogelijk is. Ik ben blij dat we hier zijn gestopt, want als Timir en Sajaara je niet hadden opgelapt, denk ik dat je misschien wel was doodgebloed voordat ik je in het ziekenhuis kon krijgen. Maar we kunnen niet langer wachten. Ik ga het busje halen. Ik zal het naar de deur toe rijden. Misschien zullen ze helpen om je in te laden, of misschien moet ik het zelf doen, maar hoe dan ook...'

'De wolven, Teig. Het gaat je nooit...'

'Dat weten we niet,' zei Teig. 'Geen idee hoeveel het er zijn, of waar ze nu mee bezig zijn. Ik zal een geweer lenen van Timir. Als ik er een neerschiet, zal dat de rest van de meute zo lang afschrikken dat ik het busje kan bereiken.'

'Heb je ooit in je leven met een geweer geschoten?'

Teig hield zijn hoofd schuin. 'Ik maak al jaren reality-tv, vriend. Ik heb allerlei dingen gedaan waar je misschien versteld van staat.'

'En benzine? Als we zonder benzine komen te zitten, zijn we de lul.'

'Volgens mij moeten we genoeg hebben om de winkel van Kaskils oma te halen. Daar kunnen we tanken en jou naar het ziekenhuis krijgen. Vanaf daar is het nog maar een uur, denk ik.'

Toen hij Kaskils naam noemde, voelde Teig een steek in zijn borst. Hij wist dat de wolven niet zijn schuld waren, maar hij kon het niet helpen te denken dat als hij er niet was geweest, Kaskil misschien nog in leven was.

'Teig,' zei Prentiss zwakjes.

'Doe je ogen een paar minuten dicht, als het lukt. Ik regel dit wel.'

Prentiss zuchtte en deed zijn ogen dicht, maar bleef praten. ‘Weet je dat verhaal van jou over de Texanen nog?’

‘Bedoel je de Alamo?’

‘Precies. Dat ben jij, maat. Als puntje bij paaltje komt, ben jij een van de Texanen.’

Teig kneep in Prentiss’ schouder en leunde toen achterover op zijn stoel. ‘Altijd, broeder.’

Hij had ooit aan Prentiss uitgelegd dat hij de mensen om zich heen vaak indeelde in termen van de strijd om de Alamo. Volgens de overlevering wisten de Texanen, die in de negentiende eeuw bij het Spaanse missiehuis de Alamo in Texas tegen de Mexicanen vochten, dat ze niet konden winnen, maar toch bleven ze zo lang mogelijk doorvechten. Teig wilde vrienden die schouder aan schouder met hem op de muur van de Alamo zouden hebben gestaan, in het besef dat het een hopeloze zaak was, maar die evengoed door bleven vechten. Mensen zoals zij waren dun gezaaid, maar Prentiss had bewezen dat hij een van die ‘Texanen’ was door mee te gaan op deze trip, ondanks alle keren dat de plannen van Teig spaak waren gelopen.

Er was geen sprake van dat hij Prentiss achter zou laten.

‘Ik heb een fout gemaakt,’ zei hij zachtjes terwijl hij luisterde naar de manier waarop de wind buiten de bar kreunde. ‘Al te vaak heb ik door mijn ambitie slachtoffers gemaakt. Mensen hebben door mij heel veel geld verloren, maar nooit heb ik een cent aangepakt zonder de bedoeling om die terug te betalen of het vertrouwen van mensen te winnen. Soms holt mijn enthousiasme gewoon ver vooruit op mijn gezonde verstand.’

Prentiss deed zijn ogen open. Ze waren een beetje geel geworden, en wazig van de pijn. ‘Ik weet het, maat. Daarom ben ik hier.’

De laatste zin was weinig meer dan gefluister, en daarna haalde

Prentiss diep adem. Hij leek eindelijk te slapen of hij was buiten westen geraakt van de pijn. Hoe dan ook, Teig was van plan om hem wat rust te gunnen terwijl hij erachter probeerde te komen hoe hij hen tweeën hier weg kon krijgen. Hij had spijt van veel dingen in zijn leven, en een groot deel daarvan betrof mensen die hij in de steek had gelaten in het zakenleven, maar in wezen voerde het allemaal terug op Olivia. Zijn hoop op *Leven en dood op de Bottenweg* was al de bodem in geslagen, maar zaken en carrière waren totaal niet belangrijk meer te midden van deze puinhoop. Ze waren een andere wereld binnengegaan, waar de beslommeringen van het normale leven een droom leken. Misschien zou hij op een dag teruggaan naar die droom, maar voorlopig moesten ze de nachtmerrie zien te overleven.

Nari was nog nooit boven geweest in Olonkho's. Timir en Sajaara hadden daar een rustieke, gerieflijke woning voor zichzelf ingericht, met een keukentje, een woonkamer, twee slaapkamers en een badkamer. Eerder hadden ze Una in hun eigen slaapkamer gelegd, en de deur op een kiertje laten staan om vanuit de smalle gang het licht binnen te laten. Het had veilig en warm moeten aanvoelen, maar Nari bleef maar over haar schouder kijken, naar de ramen kijken, en ze wantrouwde elk donker hoekje.

'Je moet niet weggaan,' zei Sajaara terwijl ze in haar hand kneep.

Ze zaten op de brede bank, gewikkeld in gebreide dekens, twee boezemvriendinnen die nu een afschuwelijke nieuwe band deelden. Nari had haar armen om zich heen geslagen en keek naar haar spiegelbeeld in het donkere scherm van de oude televisie. Ze keek door de gang naar de slaapkamer van het echtpaar. In de hal klonk het slaan van kastdeurtjes – Timir was zijn geweer uit de kast in de logeerkamer gaan halen. Nari wist dat ze zich veiliger zou moeten voelen – er waren minstens twee jachtgeweren en een hagelgeweer die ze kon gebruiken om zich te verdedigen – maar op de een of andere manier maakte dat besef geen enkel verschil.

Ze legde haar deken opzij en stond op. Sajaara's geruststellende hand viel weg toen Nari naar het raam liep en op de straat uitkeek. Vanuit deze hoek kon ze de voordeur niet zien, maar ze wist dat de man die op de deur had gebeukt om binnen te komen dood moest zijn. Niemand kon zoveel bloed verliezen en het overleven.

Nari deed haar ogen dicht en drukte haar voorhoofd tegen het raam. Het glas voelde zo koud aan dat het haar huid schroeide, maar ze voelde tenminste iets. Ze was als meisje uit een boom gevallen en had toen, op weg naar beneden, haar hoofd flink tegen een tak gestoten. Door de hersenschudding was ze ernstig verward en gedesoriënteerd geweest, iets wat ze daarna nooit meer had gevoeld. De verdoving vanbinnen voelde precies zo, alleen breidde die zich uit van haar hoofd tot haar hart.

'Nari,' zei Sajaara vanaf de bank. 'Je hoeft niet met die mannen mee te gaan wanneer ze vertrekken. Hier ben je veiliger. Blijf gewoon bij ons. Wat dit ook voor problemen zijn, ze zijn niet van jou.'

Er lagen mensen dood op straat. Sajaara kon ze vanaf de bank niet zien, maar ze wisten allebei dat daar lijken lagen. Timir had ze als eerste gezien, vlak voordat hij op zoek ging naar zijn geweren. Het bonzen tegen de voordeur en het geschreeuw van hun buurman galmden vast nog steeds na in hun hoofd, net zoals ze in dat van Nari galmden, maar nu leken de geluiden ver weg. De lijken trokken nu meer aandacht. Ze kon niet zien wat er misschien nog over was van de dode man bij de voordeur, maar er lagen ten minste drie lijken rechts van het raam, ten noorden van de bar. De kleine nederzetting rond Olonkho's stelde misschien niet veel voor, zelfs een stuk of vijf mensen vormden al een gemeenschap. Ze waren vrienden van elkaar, en ze waren afhankelijk van elkaar.

Nu waren sommigen van hen dood.

Er lagen drie lichamen, of waren het er vier? Het was moeilijk te zeggen, want Nari dacht dat twee van de donkere vormen die ze in de duisternis zag, verderop langs de weg naar het diepe bos, misschien wel twee stukken van dezelfde dode buur waren.

Ze moest zich ervoor afsluiten, anders zou ze zonsopkomst nooit halen.

'Nari,' begon Sajaara weer.

'Dat gaat niet,' antwoordde Nari ten slotte. 'Zij spreken geen Jakoets en ze zijn vastbesloten om het meisje naar haar overgrootmoeder te brengen. Op een gegeven moment zal ze uit de shock komen waardoor ze zo afgesloten is, en dan zal ze iemand nodig hebben met wie ze kan communiceren. Ik moet haar helpen totdat ik weet dat ze veilig is.' Ze draaide zich om om naar Sajaara te kijken, die een van de dekens om zich heen had gedrapeerd zodat ze eruitzag als een of andere in een mantel gehulde heks. 'Haar hele stad is verdwenen. Alle mensen zijn het bos in gelopen. Vervolgens zag ze wolven...'

Nari schudde haar hoofd. Genoeg. Ze had die opname al veel te vaak in haar hoofd afgespeeld. Ze wilde Kaskil niet nog een keer zien doodgaan.

'Denk er gewoon over na, alsjeblieft,' zei Sajaara.

De drang om ermee in te stemmen trok aan haar. Wat zou het een stuk eenvoudiger zijn om elke eventuele verplichting aan Una naast zich neer te leggen, net zoals ze haar deken zo-even had afgelegd. Had ze toen ze op weg ging naar huis niet urenlang zitten dagdromen over hoe het zou voelen om vrij van verplichtingen te zijn?

'Nari?'

Ze knikte. 'Ik zal erover nadenken. Dat beloof ik.'

Haar blik gleed weer naar het raam. Er scharrelde iets weg in de duisternis tussen de parkeergarage en het gebouw ernaast, en hoewel het eruitzag als een schaduw, wist ze dat het een van de wolven was. Ze waren niet ver weg gegaan. Ze waren daarbuiten aan het wachten.

Ze duwde haar voorhoofd weer tegen het glas. Meerdere schaduwen bewogen tussen de gebouwen. Er glansden gele ogen in de duisternis. Een van de wolven bleef op straat staan en keek omhoog, en ze was er zeker van dat de wolf wist dat ze vanuit dat raam omlaagkeek.

Allebei keken ze niet weg.

Wolven in schaduwen, of schaduwen in wolven?

De gedachte gleed door haar hoofd, indringend, alsof die van ergens anders kwam. Er trok een huivering door haar heen, een trilling van misselijkheid. Nari probeerde te focussen op die schaduwen, maar er bewoog iets anders door de straat. Ze kneep haar ogen tot spleetjes en strekte haar nek om te zien wat voor vorm het ding in de duisternis achter het laatste gebouw had.

Heel even was ze ervan overtuigd dat het een boom was, waarvan de winterse takken schokkerig bewogen in de ijskoude vlagen van de nachtelijke wind, maar toen ze de zijkant van haar hoofd zo hard tegen het glas drukte dat haar nek er pijn van deed, raakte ze ervan overtuigd dat het geen takken waren, maar een gewei. Misschien een rendier, maar als dat zo was, was het wel het grootste rendier dat ze ooit had gezien.

'Je lijkt wel een slangenmens,' zei Sajaara. 'Wat ben je aan het doen?'

'Hoor je dat?' fluisterde Nari.

'Ik hoor de wind.'

Het was de wind niet. Nari voelde het in haar schedel, alsof die van buiten het raam op het glas sloeg en van het glas naar het bot werd overgebracht. Geen lied, niet echt muziek, maar op de een of andere manier toch melodieus, als de galopperende hartslag en het zangerige in- en uitademen van een enorm beest dat hen allemaal had opgeslokt. Het wiegde haar in slaap, betoverde haar, en nu ging ze op haar knieën zitten om haar wang tegen het glas te drukken zodat ze het beter kon horen. Het beter kon voelen.

'Nari,' fluisterde Sajaara met een trilling van angst. 'Wat doe je?'

'Sst,' zei Nari, terwijl ze de hand van haar vriendin pakte. 'Luister.'

Op het moment dat hun vingers elkaar raakten, ademde Sajaara huiverend uit. 'O. O, wauw.'

Nari glimlachte. Ze nam de muziek in zich op, ademde mee, nam de trilling ervan op in haar botten, en toen ze weer door de straat de duisternis in keek, zag ze geen boomtakken of rendiergewei, maar iets als een man. Ze herkende deze figuur onmiddellijk, zelfs op zo'n afstand, en ook al was hij veranderd. Als je de parni eenmaal had gezien, kon hij misschien uit je herinnering worden gewist, zodat hij onmogelijk te omschrijven was… maar je kon hem nooit echt vergeten.

Toen ze de parni weer zag, werd Nari's glimlach zelfs nog groter, en ze voelde zich overspoeld door vreugde. Maar dat was de oppervlakkige Nari. Diep vanbinnen zat een andere Nari, het echte hart, opgesloten in een vogelkooitje, waar ze hulpeloos met haar vleugeltjes klapwiekte, en gilde zonder geluid te maken.

Ze had de Amerikanen verteld dat de parni een sjamaan was, en dat was ook zo, maar hoe kon ze het verschil uitleggen tussen het sjamanistische geloof, dat door zoveel mensen in haar land werd gedeeld, en wat de parni was, wat hij volgens de verhalen in het verleden was geweest, hoe machtig en afschrikwekkend hij kon zijn wanneer de tijden daarom vroegen? Een zomerse regenbui kon je een storm noemen, maar een winterse sneeuwstorm die een dorp kon bedelven of waarin een paard al lopend kon doodvriezen – dat was ook een storm. De sjamanen, die mensen waren, spraken dan misschien met de natuur, maar de parni ademde de natuur, danste de natuur, schreeuwde het verdriet van de natuur uit. En net als de natuur kon de parni meedogenloos zijn.

Nari had dat vóór vanavond nog nooit gezien. Had het nooit echt geloofd.

Nu, met haar gezicht tegen het glas gedrukt, zong ze het lied van de parni en gaf ze zich eraan over. Er kwamen tranen in haar ogen. Tranen van vreugde en opluchting. Geen angst meer, niet meer vluchten.

'Het roept me,' zei Sajaara, die in haar vingers kneep.

'Ja,' zei Nari instemmend.

De muziek werd luider. Ze haalde haar hoofd weg van het raam, draaide de klink om en probeerde het open te schuiven. Het raam gaf pas mee op het moment dat ze met haar vuist tegen het kozijn beukte, maar zelfs toen schoof het maar een paar centimeter naar boven. Genoeg voor de kou om bijtend de kamer in te komen en met ijskoude klauwen naar hen te graaien. Nari kromp ineen, wist dat ze bij de kou weg moest blijven, maar ook al fluisterde die om haar blote keel en deden haar vingers pijn tot op het bot, ze deed haar uiterste best om het raam verder te openen.

Timir verscheen in de deuropening achter hen, met een geweer in zijn hand. Hij riep de naam van zijn vrouw twee keer, drie keer. In eerste instantie klonk hij verontrust, maar tegen de derde keer dat hij 'Sajaara' had gezegd, zweefde de naam door de kamer als een gefluisterd gebed.

'Horen jullie dat?' vroeg Timir.

Nari deed allebei haar ogen dicht, zo tevreden was ze dat haar vrienden hier waren, dat ze dit moment met haar konden delen.

'Hij roept ons,' zei Sajaara terwijl ze naast Nari ging staan. Samen probeerden ze het raam open te rukken. Het piepte in het kozijn. Aan één kant gaf het mee en ging het schokkend een centimeter omhoog, maar als het raam eerder al vast had gezeten, dan kwam het hierdoor alleen nog maar steviger klem te zitten.

Sajaara begon te jammeren.

'Ga open,' zei Nari. 'Ga open.'

Ze moest beneden op straat zijn. Er waren nu allemaal bewegende schaduwen daarbeneden. De lichamen waren maar donkere hopen op de bevroren weg, maar de nacht ademde, en met elke ademhaling kwam hij meer tot leven.

Timir droeg zware laarzen, maar ze hoorde geen enkele voetstap. Het ene moment was hij de kamer binnengekomen en het volgende moment voelde ze zijn grote hand de achterkant van haar trui grijpen en haar uit de weg sleuren. Hij had het geweer in beide handen vast, trok de haan naar achteren en gebruikte de kolf van het geweer om het raam in te slaan. De koude lucht raasde naar binnen en benam Nari de adem, stak haar gezicht, en de verlokkingen van dat nachtelijke lied trokken nog woester aan haar. Maar het geluid van verbrijzelend glas drong door in haar hersenen, reikte naar binnen en zette het kooitje open waar Nari's ware zelf gevangen lag.

Nu was ze bevrijd, voor heel even. Wat voor duisternis dat lied ook om haar heen had geweven, ze kon zich ertegen verzetten. Maar hoe zat het bij de anderen?

Timir sloeg de rest van het glas uit het raam. Alert, haar geest verschroeid door het plotselinge besef, zag Nari hem een knie op de vensterbank zetten en de onderkant van het klemmende kozijn omhoog rukken, en ze wist dat het lied hem nog steeds in zijn greep hield. Ze riep tegen hem dat hij moest stoppen, riep tegen Sajaara dat ze hem moest grijpen, maar tegelijkertijd was ze bang dat haar vriendin misschien ook nog steeds in het lied verstrikt was.

Sajaara greep haar echtgenoot bij zijn haar en keerde zich met verwilderde ogen naar Nari.

'Help me!'

Nari wikkelde haar armen rond Timirs middel. Er klonk nog een geluid in haar oren, een soort onzinnig gemurmel, een voortdurende herhaling, en ze besefte dat de geluiden van haar eigen lippen kwamen. Gewoon geluid, om het lied van de parni weg te drukken.

Ze gaf Timir een duw naar achteren, boog haar arm en sloeg hem hard in zijn gezicht. Heel even greep hij zijn geweer steviger vast en ze dacht dat hij nu haar schedel zou inbeuken, maar zijn ogen werden helder en hij schudde zijn hoofd.

Timir sloeg zijn handen over zijn oren.

'Dat helpt niet,' zei Sajaara. 'Het zit niet alleen in je oren. Het zit in je botten.'

Nari gaf hun allebei een zet richting de deur. Zonder woorden begrepen ze het allemaal, en ze schuifelden de gang in. Timir sloeg de deur achter hen dicht en ze bleven alle drie staan om te luisteren. Nari stopte met brabbelen en hield haar hoofd schuin.

'Ik kan het nog steeds horen,' zei ze.

'Je kunt het voelen,' verbeterde Sajaara haar. 'Maar hier niet zo sterk.'

Timir keek van de ene vrouw naar de andere. 'Wat moeten we nu doen?'

In de stilte die op die vraag volgde besefte Nari dat ze Una bijna helemaal was vergeten. Het meisje zou eigenlijk moeten slapen in de kamer van Sajaara en Timir, maar door het inslaan van het glas en hun geschreeuw, laat staan het lied van de parni, kon ze allemaal niet heen hebben geslapen. Toch kwam er geen enkel geluid van achter slaapkamerdeur die op een kiertje openstond. Er ging een flits van schrik door haar heen en ze liet haar vrienden bezorgd zwijgend achter.

Ze liep naar de deur, haalde diep adem en duwde hem zo langzaam en stil mogelijk open. De slaapkamer leek minachting te hebben voor verlichting. Zelfs het licht van de hal drong er nauwelijks in door, maar ze zag lange, zich vertakkende schaduwen. Haar adem stokte bij de herinnering aan het gewei in het donker aan het eind van de straat, vlak voor het moment dat de parni buiten verscheen, maar toen ze met haar ogen knipperde, waren die schaduwen verdwenen en de slaapkamer leek een beetje lichter te worden.

'Ga nou maar gewoon naar binnen,' zei Sajaara terwijl ze haar een duwtje in de rug gaf. 'Slaapt ze?'

Nari kon niet weigeren. Dit was de slaapkamer van Sajaara en Timir, en Sajaara had haar zelf zojuist op haar kop gegeven dat ze niet naar binnen ging. Natuurlijk was het er veilig. Voor Sajaara zou het de veiligste plek op aarde zijn.

Nari stapte de kamer in, maar de neus van haar laars bleef steken. Ze struikelde, met haar armen wijd uitgestrekt, maar met haar schouder raakte ze iets hards en door de klap werd ze opzij geworpen. Pas toen ze op de vloer lag en opkeek, zag ze de dunne, kale takken boven haar hoofd. Haar ogen pasten zich langzaam aan.

'Is dat... zijn dat...' Sajaara probeerde een aantal keren om een vraag te formuleren, maar het lukte haar niet.

Ademloos pakte Nari de stam van de berk vast en trok zichzelf omhoog. Met grote ogen staarde ze naar dit onmogelijke ding. Eerst was het in de schaduwen opgegaan, maar nu verscheen de witte bast grijs in de schemer. Nari zette een stap naar achteren en zag de dikke wortels waar ze over was gestruikeld uit de hardhouten vloer groeien. Er stonden een stuk of vijf kale berkenbomen, waarvan de takken zich over het plafond verspreidden, en ze groeiden in de balken en drongen door het plafond heen. Naast het bed stonden drie kleine sparren.

Ze lachte om zichzelf en sloeg toen een hand voor haar mond om te voorkomen dat de gekte eruit kwam. In slaapkamers groeiden geen bomen.

'Nari,' zei Sajaara. 'Hoe is dit mogelijk?'

Het doffe ritme van het lied van de parni klonk nog steeds in haar hoofd, maar Nari schudde dat van zich af, samen met de vraag van haar vriendin. Ze liep tussen de berken door en om de dichtstbijzijnde spar heen. Op de een of andere manier had Una blijkbaar door dit alles heen geslapen. Ze zou in het donker liggen slapen, nog steeds catatonisch.

Maar het meisje lag niet in het bed.

Nari's hart trok samen. Ze kon niet vechten tegen het onmogelijke, kon niet ongedaan maken dat ze de wolven of de lijken op straat had zien liggen, maar ze kon godverdomme toch wel één meisje beschermen dat alles al had verloren?

'Ariuna!' riep ze. 'Waar ben je?'

Op haar knieën zocht ze onder het bed. Daar waren wortels en een piepkleine spar die zich binnenkort door het bed omhoog zou duwen. Nari sprong op en draaide zich om naar Sajaara. 'Help me!'

Maar hoewel het een grote kamer was, waren er maar weinig plekken waar het kind zich zou kunnen verstoppen. Niet onder het bed, niet in de kast, niet achter het bureau of verstopt onder de dekens die Sajaara onlangs had gewassen.

Nari kroop over het bed heen naar de andere spar. De enige plek waarop ze nog niet hadden gekeken was erachter. De geur van de naalden ervan vulde de kamer nu, alsof een kunstenaar deze plek had gecreëerd en tot op dít moment dat ene laatste detail was vergeten.

Ze keek achter de boom.

Timir had een romantisch zitje bij het raam voor hen gemaakt dat op de achterkant van het gebouw uitkeek, met niets anders dan door sterren verlichte bomen en heuvels in de verte. Het meisje zat met haar knieën opgetrokken tot haar borst en met haar vingers in haar oren op het zitje.

'Una.' *Godzijdank.* Nari ging naar het meisje toe en legde een hand op haar schouder, maar Una negeerde haar, zoals altijd. 'Hé. Meisje, luister naar...'

Pas toen merkte ze op wat het meisje aan het neuriën was. Una staarde uit het raam naar de sneeuw, het woeste woud en de heuvels, en ze neuriede op datzelfde oerritme dat nog steeds in Nari's schedel galmde.

Sajaara was over het bed gekropen. 'Hoor je dat? Ze is...'

Nari draaide haar hoofd met een ruk om om haar boos aan te staren. 'Ik hoor het! Fuck! We moeten hier weg!'

Ze schepte het meisje van het raamzitje, liep rondom de onbestaanbare spar, klom over het bed met Una in haar armen en slalomde tussen de onbestaanbare berkenbomen door, terwijl ze tegen zichzelf zei dat ze er helemaal niet waren. Het lied van de parni had iets met haar hoofd gedaan, een of andere fucking bezwering. De duisternis had geen schaduwen van een gewei of takken voortgebracht. Nee.

Nari weigerde het.

Nee.

Sajaara raakte haar arm aan terwijl Nari het meisje de hal in droeg, waar Timir nergens te bekennen was. 'Wat doen we nu?'

Nari staarde. 'Nu? Nu moeten we hier als de sodemieter weg.'

11

Teig nam nog een shotje wodka. Het zweet parelde op zijn voorhoofd en gleed langs zijn nek naar beneden. Hij zat op de vloer, tegen de deur aan, en bonkte expres met de achterkant van zijn hoofd tegen het hout. Een paar minuten geleden had hij geprobeerd te bedenken hoe ze Una mee konden nemen en hier weggaan, maar nu was hij bang dat hij misschien te laat was.

'Stop!' schreeuwde hij naar niets en alles. Opnieuw ramde hij met de achterkant van zijn schedel tegen de deur, in een poging de muziek te laten ophouden. Dat monotone gezang, of wat de fuck het ook was.

Geen muziek. Muziek is het verkeerde woord. Het is verdomme een vishaak.

Dat was het. Een vishaak in zijn hersenen. Het rouwende kind dat al meer dan twintig jaar in hem woonde had altijd verlangd naar bewijs voor het bovennatuurlijke.

Wees voorzichtig met wat je wenst, idioot.

Een gekreun bereikte hem. Een gejammer. Teig keek naar links en zag Prentiss over de grond naar hem toe kruipen. Zijn gewonde been liet een veeg bloed achter, bloed dat in het hout trok, zich vermengend met de vlekken van gedurende tientallen jaren gemorste whisky, wodka en bier.

'Prentiss, man... nee,' zei Teig. 'Stop. Op die manier scheuren die...' Hij kon niet op het woord komen. *Wonden*, zei een stem in zijn schedel. Zijn lippen hadden het woord misschien gevormd, maar hij wist niet zeker of hij het hardop had gezegd. Het lied was er naar binnen geglipt en had een paar dingen omgegooid.

Teig greep de wodkafles. Drinken verdoofde zijn geest. Het leek het vermogen van het lied om zich in zijn brein te nestelen te verminderen. Maar als hij daarvan weg wilde komen, hoeveel kon hij dan drinken om nog te kunnen rijden? Om hen hoe dan ook op de weg te kunnen houden?

Als ze erin slaagden hier weg te komen, zouden ze evengoed dood zijn als hij het busje te pletter reed. Dood tegen de tijd dat de zon opkwam, zo niet eerder al, doodgevroren. Niet voor het eerst verscheen dat beeld van Jack Nicholson aan het eind van *The Shining* in zijn hoofd. *Fuck, zo wil ik niet zijn. Zittend in de sneeuw met ijspegels aan mijn neus.*

Het zou zoveel makkelijker zijn om naar buiten te gaan. Dat was sowieso zijn bestemming geweest, toch? Naar de garage lopen, in het busje stappen, het voor de voordeur zetten, Prentiss en het meisje inladen, en Nari als ze mee wilde, en deze ijzige buitenpost van de hel achter zich laten.

Teig kreunde. Hij greep de wodkafles terwijl hij zichzelf overeind hees. Nam een slok uit de fles, maar zijn linkerhand lag op de deurkruk. Daarbuiten in het donker waren de wolven. Er waren mensen doodgegaan.

'Hmm.' Hij gromde een paar keer, lachte smalend en sloeg de wodkafles stuk tegen de deurpost. Er glinsterden druppels op de vlijmscherpe rand van de kapotte fles. Hij haalde diep adem, trok zijn linkerhand weg van de deurkruk, en staarde naar de ruwe huid van zijn handpalm.

Als hij het glas in die handpalm stak en het ronddraaide, zou de pijn zijn hoofd helder maken.

Maar het was zoveel makkelijker om de deurkruk weer te pakken, hem omlaag te drukken en de deur open te doen... en dus deed hij dat.

De nachtelijke lucht raasde het café binnen, zo koud dat het hem de adem benam, maar het zorgde er ook voor dat hij met een schok overeind kwam. Hij rechtte zijn rug en zijn ogen gingen wijd open. Hij staarde naar buiten de nacht in. Rechts van hem, verder weg op de smalle toegangsweg in dit akelige, troosteloze gehucht, sleepte een enorme wolf een menselijk lichaam over de sneeuw de duisternis achter de garage in. Daarachter, verder weg nog, bewoog een gestalte over de weg. Hij stond op twee benen als een man, maar als het inderdaad een man was, was hij reusachtig. Hij liep voorovergebogen als een dier, en toen hij stil bleef staan, leek hij gewoon een speling van het licht.

Een hand greep de capuchon van zijn parka beet en sleurde hem terug het café in. Een halve seconde lang dacht Teig dat het Prentiss moest zijn, maar toen draaide die sterke hand hem om en zag hij Prentiss op de vloer liggen en herinnerde hij zich dat het niet kon. Prentiss had koorts. Prentiss had een verbrijzelde knie. Prentiss was aangevallen door hongerige wolven.

De man die hem had vastgegrepen was Timir. De grote barman had een geweer in zijn linkerhand, dus sloeg hij Teig met zijn vrije hand hard in zijn gezicht.

Teig grauwde. ‘Wat de fuck was dat?’

Timir keek hem aan, bezorgd en angstig. ‘Ben jij oké?’

‘Het lied?’ vroeg hij terwijl hij Timir aankeek. ‘Het zingen?’

Hij begon het ritme dat hij in zijn hoofd had gehoord na te doen, maar Timir schudde krachtig zijn hoofd en probeerde zijn mond te bedekken.

'Teig!' kraste Prentiss.

Hij was nog steeds naar de deur aan het kruipen. De ijzige lucht woei nog steeds het café in. Prentiss' gezicht zag er al rood uit, gebeten door de wind. Hij zag er meelijwekkend uit. Een ogenblik lang slaagde Prentiss erin te stoppen met kruipen, en hij begon met een vuist tegen zijn eigen schedel te slaan.

'Haal het eruit!' blafte hij.

En op dat moment besefte Teig dat het gezang niet was opgehouden. Timir had hem geslagen, en daar was zijn hoofd van opgeklaard, maar nu hij zich er weer van bewust werd, voelde hij dat de vishaak er nog steeds was en aan hem trok. Kreunend sloeg hij zichzelf in zijn gezicht. Hij voelde zich ontzettend dom, maar hij wist dat hij overal toe bereid was. Op de vloer lag de kapotte wodkafles. Die had hij laten vallen toen Timir hem sloeg, maar als het moest, zou hij doorgaan en zichzelf de pijn toebrengen, zoals hij zich had voorgenomen.

Teig greep de loop van Timirs geweer. 'Geef hier.' Timir probeerde het geweer terug te trekken, maar Teig draaide zich om en gebaarde naar buiten. 'Ik ga naar het busje. Ik heb een wapen nodig.'

'Jij weet hoe je moet schieten?' vroeg Timir.

'Mijn vader heeft ervoor gezorgd dat ik de staart van een rennend konijn eraf kon schieten. Ik red me wel.'

Timir sprak redelijk Engels maar verstond het nog beter. Hij liet het geweer los, kneep zijn ogen tot spleetjes en gaf Teig een duw in de richting van de deur. 'Ren sneller dan een konijn.'

Toen hij de deur uit was en op straat stond, had hij zich vrij moeten voelen. De nacht had oneindig en open moeten aanvoelen, maar in plaats daarvan werd hij erdoor opgeslokt. Toen de koude lucht hem geselde, zo hard dat het door zijn kleding en zijn vlees heen ging en het voelde alsof de wind hem tot op het bot opensneed, wilde Teig het uitschreeuwen. Het geluid in zijn schedel bleef, maar de kou temperde het, en terwijl hij over de weg naar de parkeergarage rende, lachte hij manisch. 'Koud'? Wat was dat voor woord? Zelfs 'ijskoud' leek absurd, nu de temperatuur vijftig of zestig graden geleden al onder het nulpunt was gezakt. Taal schoot tekort bij deze temperatuur. Hadden de plaatselijke bewoners een woordenschat voor een kou als deze? Lucht die zo koud was dat hij schuurde, stompte en je je leven probeerde af te pakken?

Met het geweer in zijn hand speurde hij schaduwen af, in de verwachting dat ze in beweging zouden komen. *Jezus christus, laat ze niet in beweging komen.* Hierbuiten in het donker, terwijl hij stampend over de weg liep, kon hij nog net de vormen van twee of drie lichamen op de grond zien. Verderop ging er een deur open en werd er een hoofd voorzichtig naar buiten gestoken, en Teig wist dat hij tegen die persoon moest schreeuwen dat hij of zij zich moest verstoppen, maar hij had de mensen die in die andere huizen woonden nooit ontmoet en ze waren niet zijn verantwoordelijkheid. Als hij Prentiss wilde redden, en als hij Una wilde redden, mocht hij niet aan iemand anders denken.

Toen het busje met de puppy zijn zusje had meegenomen, was hij zelf een kind geweest en had hij haar niet kunnen helpen. Dat afschuwelijke gegeven had hem jarenlang nachtmerries bezorgd. Zijn onderbewuste had hem afgrijselijke beelden van zijn zusje achter in dat busje voorgeschoteld, van de dingen die haar waren aangedaan. Maar nu was Teig geen kind meer. Hij kon dit. Hij kon dit meisje redden, en ook de man die tijdens zijn hele leven als een broer voor hem was geweest.

De kou liet het beetje kracht dat hij nog had wegvloeien, maar hij bereikte de garage, sjorde de zware deur open en stapte naar binnen. Pas nadat de deur dichtging, besefte hij hoeveel lawaai er daarbuiten in het donker was geweest. De wind, het kraken van de bomen, het luide ploffen van de zettende sneeuw en het ijs. Nu was dat allemaal afgelopen, inclusief dat verleidelijke ritme in zijn schedel. Het was verdwenen, afgesneden van de bron.

Voordat hij naar dit deel van de wereld was gekomen, zou hij de temperatuur in de garage hebben beschouwd als te koud om leven mogelijk te maken, en dat was waarschijnlijk ook zo, op de lange duur. Maar vergeleken met buiten op straat voelde het als de tropen. Alleen het doel van het bestaan van de garage deed er nog toe, namelijk om voertuigen net warm genoeg te houden om hun motoren de volgende ochtend nog te laten starten.

Hij snelde de garage door. Nu het café gesloten was, stonden er niet veel auto's. Een aantal van de andere gebouwen had vast zelf een kleine garage, maar de ongeveer tien voertuigen behoorden toe aan de bewoners. Allemaal, behalve het busje dat Prentiss en Teig hierheen had gebracht, en dat Kaskil naar zijn dood had geleid.

Begin daar nou niet mee, dacht hij. *Als je je zo nodig schuldig wilt voelen, wacht daar dan mee tot jullie allemaal veilig zijn.*

Teig haastte zich naar het busje, opende het portier, gleed achter het stuur en zette het geweer naast zich. Zijn gedachten gingen alle kanten op. Waarom waren de wolven niet achter hem aan gekomen? Waar waren ze gebleven?

Er laaide hoop op in zijn borst maar die temperde hij. Hoop kon een luchtspiegeling zijn, het visioen van een oase in de woestijn, en hij zou zich er niet aan overgeven.

Hij draaide de sleutel om en de motor kwam brullend tot leven, zonder enige hapering. Teig zette het geweer steviger op de zitting naast hem, klaar voor wat er ook maar zou komen terwijl hij het busje in de eerste versnelling zette en naar de uitgang van de garage reed, terug de verbijsterende kou in.

Het kon niet meer dan vijftig meter van de uitgang van de garage tot de voordeur van het café zijn geweest, maar toch drukte hij het gaspedaal vol in. Halverwege legde hij een hand op de claxon. Hoewel hij luid was, leek het schallende getoeter zozeer een deel van de gewone wereld dat zijn angst heel even buiten proportie leek, absurd zelfs.

De voordeur van Olonkho's ging open. Timir en Sajaara kwamen het eerst naar buiten en Teig voelde een steek van wrevel. Prentiss had hem nodig. Het meisje, Una, had hem nodig. Zij hadden voorrang moeten krijgen. Timir zou hem met Prentiss moeten helpen. Wat was er verdomme mis met...

Hij had de gedachte nog niet afgemaakt toen hij de wolven zag. Ze kwamen uit de schaduwen tussen de gebouwen vandaan en om de zijkant van het café heen, laag bij de grond, en het beetje fletse licht van de sterren dat door de wolken scheen leek ze nauwelijks te raken.

Sajaara schreeuwde. Teig vloekte, greep het geweer en sprong uit het busje, terwijl de motor bleef lopen. Hij zag hun oren, de vorm van hun snuiten, de kwaadaardige glinstering in hun ogen en de flitsende beweging van hun poten onder hun lichamen. Ze renden in stilte, doelgericht.

Teig richtte en schoot de eerste in de hals. De wolf draaide, opzij geworpen door de kracht van de kogel, en gleed uit op de harde sneeuw, maar hij jankte niet. Nog geen jammerkreetje.

'Rennen!' schreeuwde Teig.

Timir had nog een geweer, dat hij over zijn schouder had gehangen. Hij had een hand op de rug van zijn vrouw, maar zodra hij het portier had opengetrokken en Sajaara op de achterbank had geschoven, nam hij zijn plek in naast Teig en blafte iets in het Jakoets. Teig hoopte dat hij het goed had begrepen, maar zelfs als Timir niet had bedoeld dat hij de anderen moest gaan helpen, was dat toch wat er ging gebeuren.

Nari was het café uit gestapt met Una in haar armen. Ze droeg het kind alsof het een peutertje was. Catatonisch als ze was, was dat ook maar beter. Kinderen die gevangenzaten in hun eigen hoofd stonden er niet om bekend dat ze erg opschoten.

'Waar is Prentiss?' vroeg Teig.

Er klonk gekreun vanuit de voordeur. 'Jezus! Ik kom eraan.'

Nari keek heen en weer tussen Teig en Prentiss. 'Ik kom weer terug,' zei ze, waarvan hij aannam dat ze bedoelde dat ze de gewonde Engelsman naar het busje wilde helpen.

'Nee. Stap in, en doe de portieren op slot,' zei Teig.

Er flitste iets in haar ogen, een beetje boosheid en minachting bij het idee dat hij probeerde eerst haar te beschermen en dan pas zichzelf. *Ga nou niet de held uithangen*, leken die ogen te zeggen. Dat nam hij ter harte, maar het was te laat om er een gesprek over te hebben.

Er bleven geweerschoten knallen, en ze weergalmden tegen gebouwen en de laaghangende hemel. Timir schoot nog twee wolven neer. Teig bereikte de deur van het café, zette de achterkant van het geweer tegen zijn schouder en schoot er nog een neer toen die de hoek om kwam.

'Help me overeind, verdomme!' gromde Prentiss, maar hij leek het prima in zijn eentje te redden. Hij gebruikte de deurpost om zijn evenwicht te bewaren en hees zich omhoog op één been.

Teig wrong zich onder Prentiss' arm en nam zijn gewicht op zich, en sleepte hem toen half naar het busje. De kou was in hem gedrongen en hij voelde zich verdoofd. Zelfs zijn gedachten werden trager.

In het busje boog Sajaara zich over de bestuurdersstoel en sloeg met haar vlakke hand op de claxon, misschien omdat ze dacht dat het de wolven zou verjagen.

Dat was niet zo.

Timir schoot er nog een neer. Hoeveel kogels had hij voor dat geweer? Teig had het andere geweer over zijn linkerschouder hangen terwijl hij Prentiss hielp. Hij had het nu te druk om te proberen Timir te helpen. Als hij wolven wilde afschieten, zou hij zijn vriend op de weg moeten laten vallen en dat was hij niet van plan.

Uit zijn ooghoek zag hij iets bewegen en hij keek in die richting, naar waar hij de wolf had neergeschoten die om de hoek van het café was gekomen. Er waren er nu weer twee. Ze kwamen langzaam op hem af, en hij vroeg zich af hoeveel ze er moesten doden om hier levend weg te komen.

Achter die twee lag het lichaam van de wolf die hij zojuist had neergeschoten. Net voor hij wegkeek, zag Teig een kringeltje zwarte rook van de dode wolf opstijgen dat in de ijzige wind bewoog. Het veranderde in schaduw en ging op in de duisternis totdat de wolf die hij had gedood verdwenen was, alsof hij er nooit was geweest.

Zijn maag keerde om bij het besef dat hij nu nergens meer van op aankon. Niets kon als betrouwbaar of als waar worden beschouwd.

'Schiet op!' schreeuwde Nari naar hen. Ze stond bij het open portier aan de bestuurderskant van het busje en zette Una neer. Ze was dan misschien catatonisch, het meisje kon op haar eigen benen staan. 'Een beetje sneller!'

'Mijn god,' hijgde Prentiss, bijna jammerend, terwijl Teig samen met hem naar het busje strompelde. 'Wat is het fucking koud!'

Prentiss hinkte verder, met zijn arm om Teigs nek. Hij kon zelfs niet het kleinste beetje gewicht op zijn gebroken knie zetten. Toen zijn laars de grond raakte en een paar centimeter over de grond sleepte, schreeuwde hij het uit van de pijn en moest hij stoppen. Met hun hoofden tegen elkaar, op elkaar steunend, namen Teig en Prentiss even een adempauze.

'Felix,' hijgde Prentiss schor in zijn oor. Zijn stem brak alsof hij in tranen was. 'Hoor je het?'

Tot dat moment had Teig zich ervoor afgesloten. Door de geweerschoten, het geschreeuw en misschien de adrenaline was het hem gelukt om niet te focussen op het ritme dat weer zijn hoofd binnen was geglipt, de niet-muziek die in zijn schedel bonkte en roffelde. Maar zodra Prentiss zijn aandacht er weer op vestigde, voelde Teig hoe de vishaak zich weer diep in zijn borst vastzette. Hij ging rechtop staan en dwong Prentiss daarmee om hem goed vast te houden, met zijn arm om zijn nek geslagen. Teig voelde de verlokking en draaide zich om om in de duisternis langs de weg te kijken. Er waren nog meer mensen naar buiten gekomen, aangetrokken door de claxon, de geweerschoten en het geschreeuw. Dat dacht hij tenminste.

Sajaara deed wat iedereen zou doen: ze schreeuwde naar haar buren en rende op hen af. Er lagen lijken op de weg maar deze mensen leefden nog, en haar instinct stuurde haar naar wat vertrouwd was. Timir had de wolven neergeschoten die zo-even nog zijn vrouw van hun buren zouden hebben gescheiden. Teig kende de taal niet, dus hij wist niet zeker of Sajaara haar vrienden om hulp smeekte of schreeuwde om hen te waarschuwen voor het gevaar.

Alsof het een choreografie was, keerden de drie donkere gestalten op de weg zich naar Sajaara. Ze begonnen op haar af te sjokken. Teig zag haar aarzelen, alsof ze ondanks haar wanhoop voelde dat er iets mis met hen was.

'Timir!' riep hij kortaf, terwijl hij met Prentiss naar het busje schuifelde. 'Hou haar tegen! Er is iets...'

Maar Timir had het ook gezien. Deze buren waren niet al eerder de straat op gegaan – zoals degenen die nu dood waren. Ze waren naar buiten gelokt door het dwingende ritme in de lucht, het lied dat tot in hun botten doordrong. Ze reageerden niet op het roepen van Sajaara… maar ze begonnen wel naar haar toe te rennen, met uitgestrekte armen, en toen pas realiseerde de vrouw zich dat er iets met hun buren was gebeurd. Iets afgrijselijks.

'Stap in het busje!' schreeuwde Teig. 'Help me met hem.'

Prentiss snauwde: 'Ik heb niet meer hulp nodig. Zet me nou maar gewoon neer en schiet op!'

Nari keek bang en verward op, maar ze had het meisje op de stoel voor in het busje weten te krijgen. Nu hield ze het portier open en hielp Teig Prentiss achterin te duwen. Prentiss schreeuwde het uit van de pijn toen hij zijn gewonde been over de zitting sleepte.

De mensen op straat bewogen snel. In het donker leken die buren te veranderen. Er groeiden grillige vingers van schaduw uit hun schedels, alsof deze arbeiders, vrachtwagenchauffeurs en serveersters…

O, fuck nee, dacht Teig. *Dat kán toch niet.*

Het zag eruit alsof er een gewei uit hun hoofd was gegroeid. Het was onmogelijk. Volstrekt onmogelijk.

Timir rende achter Sajaara aan, met zijn geweer in de hand. Hij schreeuwde haar naam. Teig was te ver weg om te helpen en kon alleen maar toekijken. Zijn adem stokte in zijn keel toen Sajaara eindelijk zag wat de nacht met haar buren had gedaan. Teig dacht dat ze zou gillen, maar in plaats daarvan kwam ze slippend tot stilstand en keerde om. Sajaara struikelde, en rende vervolgens terug naar Timir… in de richting van het busje en de hoop op ontsnapping.

'Teig.' Nari greep zijn arm om zijn aandacht te vestigen op de twee wolven die om de hoek van het café slopen.

'Stap in het busje,' zei hij, terwijl hij zijn geweer van zijn schouder haalde.

'Maar...'

Een geweerschot echode als een zweepslag door de lucht. Teig draaide zich om en zag nog net hoe Timir aanlegde voor een tweede schot. De drie menselijke gestalten snelden achter Sajaara aan die naar haar man rende, slechts tien meter van hem vandaan. Vijf nu. Timirs schoten hadden hen totaal niet afgeremd, maar hij richtte opnieuw.

Er klonk een grom van de andere kant van het busje. De twee wolven die hen beslopen. Prentiss begon tegen hem te schreeuwen en te vloeken dat hij moest instappen. Nu greep Nari Teigs geweer met beide handen vast en gebruikte het om hem in de richting van de bestuurdersstoel te schuiven. Ze wierp zichzelf door het openstaande portier aan de bestuurderskant, tilde Una van de zitting en zette het zwijgende meisje op schoot, en draaide zich toen om om naar hem te schreeuwen.

Teig overhandigde haar het geweer terwijl hij zich achter het stuur liet glijden. Hij stak zijn hand uit om het portier dicht te slaan. Toen hij de deurkruk pakte, sprong er een wolf uit het donker tevoorschijn. Het portier sloeg met een klap dicht en de wolf botste tegen het metaal, met een harde bons die absoluut niet als schaduw aanvoelde.

Zelfs met het raampje dicht hoorde Teig Sajaara gillen van de pijn.

Op de achterbank vloekte Prentiss. Zijn stem was schor van pijn en angst. 'Wat de fuck gebeurt er allemaal?'

Verderop in het smalle doodlopende straatje tussen het café en de garage had de eerste buurman Sajaara ingehaald. Hij boog zijn hoofd en ramde haar van achteren. In de worsteling op de weg was het moeilijk om iets te onderscheiden, maar Teig zette het busje in de versnelling, draaide het stuur naar links en reed naar het geschreeuw toe. De koplampen veranderden het hele tafereel in een felverlichte kijkdoos, alsof de verschrikking die zich daar ontvouwde een in de tijd stilgezette namaakvertoning was. Wat de buren nu ook waren; de dingen die uit hun schedels staken waren écht geweien. De vrouw achter Sajaara had haar doorboord. Eén lange geweitak stak dwars door haar schouder terwijl ze haar tegen de bevroren grond werkte.

Timir schoot de vrouw door haar voorhoofd. Ze viel voorover, maar ze nam de gespietste Sajaara in haar val mee. De twee andere buren bleven staan, terugdeinzend voor zowel het geweer als de koplampen. Met brullende motor reed Teig naar hen toe, maar Timir draaide zich niet om. Dat durfde hij niet.

Een deel van die goede man was gebroken. Hij schreeuwde de naam van zijn vrouw, stak zijn hand uit en trok Sajaara naar voren. Meer durfde hij niet te doen om haar te helpen. Sajaara gilde weer terwijl ze haar lichaam van het gewei wrikte dat door haar rug heen was gedrongen. Op de een of andere manier wist ze overeind te komen, en de andere buren vielen aan.

Timir schreeuwde naar haar dat ze moest vluchten. Hij schreeuwde naar Teig dat hij hen moest redden. Hij haalde de trekker van een leeg magazijn over en was net begonnen het geweer om te draaien om het als knuppel te kunnen gebruiken toen de twee buren zich op hem wierpen en hem met hun geweien begonnen toe te takelen.

Nari klom over de achterbank en snauwde tegen Prentiss dat hij opzij moest gaan. Ze gooide het achterportier open terwijl Teig het busje schuddend tot stilstand bracht. Nari stapte uit, ving de bloedende, huilende Sajaara op in haar armen. Vervolgens sleurde ze haar achter in het busje en trok het portier dicht, precies op het moment dat de wolven hen van achteren inhaalden.

'Rijden!' riep Prentiss schor.

Teig ving een laatste glimp op van wat de buren met Timir deden. Hij zette het busje in zijn achteruit, draaide aan het stuur en begon achteruit te rijden. Hij probeerde te keren. Er ramde iets tegen het portier aan de bijrijderskant, vlak naast het meisje. Door het raampje zag hij nog een deur opengaan, nog een buurman naar buiten komen, deze groter dan de anderen. Onmogelijk groot. Toen sprong de wolf op en ramde zijn kwijlende snuit grommend tegen het raam. Het meisje vertrok geen spier.

Hij zette hem in de eerste versnelling, trapte het gaspedaal in, draaide weer aan het stuur en verloor de zijspiegel aan de bijrijderskant toen hij de hoek van de garage raakte, maar de banden tolden op de permafrost onder zich en ze spoten weg, terug richting de snelweg.

Voor hen uit verlichtten de koplampen de vorm van nog een man met een gewei, anders dan de anderen. Deze leek nauwelijks op een mens. Hij was slechts een schaduw en een glinstering van gele ogen, de rimpeling van een bruine vacht.

Sajaara schreeuwde vlak achter hem.

Nari duwde zich over de zitting heen om op het wezen op de weg te wijzen. 'De parni. Niet stoppen. Niet stoppen!'

Teig greep het stuur steviger beet. Als dit de parni was, dan was hij veranderd, minder menselijk dan hij eerder was geweest. Het busje raakte hem met zeventig kilometer per uur. De klap wierp hem omver. Het busje schokte heen en weer toen de banden aan de bijrijderskant over hem heen bonkten.

Toen was het voorbij. De weg voor hen was vrij. De koplampen vonden de snelweg. Teig trapte op de rem en draaide toen het stuur naar links. Precies op het moment dat hij de Bottenweg op reed, keek hij in de achteruitkijkspiegel. In het rode schijnsel van zijn remlichten stond de parni op alsof hij door een onzichtbare poppenspeler werd opgetild. Zijn schaduw leek onmogelijk lang, langer dan eerder, en hij had een gewei dat langs de duisternis leek te schrapen. Toen hij hen met lange soepele sprongen begon te volgen, leken de bomen aan weerszijden van de weg naar hem toe te buigen, aangetrokken in zijn kielzog.

Vijfhonderd meter verder over de Kolyma-snelweg was er alleen nog maar nacht achter hen. Teigs hart bonkte nog steeds in zijn borstkas, harder dan hij het ooit had horen kloppen. Onmenselijk hard. Op de achterbank fluisterde Nari tegen Sajaara en beloofde haar dat het goed zou komen met haar. Sajaara snikte en herhaalde steeds weer de naam van haar man. Hij keek naar Prentiss, verontrust door het zwijgen van zijn vriend, maar de grote Engelsman zat alleen maar onderuitgezakt op de zitting, met een grimas van de pijn, zijn ogen glazig van de shock.

Naast Teig zat Una nog net zoals ze haar hadden gevonden, zwijgend en uitdrukkingsloos, volstrekt onaangedaan. Teig wilde schreeuwen of huilen of gewoon maar wakker worden uit deze nachtmerrie, want dit kon niet de echte wereld zijn. Sommige mensen geloofden in spoken, en dat had hij ook altijd gewild, maar dit was niet zoiets eenvoudigs, zoiets rustigs, als een plek waar het spookte. De dingen die hij had gezien – dat moesten wel hallucinaties zijn. Een psychotische episode. Hij had mensen gekend die dat hadden ervaren. Hij zou aan de anderen moeten vragen wat zij hadden gezien maar hij beet zo hard op zijn lip dat hij bloed proefde, alleen maar om te voorkomen dat hij die vragen daadwerkelijk zou stellen. Zo bang was hij voor wat ze zouden zeggen, zo bang voor de antwoorden.

'Rijden,' fluisterde hij tegen zichzelf. 'Gewoon rijden.'

Hij haalde diep, bevend adem, ging rechtop zitten en hield zijn ogen op de weg gericht. Hij negeerde de pijn, de angst en het verdriet die bij hem in het busje waren. *Wees meer als het meisje*, dacht hij, en hij moest er bijna hardop om lachen. *Ja hoor, Teig. Neem maar een voorbeeld aan een catatonisch meisje van negen.* Maar toch zou hij het doen als het moest. Hij zou alles doen om het einde van deze weg te bereiken.

Hij wist niet of Sajaara haar verwondingen zou overleven, maar hij zou haar en Prentiss naar een ziekenhuis brengen. Nari in veiligheid brengen. Hij zou dit meisje naar haar overgrootmoeder brengen. Hij zou heelhuids thuiskomen, en dan zou hij ander werk gaan zoeken.

Het busje hotste door een gat in de weg, rammelde over bandensporen in de weg, en voor het eerst dacht hij niet aan alle lijken die onder de Bottenweg begraven lagen. Hij dacht aan de parni, streng en geduldig in het felle licht van zijn koplampen.

Hij keek in zijn spiegel en zag alleen maar duisternis, maar toch drukte hij zijn voet harder op het gaspedaal.

Teig had nog nooit zo vurig gewenst dat het licht zou worden.

12

Loedmilla wist wel wat fanatisme inhield, maar zag zichzelf nooit als een fanaat. Er waren mensen die een veel monomaner geloof hadden dan zij. Haar neefje Alfrid prees haar vaak omdat ze zo'n onwrikbaar geloof had, en hoewel ze met hem in discussie had kunnen gaan, verzette ze zich meestal tegen die neiging. Hoe kon ze aan Alfie uitleggen dat haar geloof misschien wel sterk was, maar dat dat nog niet betekende dat ze nooit twijfels had? Natuurlijk had ze vragen. Twijfels en nieuwsgierigheden. Haar eigen oma had een totaal ander geloof gehad. Die leefde en ademde een religie waarvan de grondbeginselen het soort overtuigingen waren die in vele delen van de wereld door het christendom waren vervangen. Natuurlijk had Loedmilla ook vragen.

Maar in haar doel was ze volkomen monomaan. Haar kleine persoonlijke kruistocht, zoals zij het beschouwde, was puur.

Maar zelfs die kende zo nu en dan een moment van zwakte.

Zoals nu. Ze stond in de duisternis, terwijl de kou knaagde tot op het bot, en ze hield de jerrycan met benzine schuin zodat de brandstof eruit zou klotsen en haar tank zou vullen. Al het lopen, bewegen en tillen dat ze deed hield haar vrij fit voor een vrouw van haar leeftijd, maar ze kon niet langer ontkennen dat haar kleine kruistocht haar begon uit te putten. Er stonden vier jerrycans met benzine in haar kofferbak. Ze was nu bezig met de tweede, en vulde de brandstof aan die ze had verbruikt door haar motor te laten draaien terwijl ze over de snelweg heen en weer liep, waar ze haar gebeden opzegde en begrafenisliederen zong boven de botten van mensen die al tientallen jaren dood waren.

De waarheid fluisterde in haar achterhoofd. Een waarheid die ze zelden aan zichzelf toegaf en nooit in het bijzijn van Alfrid zou hebben prijsgegeven, die ze niet eens ooit hardop zou uitspreken tegen de geesten op de Kolyma-snelweg of in de stille gebeden waarin ze met haar overleden moeder en oma sprak. Die waarheid zorgde ervoor dat ze zich onoprecht voelde, alsof ze door die hardop te erkennen het doel verraadde dat ze voor zichzelf had gekozen.

Vannacht voelde ze zich meer uitgeput dan gewoonlijk. Haar nek was het afgelopen uur pijn gaan doen en nu had het zich uitgebreid naar haar kaak en omlaag over haar rug. Op de een of andere manier had ze een spier verrekt, en uit ervaring wist Loedmilla dat dat vaak tot een kettingreactie leidde, waarbij de pijn, veroorzaakt door een knoopje in een spier, naar omlaag kon uitstralen, naar haar heup, en omhoog tot in haar tanden. Haar linkeroor deed pijn.

Ze was niet iemand die gauw klaagde. Dat was ze nooit geweest. Maar haar aarzeling om een stem te geven aan de pijntjes die het leven haar bracht maakte haar daar nog niet immuun voor. Oud worden was niet iets voor de zwakken, had Alfrid ooit tegen haar gezegd, en toen had ze gelachen.

Vannacht lachte ze niet. Vannacht was haar grote geheim dat ze wilde dat ze thuis was en naar Springsteen luisterde. In de zomer van 1988, toen ze al achter in de dertig was, was Loedmilla op uitnodiging van haar broer en zijn vrouw naar Oost-Duitsland gegaan om hen te bezoeken. Het zou de eerste van maar drie keer zijn dat ze Siberië verliet, maar het had haar voorgoed veranderd. Oost-Duitsland, dat nog in de greep was geweest van het Sovjetbewind, had gekrioeld van de mensen. Oost-Berlijn had een leven en een jeugdigheid die haar overweldigden. Op de avond van 19 juli nam haar broer haar mee om de Amerikaanse rockster Bruce Springsteen live te zien optreden voor de Berlijnse muur. De autoriteiten hadden dit concert toegestaan om de groeiende onrust onder de Oost-Duitse jeugd te sussen, maar het had de jongeren er alleen maar toe aangezet om nog harder te streven naar het verbreken van de wurggreep van de Sovjetautoriteiten.

Loedmilla gaf niet om politiek of de regering. Omdat ze naast de Kolyma-snelweg woonde, hadden zulke dingen nooit echt invloed op haar manier van leven. Maar die avond, zwetend en dansend voor de Berlijnse muur op de muziek van deze brullende Amerikaan met de ruige stem, werd ze verliefd op rock-'n-roll. Ze kende maar de helft van de songteksten van wat voor nummer ook, begreep maar de helft van wat ze kende en verstond het grootste deel van de woorden van de andere helft verkeerd, maar toch, dankzij Bruce sprak ze een klein beetje Engels. Als ze terugdacht aan die avond kwam ze in de verleiding om nu meteen naar huis te gaan, thee te zetten en naar haar oude cassette te luisteren met daarop 'Darkness on the Edge of Town'. Maar er moesten vannacht nog meer gebeden worden opgezegd.

De geesten van de doden onder haar voeten hadden haar nodig om hen vrij te laten. Ze was ervan overtuigd dat ze zich van haar bewust waren geworden, dat het gefluister langs de weg van het ene stel botten op het andere werd overgedragen, en dat ze elkaar vertelden dat Loedmilla kwam en hen zou bevrijden. Ze wist dat ze haar nodig hadden. Dus als ze soms alleen maar wilde uitrusten en naar Bruce luisteren, zou dat haar geheim blijven – iets wat ze nooit aan Alfrid zou toegeven, en zelfs zelden aan zichzelf.

De benzinetank gorgelde en ze kantelde de jerrycan, trok hem opzij en zette hem op de weg. De wind sloop in haar capuchon, in de gleuf waar haar balaclava net niet helemaal tot aan de kraag van haar trui kwam. Hij sneed in de blootgelegde huid als het schrijnende touw van de beul.

Het was te koud om te treuzelen. Ze haalde adem en hees de jerrycan van de weg, manoeuvreerde hem naar de openstaande kofferbak van de auto en zette hem op zijn plek, de tweede in de rij van benzinejerrycans. Heel even werd ze licht in haar hoofd en ze legde een hand op de kofferbak om weer op adem te komen. Door de kou en de wind was het op de beste nachten al niet gemakkelijk om adem te halen, en vannacht was het niet anders.

Of misschien ook wel. Het duurde een paar seconden voor ze haar hoofd weer helder had gemaakt.

Loedmilla deed de kofferbak met een klap dicht, schroefde de dop van de benzinetank er weer op en deed het klepje dicht, en ging toen op de bestuurdersstoel zitten. Een paar minuten rusten met de verwarming flink hoog, dat zou alles zijn wat ze nodig had. Maar geen muziek. Als ze muziek opzette, zelfs Bruce, zou ze ongetwijfeld in slaap sukkelen, en ze had vannacht nog tweeënhalve kilometer te gaan.

Ze probeerde op adem te komen, en ze kromp ineen van de pijn die over haar arm omhoog naar haar nek trok. *Ga naar buiten,* dacht ze. *Rondlopen zal helpen om je spieren te ontspannen. Vergeet je huis en vergeet Bruce.*

Dat hielp om haar in beweging te laten komen. Nu ze het risico had weggenomen dat de auto zonder benzine zou komen te staan, werd ze alleen nog van het voltooien van het nachtelijke werk weerhouden door uitputting en ouderdom, en ze zou niet toestaan dat die haar in de weg stonden.

Loedmilla stapte de auto uit, haalde adem en sloot het portier met een klap achter zich. De uitlaatgassen stegen in pluimen op uit de uitlaat, badend in het rode remlicht. Ze dwong een glimlach op haar lippen en sloot vriendschap met de bijtende kou. De temperatuur sneed in haar, maar ze wist dat ze die kon overleven, dat ze – na door de jaren heen vingers en tenen te hebben verloren – nu precies wist wat ze moest dragen en hoeveel tijd ze blootgesteld kon worden voordat ze weer in de auto stapte. Ze had handwarmers in haar handschoenen, voetwarmers in haar laarzen.

In haar balaclava begon ze heel zacht en ondanks de pijn die in haar nek, rug en armen bonkte – de stekende pijn van de ouderdom – te zingen. 'Vannacht zijn er gevallen engelen die op ons wachten…'

Ze fronste, boos op zichzelf, zowel om het feit dat ze het volgende deel van het lied was vergeten als om het feit dat ze zich zo had laten afleiden. Er was een wijsje in haar hoofd blijven zitten. 'Drive All Night' van Bruce natuurlijk. Soms glipte het daar op de weg in haar onderbewustzijn terwijl ze de hele nacht aan het rijden was, maar dat ze werd afgeleid tijdens het rijden was tot daaraan toe; wanneer het de bedoeling was dat ze bad, was het onvergeeflijk.

Er trok een huivering van schuldgevoel door haar heen en Loedmilla keek omlaag naar de weg onder haar laarzen. Nog steeds binnen bereik van het schijnsel van die remlichten fluisterde ze een verontschuldiging aan die geesten om haar heen, maar vervolgens glimlachte ze weer. Ze zouden het haar vergeven. Ze kenden haar hart, wisten hoezeer ze zich aan hen had toegewijd.

Ze haalde adem, poetste het lied uit haar gedachten en begon toen weer te lopen. Haar laarzen knerpten op de permafrost. Met haar handen boven haar hoofd geheven begon ze te zingen, maar deze keer werd haar lied een gebed, en haar gebeden werden een ritueel. Nu kon ze hen weer ervaren, zo dichtbij dat ze wist dat als ze geen masker op haar gezicht had gehad, ze de adem van de doden op haar wang had kunnen voelen.

'Hallo, mijn vrienden,' zei ze. 'Jullie weten wie ik ben. Het gefluister dat jullie heeft bereikt, heeft de waarheid verteld.'

Loedmilla keek omlaag, er zeker van dat ze de omtrek van hun botten in de weg kon zien, elke richel, groef en deuk onderdeel van het silhouet van een skelet. 'Gezegend zijn jullie allen,' zei ze zangerig. 'Leg de werken van het leven af die jullie hier gebonden houden. De Heer verwacht jullie.'

De wind zwiepte in vlagen om haar heen, de kou sneed dieper, maar haar gedachten waren nu ergens anders. Ze bleef lopen, bleef bidden met haar hart wijd open. Loedmilla kon hun rustige stemmen horen en hun verlangen voelen, en hun dankbaarheid. Haar voeten werden zoals altijd gevoelloos in hun laarzen, en ze negeerde ze, maar de pijn in haar nek en langs haar armen kon ze niet negeren. Ze hief haar hand en begon een nieuwe zegening. Haar stem brak en haperde, en ze moest haar hand laten zakken.

Haar gezichtsvermogen werd wazig en haar gedachten ook.

Loedmilla probeerde een hand op te tillen om haar neusbrug te masseren. Dat hielp soms, zelfs door de handschoenen en wanten en de balaclava heen. Maar toen ze haar arm hief, schoot er een nieuwe pijnscheut door haar borst.

Dank je wel, fluisterde een stem in haar oor. Vele stemmen tegelijk, allemaal wervelend op de ijselijke wind. Loedmilla had de dankbaarheid van de doden wel honderd keer gehoord, maar dit klonk niet als zomaar een dankjewel – het klonk als een afscheid.

Nee. Ze slaagde erin zich om te draaien. Het schijnsel van haar achterlichten leek erg dichtbij. Het had gevoeld alsof ze veel verder was, maar nu bleek dat ze nog maar de eerste honderd meter of zo had gelopen.

Ze haalde diep adem, verzamelde al haar wilskracht en begon terug te lopen naar de auto. De geesten die onder de Bottenweg lagen, leden al tientallen jaren, niet in staat om over te gaan naar wat voor wereld hun na de dood ook wachtte, en ze had haar leven aan hen gewijd. Maar ze had er al duizenden bevrijd, en na tientallen jaren kon deze volgende kilometer botten ook wel tot morgen wachten.

Ze had rust nodig, en thee, en misschien een dokter.

Toen ze terug schuifelde naar de auto begon ze te wankelen, en bijna ging ze onderuit. Het schijnsel van de achterlichten werd wazig. Er bereikte haar nog meer gefluister, maar na een paar seconden besefte ze dat wat ze hoorde haar eigen stem was, die zachtjes Springsteen zong.

'I swear, I'll drive all night,' zong ze, en daarna glimlachte ze tegen zichzelf omdat de rest van de regel ging over het kopen van schoenen, en dat deel had ze nooit begrepen. Dat was zeker onvertaalbaar, dacht ze. Amerikanen zijn zo vreemd.

De pijn klauwde naar haar borst. Ze kromde haar schouders beschermend naar binnen. Loedmilla staarde naar de wazige achterlichten die nog steeds vijftig meter voor haar uit waren, zag de uitlaatgassen wervelen achter haar auto, en begon weer naar voren te lopen. Eén stap. Twee en drie. Maar bij de vierde stap begaven haar benen het en ze zakte in elkaar op de weg, en greep naar haar hart. Haar gezichtsveld werd wazig. Ze reikte met een trillende hand naar de warmte die in haar auto op haar wachtte, de warmte die haar leven zou kunnen redden.

Onder zich hoorde ze gefluister. Ze kon de doden onder zich voelen liggen, en wist dat zij dit maal voor haar baden.

Ze deed haar ogen dicht en gleed weg, nog steeds ademend. Haar hart trok samen, maar het bloed werd nog rondgepompt.

De moordende kou wikkelde haar vingers om haar heen, en begon te graven. Rijp zette zich vast op haar oogleden.

Het zou niet lang meer duren.

Nari had er alles voor overgehad om terug te gaan naar de ochtend en de dag opnieuw te beginnen, om in haar eigen bed met bonzend hart wakker te worden uit deze nachtmerrie. Maar deze nacht liet zich niet uitwissen door wensen, hoe onwerkelijk hij ook leek.

'Het gaat goed met je,' zei ze tegen Sajaara in de taal die ze gemeen hadden. 'Het komt wel goed met je.' Dat waren twee verschillende dingen, dat wist ze. Het eerste was zeker een leugen, maar het tweede was iets om naar te streven.

Ze zaten achter in het busje gepropt – Nari en Sajaara en Prentiss. De forse man maakte zo goed als hij kon ruimte. Zijn huid was dodelijk bleek geworden, zelfs een beetje geel, en er glinsterde een laagje zweet op zijn gezicht, maar hij wist achter zijn baard een gespannen glimlach op te brengen. Ze hadden al het mogelijke voor hem gedaan in de bar.

Het bloeden was grotendeels gestopt en hij had die brace om zijn gehavende knie. De artsen zouden het overnemen als ze eenmaal het ziekenhuis bereikten.

Terwijl Nari met moeite haar jas bij haar uittrok, huilde Sajaara, en ze vervloekte God en de duivel. Daarna verloor ze het bewustzijn. Er zaten drie wonden op haar rug. Twee ervan waren oppervlakkig en gingen al dicht, maar de derde, waar het gewei haar helemaal door haar schouder heen had doorboord, was zorgelijk. In die schouderwond bloedde het al trager, maar het was nog niet gestopt. Nari maakte een prop van de trui die ze van Teig van achter in het busje had moeten pakken en duwde die tegen de achterkant van de wond, en liet Sajaara toen tegen de zitting rusten.

Nu de voorkant nog.

Het busje denderde over de weg, en alles was stil behalve de motor. Nari pakte de randen rond het gat in Sajaara's met bloed doorweekte shirt vast en rukte het verder open, zodat de uitgangswond in haar schouder zichtbaar werd. Ze dwong zichzelf niet te denken aan hoe die wond daar was gekomen, verdreef het beeld in haar hoofd van die schaduwachtige mensen, van het bloedige gewei en van hoe Sajaara had gegild.

En het andere gillen toen Timir was doodgegaan.

Nari's handen beefden. Ze stopte even met waar ze mee bezig was, en vocht tegen de emotie die in haar borstkas opwelde terwijl ze haar bewusteloze vriendin bekeek. De goedlachse Sajaara, die zo verliefd was op haar echtgenoot, zo gelukkig met het leven dat ze voor zichzelf hadden opgebouwd op een plek die zovelen als een bevroren hel op aarde zouden hebben beschouwd. Voor hen was het het paradijs geweest. Sajaara noemde het graag haar liefdesnest, hoewel Timir haar altijd plaagde dat ze zo'n romanticus was.

Nari wist dat je hier rust kon vinden, aan de rand van de ware wildernis. Maar het lastige van ver van andere mensen wonen was dat wanneer er gevaar dreigde, er niemand was om te helpen.

'Het gaat goed met je,' zei Nari, terwijl ze het haar van haar vriendin uit haar gezicht veegde.

Ze legde zachtjes haar hand op Sajaara's wang. Ze was verdrietig en bang, maar ze wilde niet het gevaar lopen dat ze haar vriendin wakker zou maken in een wereld waar zestig kilometer achter hen haar echtgenoot dood op straat lag. Ze had Teigs trui in tweeën gescheurd en nu vouwde ze een helft op en drukte die tegen het bloedige, rafelige gat aan de voorkant van Sajaara's schouder.

‘En?’ vroeg Prentiss met een schorre stem.

Nari kromp ineen. ‘Sorry,’ zei ze zacht in het Engels. ‘Ik ben gewoon nogal…’

Gefrustreerd haalde ze haar schouders op. De afgelopen uren had ze beseft dat haar Engels beter was dan ze eerst had gemeend. De afgelopen jaren had ze meer opgepikt dan ze wist. Maar ze beschikte niet over de Engelse woorden om de verdoving, de shock en de angst die ze voelde uit te drukken.

‘Ik begrijp het,’ zei Prentiss met een zachte vriendelijkheid in zijn ogen. ‘Hoe gaat het met het bloeden?’

Als Nari had kunnen glimlachen, had ze haar best gedaan om een glimlach voor hem naar boven te halen. Ze waardeerde zijn poging om haar te betrekken, haar af te leiden. Prentiss was aanvankelijk mopperig en chagrijnig geweest, maar intussen was alle pretentie dat alles normaal was verdwenen. Samen waren ze getuige geweest van afschuwelijke dingen, hadden ze lucht ingeademd die vol verschrikking zat. Zij hadden het overleefd, en waren daardoor met elkaar verbonden. Nari was nog nooit zo dankbaar geweest voor een vriend.

‘Haar rug is… wel oké,’ zei Nari. Hoe zei je ‘stollen’ in het Engels? ‘Het gat hier’ – ze knikte naar de hand waarmee ze de stof tegen Sajaara’s schouders drukte. ‘Dat is kleiner, maar… wel lelijk. Maar het bloed komt nu wat langzamer.’

Prentiss maakte zijn lippen vochtig en knikte langzaam. ‘Het komt wel goed met ons. We hebben alleen een ziekenhuis nodig, en een borrel.’

Nari kromp hierom ineen, en Prentiss moest haar pijn hebben gezien, want ze zag de spijt in zijn ogen.

‘Ik vind het vreselijk van Timir,’ zei de Engelsman, die naar de bewusteloze Sajaara keek. ‘Hij leek me een goede man.’

Ze dacht aan de avonden die ze had doorgebracht als vijfde wiel aan de wagen, waarbij Timir en Sajaara haar met open armen hadden ontvangen, met haar hadden gelachen en haar wat van hun warmte en liefde hadden laten voelen.

'Hij was heel goed,' zei ze.

Ze ging verzitten, want haar spieren deden pijn omdat ze zich zo lang op de achterbank in bochten had gewrongen. Haar been kwam tegen Prentiss aan en er ontsnapte een zachte kreet uit zijn keel. Ze probeerde zich te verontschuldigen, maar hij wuifde het weg. Zijn gezicht was niet meer bleek maar grijs geworden, en ze wist dat hij ruimte nodig had om te rusten.

Ze tilde het afgescheurde stuk trui op en zag dat Sajaara's schouderwond verder dicht was gegaan. Hij bleef bloederig en vochtig, maar er sijpelde niets meer uit.

'Wil je alsjeblieft op haar letten?' vroeg Nari. 'Dan ga ik voorin zitten. Jij hebt ruimte nodig.'

'Dat hoeft niet,' loog Prentiss, maar hij keek dankbaar.

Nari klom op de stoel voorin. Met haar laars raakte ze het dak en de binnenverlichting, maar het lukte haar om zich in de passagiersstoel naast het meisje te manoeuvreren. Una reageerde helemaal niet terwijl Nari haar steviger in het midden van het bankje propte, en vervolgens de tijd nam om bij hen allebei de autogordels vast te maken. Het geronk van de motor en het denderen van de banden op de weg waren achtergrondruis geworden.

Una zat met haar hoofd achterovergeleund te kijken naar de kale weg voor hen, alsof ze werd gehypnotiseerd door elke kilometer die de koplampen onthulden. Achter het stuur zat Teig er al bijna net zo verdoofd bij. Zijn gezicht was slap geworden, zijn ogen dof, en even vroeg ze zich af of het dreunen van het reizen en de eentonigheid van het uitzicht hem bijna in slaap hadden gewiegd. Toen zag ze hem een beetje zijn lippen tuiten terwijl hij uitademde, en ze begreep dat hij bijna een uur nadat ze uit Olonkho's waren gevlucht nog steeds in shock was.

'Teig?'

Hij hield zijn blik naar voren gericht. Heel even kreeg Nari het gevoel dat ze een geest was geworden, onzichtbaar en onhoorbaar voor de levenden. Of misschien, gezien hoe leeg Teigs gezichtsuitdrukking was, was híj de geest, en was hij zich er niet van bewust dat hij de wereld van de levenden achter zich had gelaten.

'Hé! Teig!' Ze wilde haar arm niet langs Una uitstrekken om hem aan zijn jas te trekken, dus zwaaide ze in plaats daarvan naar hem.

Teig greep het stuur steviger vast en knikte even naar haar om haar te laten weten dat ze geen van beiden een geest waren geworden. Hij had haar gehoord, wist dat ze bestond.

'Hoe gaat het daar met ze, achterin?' vroeg hij.

'Ik ben geen arts. Maar… niet goed.'

Prentiss schraapte zijn keel en duwde even met zijn goede knie tegen de achterkant van de stoel. 'Hé. Spreek voor jezelf. Met mij gaat het hier prima hoor.'

Nari dwong zichzelf te glimlachen. 'Je bloedt niet dood. Als je zegt dat dit "prima" is, dan gaat het prima met je.'

Teig haalde zijn blik lang genoeg van de weg om even naar Nari te kijken. 'Nee, maar serieus. Hoe gaat het met ze?'

In plaats van hem snel antwoord te geven, nam ze even de tijd om erover na te denken.

Prentiss had het misschien bij het rechte eind. Hij moest aan zijn been worden geopereerd en zou zeker voor een mogelijke infectie moeten worden behandeld, maar zolang ze op tijd een ziekenhuis bereikten zou hij er met niets anders dan een manke poot en een leven lang onrustig slapen van afkomen. Sajaara was zojuist weduwe geworden en had een afschuwelijk trauma ervaren, maar als haar wonden dichtgingen, was haar situatie ongeveer hetzelfde als die van Prentiss.

'Het zal nu goed met ons gaan.' Nari keek naar het meisje op de stoel naast haar. Het schijnsel van de dashboardlampjes deed Una's ogen glanzen. 'Nog drie kwartier naar het ziekenhuis.'

Teig zakte weer achterover op zijn stoel en liet zijn greep op het stuur wat losser worden. 'Kan ik dan wat langzamer gaan rijden? Ik ben bang dat ik ons nog in een greppel rijd, en dan vriezen we allemaal dood.'

Een stem fluisterde in de schemer van de voorste zitplaatsen van het busje. Eén woord.

'Nee.'

Nari draaide zich om en keek naar Teig, en hij naar haar, allebei met een niet-begrijpende blik die duidelijk maakte dat geen van beiden had gesproken. Pas toen het meisje opnieuw sprak, besefte Nari dat het Una's stem was geweest. Una's gezichtsuitdrukking was nog steeds zonder emotie, haar ogen waren nog steeds recht vooruit gericht, gefocust op de ijskoude weg die zich voor hun koplampen ontrolde. Eén zinnetje nu, maar dan in het Jakoets.

'Wat zei ze daarnet?' vroeg Teig, terwijl zijn blik vliegensvlug tussen Nari en het meisje heen en weer ging. 'Wat zei ze?'

'Je wilde langzamer gaan rijden,' antwoordde Nari. 'Zij zei: "Je moet harder rijden."'

Niet op haar gemak staarde Nari naar het meisje. Teig begon haar met vragen in het Engels te overstelpen en keek zo nu en dan naar Nari of ze het wilde vertalen, maar Nari gaf hem zijn zin niet. In gedachten zag ze voor zich dat het meisje in een verlaten huis zat, en dat haar ouders, buren en vriendinnen nergens te bekennen waren. Een verlaten huis in een verlaten stadje, totdat de wolven de straat op waren gekomen. Totdat de parni uit het bos was gekomen.

Het lieve jonge gezicht van Una, zo zacht en droevig, bleef onbewogen. De manier waarop ze naar buiten keek, alsof ze zich niet bewust was dat ze had gesproken, alsof de woorden van ergens binnen in haar waren gekomen in plaats van uit een bewuste gedachte van haarzelf. Als Teig haar niet had horen praten, zou Nari hebben gedacht dat ze het zich had ingebeeld, maar nee... Het meisje had niet alleen gesproken, ze had er bij hen op aangedrongen om harder te rijden, omdat ze zich bewust was van hun omstandigheden. En ze had Teig begrepen, die Engels had gesproken.

'Meisje,' zei ze zacht in het Jakoets terwijl ze haar hoofd liet zakken, om te proberen Una te dwingen haar aan te kijken. Toen stelde ze de vraag die al sinds ze uren geleden uit Achoest waren weggereden in haar gedachten brandde.

'Wat was dat?' vroeg Teig, met ogen die alert waren van angst. 'Wat zei je net tegen haar?'

Nari keek naar de achterbank, waar zowel Prentiss als Sajaara nu sliepen of buiten bewustzijn waren. 'Ik vroeg haar waarvoor we op de vlucht zijn.'

Teig keek haar vol twijfel aan. 'Hoe kom je erbij dat ze dat zou weten?'

'Een minuut geleden dacht ik dat we veilig waren,' zei Nari. 'Maar Una denkt van niet. En dat betekent dat ze meer weet dan wij. Het betekent dat ze weet dat we bang moeten zijn.'

Teig reageerde met een ongelovige grijns. 'Ik ben al bang. Jij dan niet?'

Nari keek uit haar raampje en tuurde in het donker over de sneeuw naar het bos. 'Ik dacht dat we veilig waren,' zei ze opnieuw.

Het zachte geluid van Prentiss die snurkte, steeg op van de achterbank. Nari draaide zich om naar Teig, maar het meisje en hij staarden weer door de voorruit naar buiten, met slappe gezichten. Teigs knokkels waren wit geworden van de kracht waarmee hij het stuur vastgreep, maar Una zat daar gewoon kalm en emotieloos, alsof ze nooit iets had gezegd.

Op de achterbank gromde Sajaara. Haar ademhaling werd onregelmatig. Nari tuurde over de zitting heen naar haar, maar ze was omlaaggegleden en zat nu grotendeels in de schaduw, dus was het moeilijk om de uitdrukking op haar gezicht te onderscheiden.

'Hé, Nari,' zei Teig met vlakke stem. Terloops.

'Ja?'

Teig hield zijn hoofd schuin naar links en trok haar aandacht naar zijn raampje. 'Er is daarbuiten iets. Het rent met ons mee. Daar, aan de rand van het bos.'

Het zou eens niet. 'Wolven?'

'Dat denk ik niet. Volgens mij is het iets anders. Iets ergers.'

Loedmilla keerde langzaam en moeizaam terug naar de wereld. De scherpe pijn in haar borst liet geen ruimte voor een verkeerde interpretatie. Het voelde alsof er bij haar borstbeen een mes tussen twee ribben was gestoken. Als ze de kracht had gehad om te gillen zou ze een jammerklacht doordrongen van zoveel verdriet en pijn hebben geuit dat die de geesten van de Kolyma-snelweg zou hebben achtervolgd. Maar er was geen mes, en geen hand die het mes erin wrikte. Alleen haar oudevrouwenhart, geplaagd door ouderdom en inspanning, en het feit dat ze tientallen jaren had gerookt, ook al had haar zorgzame neefje haar tevergeefs proberen over te halen om ermee te stoppen.

Een hartaanval.

De pijn in haar nek en in haar armen was er ook nog, maar verbleekte bij de pijn in haar borst. Het lukte haar alleen teugjes adem te halen, knipperend met haar ogen in een poging haar zicht helderder te maken. Loedmilla fluisterde een gebed, de eerste keer dat ze hier op de snelweg ooit voor zichzelf had gebeden in plaats van voor de verloren zielen.

En wat ben jij? dacht ze. *Als je hier doodgaat, zul je dan niet net zo goed vergeten worden als zij?*

Een absurde gedachte. Natuurlijk zou Alfrid om haar rouwen. Hij zou erop toezien dat ze een begrafenis kreeg, met een priester en een rouwdienst. Haar geest zou in vrede rusten, geliefd en herdacht, niet zoals deze arme zielen. Maar toch kon ze ergens niet aan de angst ontkomen dat zij hier met hen gevangen zou raken, en nu de gedachte zich in haar hoofd had gevormd kon ze hun hunkering naar haar voelen. Gefluister van dankbaarheid en medeleven bereikte haar oren. Ze kon hen bijna weer onder de weg voelen, alsof ze zich naar haar omhoog groeven en haar naar beneden wilden trekken en haar uit liefde bij zich wilden houden.

'Nee.' Haar stem was schor. Ze knipperde met haar ogen, want ze probeerde het wazig worden nog steeds tegen te houden. Voor de helft van haar linkeroog was het donker geworden en plotseling begreep ze dat dit niet kwam doordat er een lok haar over haar gezicht was gevallen. Haar balaclava was niet verschoven zodat haar het zicht werd belemmerd. Het kwam door de hartaanval, of de beroerte, of allebei.

Loedmilla was ervan uitgegaan dat ze in haar bed zou sterven. Ze had nooit gedacht dat het zoveel pijn zou doen.

Til je hoofd op. Sta op.

Waren dat haar gedachten geweest, of het gefluister van de doden? Het kon haar niet schelen. Ze had ze nodig. Alleen al als ze haar lichaam draaide en haar spieren spande om te proberen in beweging te komen, werd het mes dieper in haar borst gewrikt en de pijn langs haar armen omhoog gestuurd. Maar ze kwam in beweging en tilde haar hoofd op. De balaclava had voorkomen dat haar gezicht aan de weg was vastgevroren. Ze zoog lucht tussen haar tanden door naar binnen en ze zou hebben gegild, maar de pijn stond dat niet toe.

De auto. Haar auto. Het rode schijnsel van de achterlichten kon niet meer dan vijftig meter van haar vandaan zijn geweest. Hier in de witte stilte was de wereld zo geruisloos dat ze de motor kon horen ronken. Hij draaide nog steeds, vol met benzine die ze nog maar enkele minuten geleden had bijgevuld.

Minuten?

Hoe lang was ze buiten bewustzijn geweest? Ze kon het op geen enkele manier weten, maar ze wist wel dat ze nog leefde, en dat betekende dat het niet heel lang kon hebben geduurd. Als ze in beweging was gebleven en het bloed nog was rondgepompt, kon ze veel langer alert en in leven blijven, maar nu ze op de weg lag bij een temperatuur van ongeveer zestig graden onder nul... Ze kon niet lang bewusteloos zijn geweest en nog steeds leven. En de pijn was het enige bewijs dat ze nodig had dat haar leven nog niet voorbij was.

Loedmilla trok haar benen onder zich. Ze durfde haar armen niet te gebruiken om zich op te hijsen. Het mes draaide heviger toen ze overeind kwam, en de tranen sprongen in haar ogen. Ze voelde die tranen op haar huid bevriezen, voordat ze de centimeter konden afleggen naar het punt waar de stof van haar balaclava strak om haar gezicht zat.

Ze was zich nauwelijks bewust van haar benen, maar het lukte haar om naar haar auto te schuifelen, met haar blik strak op de achterlichten gericht. De kou streek langs haar ogen en glipte onder haar capuchon, waar ze over de piepkleine strookjes huid schraapte die blootlagen, maar ze wekte niet de oude angst op. Haar onderste helft voelde het al helemaal niet, en de pijn in haar borst maakte de dreiging van doodvriezen irrelevant.

De wind wervelde in cirkels als een hond die achter zijn eigen staart aan zat, en toen zwiepte hij achter haar alsof ze een klein kind was en de wind haar liefhebbende vader, met een hand op haar onderrug, die haar voortduwde en tegelijkertijd een deel van haar gewicht op zich nam en ervoor zorgde dat ze met beide voeten op de grond bleef staan. Op dat moment wist ze dat als de wind de kracht had gehad, hij haar zou hebben opgetild en voor haar auto neergezet.

Ze wist ook dat het de wind helemaal niet was.

Er vielen meer tranen die bevroren, maar dit waren tranen van dankbaarheid. De geesten hielden van haar. De doden wilden dat ze leefde.

Nauwelijks nog bij bewustzijn strompelde ze voort totdat ze tegen de achterkant van de auto botste. Loedmilla vocht tegen het mes dat dieper stak, heviger wrikte, haar het vermogen benam om op adem te komen – of zelfs adem te halen – en ze gleed langs de auto totdat ze het portier van de bestuurderskant had bereikt. Haar blikveld werd zwart en ze voelde dat ze haar kracht verloor, dacht dat ze daar zou sterven.

In plaats daarvan deed ze haar ogen open en zag dat ze op de een of andere manier het portier had opengetrokken.

Ze liet zich in de auto zakken. De pijn van achter het stuur klimmen haalde een echte, diepe gil naar boven, de eerste keer dat ze de adem had gehad om dat te doen, maar het bezorgde haar alleen maar meer pijn. De warmte die uit de ventilatieopeningen van haar auto blies zou voorkomen dat ze doodvroor, zolang ze het portier maar dicht kon krijgen. Huilend en bevend lukte het haar, maar het was de moeilijkste taak die ze ooit had ondernomen.

Ze stortte in op de stoel. Haar gezichtsveld werd grijs, en er begonnen zwarte vlekken bij te komen. Loedmilla zag de knop van de radio en wilde hem wanhopig graag aanzetten. De cassette van *Western Stars* zat in de speler. Het was niet haar favoriete Springsteen, maar ze vond hem evengoed geweldig, en als ze de muziek aan kon zetten en zijn stem zou horen, zou ze zich in elk geval niet zo alleen voelen.

Dan zou ze in elk geval niet alleen sterven.

Loedmilla kon haar arm niet omhoog krijgen, niet eens genoeg om de radio aan te zetten.

Het jammerende geluid dat uit haar longen kwam, was helemaal geen liedje, alleen het verdriet en de pijn die een stem hadden gevonden. Ze zou inderdaad niet doodvriezen, nee. Nog niet. Maar als haar hart haar niet als eerste klein zou krijgen, zou de benzine uiteindelijk opraken – en wat dan?

Loedmilla voelde zich buiten bewustzijn raken, maar het lukte haar om nog een gebed te zeggen, zij het alleen in haar hoofd. Toen veranderde het jammerende geluidje van pijn en verdriet dat van haar lippen kwam in iets wat leek op de melodie van 'Drive All Night'. Het was zwak en iel, vals, en niemand anders zou de wijs hebben herkend, maar het was niet voor iemand anders. Net zoals het gebed was het alleen voor haar.

Daarna, gerustgesteld door het ronken van de motor en overspoeld door de warmte uit de openingen, liet ze de duisternis over zich heen spoelen. Gelukkig nam die de pijn weg.

Ze droomde niet.

13

Teig had het stuur zo strak vast dat de spieren in zijn nek en schouders pijn deden. Hoe ver was het nog naar het tankstation van Una's overgrootmoeder? *Fuck.* Hij had zowel de minuten als de kilometers niet bijgehouden. Prentiss lag nog steeds te snurken op de achterbank, ondanks het schudden van het busje over de voren in de weg. Ook Sajaara was daar achterin aan het puffen en kreunen, en hij dacht dat ze ofwel bewusteloos was geraakt of zich zo scherp op haar pijn concentreerde dat er geen ruimte was voor een gesprek.

En zo bleven er voor Teig alleen Nari op de bijrijdersstoel en het meisje tussen hen in over. Una had een paar zinnen in het Jakoets gezegd, en daar waren Nari en hij zich rot van geschrokken, maar nu zweeg het meisje weer. Met het gegrom van de motor en het gerammel van de banden kon hij niet zeggen dat het stil was in het busje, maar godverdomme, het leek stiller dan hij het ooit van zijn leven had meegemaakt.

'Zijn ze er nog steeds?' vroeg Nari, die de stilte verbrak.

Teig greep het stuur zo hard vast dat zijn vingers pijn deden en hij moest zichzelf dwingen achterover te gaan zitten, zijn handen te strekken en zijn ogen op die kloteweg te houden. Hij keek over de lage sneeuwbank links van hem, over vijftien meter vlekkerige sneeuw naar het bos dat langs de snelweg lag. Nari had gevraagd of het wolven waren, en hij had haar eerlijk verteld dat hij het niet wist, maar dat ze hun uiterste best hadden gedaan om op wolven te lijken.

'Oké, ja,' zei hij terwijl hij weer naar links keek. Een paar meter achter de rand van het bos gleden er schaduwen langs. Ze renden en sprongen tussen de bomen alsof een bos geen enkel obstakel voor ze vormde. 'Ja, ze zijn er nog steeds.'

Nari dook verder ineen op haar stoel. Teig zag hoe ze naar het meisje staarde alsof ze wanhopig graag wilde dat Una weer iets zou zeggen, maar tegelijkertijd doodsbang was voor wat ze zou zeggen. Er wervelden wel honderd gedachten door zijn hoofd, woorden die hij wilde loslaten, ook al wist hij dat hij ze geketend in de kerkers van zijn hoofd moest laten zitten. Hij had onmogelijke gedachten, maar de dingen die hij sinds zonsondergang had gezien tartten zijn idee van mogelijk en onmogelijk, dus voelde het eenvoudig om verder in dat moeras omlaag te zinken.

'*Fuck it*,' zei hij. Hij keek naar links en naar rechts en bleef vervolgens strak voor zich uit naar de weg kijken. De vuilwitte permafrost leek op dit moment het enige op de wereld waar hij op kon vertrouwen. 'Waarom kijk je zo naar haar? Je denkt dat ze iets weet, zei je. Maar wat dan?'

'Meer dan wij,' zei Nari weer. 'Ze praat wanneer ze dat wil. Dus als ze niet praat, dan… kiest ze ervoor om niet te praten.'

'Denk je dat ze heeft gezien wat er met de mensen in haar stadje is gebeurd?'

Nari keek nog wat langer naar Una, met een onrustige blik, knipperde toen met haar ogen en wendde haar ogen af. Teig dacht dat Nari de onmogelijkheden in haar gedachten misschien ook niet wilde toegeven.

'Ze zag iets. Ik denk dat ze iets weet.' Nari draaide zich om op haar stoel en keek omlaag naar het meisje. 'Wat weet je, meisje?'

Teig voelde zijn keel droog worden. Hij keek heel even steels naar hen terwijl hij probeerde het busje op de weg te houden met een snelheid waar de Kolyma-snelweg nooit op was aangelegd. Nari had één hand op het dashboard en keek naar Una op dezelfde manier als waarop ze misschien naar een valse hond zou hebben gekeken die ze met haar auto had aangereden, bang dat ze het beest had verwond, en tegelijk bang dat het nog steeds zou bijten.

Una's gezicht was een glad, uitdrukkingsloos masker. Haar lichaam wiegde mee met het stuiteren van het busje, maar uit zichzelf bewoog ze niet. Haar borst leek nauwelijks uit te zetten als ze inademde, alsof ze helemaal gestopt was met ademen. Een levenloos ding. Alsof ze nooit haar mond had opengedaan om te praten.

'Hé, Ariuna!' zei Nari in het Engels. 'Wat weet jij?' Ze ging over op het Jakoets en snauwde de vraag nog eens, en toen nog eens. De derde keer pakte ze Una bij haar arm en rammelde haar door elkaar.

Teig kromp ineen. Hij had verwacht dat Una zou gillen, dat ze zich zou omdraaien, dat ze tegen Nari zou schreeuwen. Maar het meisje bleef verstijfd, hoewel Nari haar bovenarm stevig vastgreep en het pijn moest hebben gedaan.

'Laat haar los,' zei Teig.

Hij zag Nari's blik even naar de voorruit gaan en zag haar ogen groot worden van schrik. Terwijl zij zich schrap zette, richtte hij zich weer op de weg en hij vervloekte zichzelf al dat hij zich zo liet afleiden. Het busje was naar links uitgeweken terwijl er een bocht in de weg kwam. Teigs hart bonsde nog harder en hij draaide aan het stuur. Zijn vingers vlamden van de pijn, hij had te lang en te hard in het stuur geknepen, maar hij bleef het stevig vasthouden en het busje besturen. Hij voelde dat de wielen begonnen te slippen en wist dat als hij nog één of twee graden scherper zou insturen, ze de sneeuwbank in zouden tollen en misschien eroverheen, de helling aan de rechterkant af, het bos in. Als ze een botsing en de kou zouden overleven, waren er altijd nog de dravende schaduwen waar ze rekening mee moesten houden.

Teig hield zijn adem in en gaf een rukje aan het stuur naar links. De wielen aan de bijrijderskant boorden zich de sneeuwbank in en lieten het busje naar links overhellen zodat Una en Nari ondanks hun autogordels tegen Teig aan gleden. Achterin vloekte Prentiss en Sajaara liet een kreet van pijn horen die eerder aan het gejammer van een krolse wilde kat deed denken.

Het busje kwam met een bons weer op de weg terecht. Teig liet het gaspedaal los, een beetje maar. Terwijl zijn hart in zijn keel bonsde gebruikte hij zijn handpalmen om te sturen, zodat het bloed weer naar zijn vingers kon stromen.

Nari sputterde wat in het Jakoets of het Russisch of iets anders wat haar beter lag dan Engels, en hij dacht dat als hij deze woorden kon vertalen, hij daar veel van had kunnen leren. Hij was door haar gefascineerd geweest toen hij haar voor het eerst zag, met dat zwartekersenhaar en haar ongedwongen lach, maar hij had nooit verwacht dat hij haar zou leren kennen. En zeker niet op deze manier.

Una bleef stil en uitdrukkingsloos. Nari schoof weer opzij om meer ruimte op de zitting te maken, maar Una bleef daar zitten waar ze door de zwaartekracht naartoe was geschoven, zo dicht tegen Teig aan dat hij zijn rechterarm iets hoger moest houden dan comfortabel was om te voorkomen dat hij met zijn elleboog in haar gezicht zou stoten. Hij voelde zich niet prettig bij het meisje, maar nu ze zo dichtbij zat, kon hij haar lichaamswarmte voelen, en het beschermende instinct dat zich uren geleden al van hem meester had gemaakt nestelde zich zelfs nog dieper in hem. Hij was het meisje griezelig gaan vinden, maar in zijn achterhoofd was er ook een gefluister van schuldgevoel dat nooit wegging, en dat hem vroeg te bedenken wat Olivia zou willen dat hij nu deed. De geest van zijn zusje was nooit verschenen, maar ze was erin geslaagd hem op andere manieren te achtervolgen.

Hij keek naar Nari en hij wist dat zij het meisje ook eng vond. Maar hij zei tegen zichzelf dat ze het Una niet kwalijk konden nemen als ze dingen had gezien waar ze nog niet over kon praten. Als ze wist waardoor haar familieleden en vrienden waren weggevoerd en ze te bang was om die verschrikking nog eens te beleven, hoe zouden ze haar dat dan kwalijk kunnen nemen? Una had het overleefd.

'We gaan het halen,' zei hij tegen haar, met een zachte stem die alleen voor haar was bedoeld, hoewel de anderen het allemaal zouden hebben gehoord. Teig keek naar Nari. 'Wat ze ook weet, wij hoeven ons er niet druk om te maken. We brengen haar in veiligheid. Wat zeg ik, we gaan onszelf in veiligheid brengen. Iemand anders mag proberen uit te zoeken wat er in godsnaam allemaal gebeurt, en waarom.'

Hij keek even vlug in de achteruitkijkspiegel, bang om zijn ogen weer van de weg te halen, maar hij wilde weten hoe het met Prentiss was. In het donker kon hij alleen het beschaduwde profiel en een schouder van zijn vriend onderscheiden. Sajaara was zo ver op de achterbank omlaaggezakt dat hij alleen de bovenkant van haar hoofd kon zien. Het groene schijnsel van het dashboard creëerde een lichte gloed in haar haar.

'Ik dacht dat jij slim was,' zei Nari. Haar stem klonk afgemeten. Kil.

Teig greep het stuur weer vast en concentreerde zich op de weg. Hij zou willen dat hij wist hoeveel minuten ze nog moesten, hoeveel kilometer. 'En nu vind je dat ik dom ben?'

Nari klakte met haar tong. 'Je praat alsof er wolven achter ons aan zitten.'

Daar had Teig geen antwoord op. En hij deed ook geen moeite om naar het bos links van hem te kijken. Hij wist dat de met lange passen lopende schaduwen er nog steeds waren, dat ze nog steeds bijbleven, nog steeds een busje bijhielden dat honderdtien kilometer per uur of zelfs meer reed. Hij wilde ze niet weer zien, wilde niet aan ze denken of Nari vertellen wat ze al wist: dat wolven niet zo snel of zo ver konden rennen, dat ze niet de schaduw in en uit konden glippen alsof ze zelf van schaduw waren gemaakt. Vloeibare duisternis die in vacht en dichtklappende kaken veranderde. Dat gebeurde gewoon niet.

Dus keek hij niet meer naar links.

Teig had zijn handen aan het stuur en hij had genoeg benzine om hen in veiligheid te brengen. Hij kende de anderen dan misschien niet, hij was het Prentiss verschuldigd. Hij had zijn zusje niet kunnen redden – hij was naar school gegaan en had veilig in zijn eigen bed geslapen terwijl zij leed, terwijl haar ontvoerder haar kapot had gemaakt en haar vervolgens had gedood en daarna verbrand – maar Una kon hij godverdomme wel redden.

Hij zei tegen zichzelf dat hij niet geloofde in het lot of in serendipiteit of al die onzin, maar ergens kon hij niet ontsnappen aan de stem in zijn hoofd die fluisterde dat hij misschien met een bepaalde reden naar Siberië was gebracht. Misschien wás dit meisje die reden. Misschien dat hij na deze nacht in staat zou zijn te slapen. Misschien dat zijn leven dan niet meer altijd als zo'n teleurstelling zou voelen.

In het busje rook het naar bloed en zweet. De portieren voelden ijskoud aan als je ze aanraakte en de verwarming maakte overuren, maar evengoed zaten er spinnenwebben van rijp op de ramen. Maar

Teig kon nog steeds door de voorruit kijken en hij kon nog steeds rijden.

'Het komt allemaal goed,' zei hij tegen Una.

En Nari. En zichzelf.

En...

Op de achterbank begon Prentiss te schreeuwen.

De gezette Engelsman had een schreeuw als de laatste brul van een leeuw, alleen bleef die aanhouden. Hoe zwak hij ook moest zijn geweest, Prentiss kwam met een ruk overeind en ramde zijdelings tegen zijn eigen raampje. Zijn schedel stuiterde ertegenaan en er verscheen een barst in het glas, maar Teig merkte het nauwelijks. Hij draaide zijn lichaam op zijn stoel, met zijn voet nog steeds op het gaspedaal, zijn handen nog op het stuur, terwijl hij zijn ogen op de weg probeerde te houden en in de achteruitkijkspiegel probeerde te kijken en een blik op de achterbank probeerde te werpen, en dat alles tegelijkertijd. Dat bleek onmogelijk.

Hij trapte op de rem en minderde een beetje vaart. Aan de met soepele, lange passen lopende schaduwen dacht hij niet meer. Teig zwiepte zijn hoofd naar links en naar rechts en hield zijn blik op de weg terwijl hij ook probeerde te zien wat er in godsnaam op de achterbank was gebeurd, want Prentiss bleef maar schreeuwen, alleen zaten er nu meer woorden in het gebrul van die stervende leeuw. En die woorden waren voornamelijk Teigs naam.

'Geef me wat licht! Zet verdomme het lampje aan, Teig! Teig! Kijk naar haar, Teig! O, jezus, stop de auto godverdomme en laat me eruit en... Teig, stop verdomme...'

Zoiets.

Het sloeg allemaal tegelijk door Teigs schedel, tien golven die tegelijkertijd braken.

Hij ving een blik op van Nari's gezicht, van haar lippen die steeds verder van elkaar gingen, die steeds verder over haar tanden omhoogtrokken tot ook zij schreeuwde, zoals wanneer iemand wanhopig probeert te niezen maar het net niet lukt.

Toen lukte het Nari wel.

Ze schreeuwde alsof iemand haar zojuist had opengesneden, en toen werd haar schreeuw een naam.

Sajaara.

Al die tijd had de kleine Una stijf tussen Teig en Nari in gezeten, veilig in haar gordel. Zonder te schreeuwen, zonder te draaien, zonder een spier te vertrekken. Heel even, en het was maar een glimp te midden van de zich ontvouwende chaos, dacht Teig dat hij haar ogen naar links zag gaan, niet naar hem maar langs hem heen, door het raam naar wat het ook was dat daarbuiten in het donker voortsnelde. Het maakte haar zenuwachtiger dan het geschreeuw.

Sajaara, schreeuwde Nari weer.

'Hou op! Jezus, hou godverdomme op met schreeuwen!' snauwde Teig.

Hij trapte weer op de rem. Hij remde af van honderdtien naar negentig. Nu naar vijfenzestig kilometer per uur. In de duisternis van de achterbank had Sajaara zich opgerold tot bijna een foetushouding. Prentiss had zijn goede been opgetrokken alsof hij haar wilde schoppen.

'Jack, wat doe je...' begon Teig.

Toen zag hij dat Sajaara haar hoofd omdraaide, en hij zag de vreemde schaduw daar. De vormen en hoeken die er niet hoorden te zijn.

Nari klikte de binnenverlichting aan.

Teig zag de vegen zwart bloed op Sajaara's gezicht en het bloedige gewei dat uit haar schedel groeide – terwijl hij keek groeide het nog en werd het langer. Hij hoorde het natte breken van meer schedel die ruimte maakte naarmate het gewei dikker werd.

Nu was het zijn beurt om te schreeuwen.

Later zou hij tegen zichzelf zeggen dat hij het niet had kunnen helpen dat hij aan het stuur draaide. Wat had hij dan in godsnaam moeten doen? Hij trapte op de rem, gewoon een automatisch overlevingsmechanisme van het oermensgedeelte van zijn hersenen, maar terwijl zijn lichaam terugdeinsde voor de aanblik van Sajaara die op de achterbank aan het veranderen was, bleven zijn handen stevig het stuur vasthouden en de voorwielen draaiden naar rechts, waardoor het busje zijdelings begon te slippen. Het geschreeuw stopte toen zelfs Sajaara haar adem inhield om te kijken of ze over de sneeuwbank zouden storten en de helling af zouden rollen.

Misschien zou dat ook zijn gebeurd, maar de weg was zo glad dat ze doorgleden, zodat het busje ronddraaide en achterstevoren door de sneeuwbank aan de andere kant van de weg ramde, waar de helling omhoogging in plaats van omlaag. Het busje schaafde de bovenkant van de sneeuwbank af, raakte de oplopende helling en kwam schuddend tot stilstand. De motor jankte maar sloeg niet af.

'Gooi haar eruit!' brulde Prentiss. Op de achterbank hief hij zijn goede been en ramde zijn laars tegen Sajaara's hoofd. Het gewei dat uit haar schedel groeide, raakte het raampje zonder het glas te breken. Ze draaide haar misvormde gezicht naar Prentiss en spuugde op hem, waarbij ze zwarte tanden ontblootte. Haar ogen waren groot en bloeddoorlopen, met enorme zwarte pupillen in een pisgele iris.

Prentiss schreeuwde verwensingen naar een God in wie hij nooit had geloofd. Hij stak zijn hand achter zich, opende zijn portier en viel achterover naar buiten in de sneeuwbank, met een schreeuw van pijn waardoor hij net zo gebroken klonk als zijn knie.

Nari rommelde met haar eigen deurkruk en mompelde in het Jakoets. Teig dacht dat het een uiting van afgrijzen was, gemengd met medelijden met Sajaara. Hij hoorde de naam van de andere vrouw heel vaak, in combinatie met verwijzingen naar God. Uit zijn ooghoek zag hij dat Nari haar arm om Una heen had geslagen en het meisje tegen zich aan hield, klaar om haar het busje uit te trekken, ongeacht wat het met haar deed om haar vriendin in deze toestand te zien... wat voor toestand dit godverdomme ook was.

Teig zette het busje in zijn vrij. Het gejank van de motor stierf weg. Zijn knie streek langs de loop van het geweer en er ging een golf van opluchting door hem heen. *Nee, nee, je kunt niet zomaar... nee.*

Sajaara spuugde weer. Het gewei schraapte over het dak boven haar hoofd. Mensen hadden Teig wel eens eerder gehaat, ze hadden vol woede en minachting naar hem gekeken, maar niemand had ooit naar hem gekeken zoals zij op dat moment deed. Was het Sajaara die hem haatte, die hem de schuld hiervan gaf, of was het dat andere ding, het ding dat in haar was gekomen toen ze in het straatje bij het café was gebeten? Beide mogelijkheden gaven hem het gevoel dat hij weer een kind was, in het allerergste opzicht. Een kind dat wilde huilen.

Haar hand verscheen boven de achterbank.

Precies op het moment dat Nari haar portier openkreeg.

Sajaara strengelde haar vingers door Una's haar en trok er hard aan. Ze probeerde het meisje over de leuning naar de achterbank te trekken. Teig vloekte, grimaste en greep Sajaara's pols met beide handen, in een poging haar greep te breken. Hij zag haar vingers in Una's haar, zag dat er bruine, leerachtige, broodmagere vingers door het vlees van de vrouw naar buiten kwamen en haar menselijke vingers spleten. Zijn gedachten verstomden in zijn hoofd, zodat er alleen nog maar ruimte over was voor actie.

Nari trok aan Una, die zelfs nu nog bijna catatonisch bleef, nu het ding op de achterbank haar probeerde op te eisen. Toen Una begon te bewegen, was het alsof ze de hele tijd al in beweging was. Ze greep Nari met één hand beet en Teig met de andere. Ze liet haar voet naar voren schieten en zette zich ermee vast onder het dashboard, waardoor ze zich verankerde op een manier die opzet leek te zijn, geen gelukkig toeval. Het meisje draaide zich om naar Teig en keek hem aan, en haar ogen waren zo wit als de winter geworden. Terwijl het ding op de achterbank gromde en worstelde om haar naar achteren te trekken, met het gewei dat over het dak schraapte, vertrok Una's gezicht voor het eerst tot een uitdrukking van echte angst.

'Felix, help me,' zei het meisje in perfect, accentloos Engels. 'Laat ze me niet meenemen.' De stem kwam hem bekend voor, als een spook dat oprees uit een herinnering die al lang geleden was gestorven. Onmogelijk, uiteraard, maar wat was er op dit moment nog onmogelijk?

Teig liet Sajaara's pols los. Una krijste, vloekte tegen hem in wat hem Jakoets leek. De winter in haar ogen werd op de een of andere manier nog witter. Teig greep het geweer. De pisgele ogen van het ding met het gewei op de achterbank richtten zich op het wapen, zagen de dreiging, en het stak haar vrije hand uit om het te pakken. Teig sloeg die hand weg en deed een uitval. Hij ramde de achterkant van het geweer in Sajaara's gezicht. Hij raakte de knobbel aan de zijkant van een van de geweitakken, en dat brak de klap, maar de achterkant van het geweer veroorzaakte een barst in haar schedel en Sajaara krijste. Teig ramde de achterkant van het geweer twee keer tegen de pols van het wezen, en uiteindelijk liet ze Una's haar los.

Nari slingerde zichzelf door het openstaande portier naar buiten, met Una in haar armen.

De haat die in die gele ogen brandde joeg Teig achter haar aan naar buiten. Hij wachtte niet totdat hij het portier aan zijn eigen kant kon openen, maar kroop over de voorste stoel van het busje en liet zich in de sneeuw vallen, in de kou. Hij werd begroet door een windvlaag die onder het open portier door zwiepte, en die over zijn blote gezicht schuurde en hem de adem benam. Het voelde alsof hij helemaal niet had geademd in het busje toen hij probeerde in leven te blijven en wanhopig had getracht niet aan het wezen op de achterbank te denken, maar nu voelde hij elke wanhopige ademhaling, en zijn hart pompte te hard, zodat elke slag als een stomp tegen zijn borst voelde.

Met het geweer in één hand slaagde hij erin op te staan. Achter hem hield Nari een jammerende Una vast – of misschien was het gejammer van Nari. Teig hief het geweer en richtte op het busje. De binnenverlichting was nog aan, en Sajaara zag eruit als een of andere groteske pantomimespeler op de achterbank. Het bloed deed haar haar en haar gezicht glanzen. Het gewei was zo ver uitgegroeid dat haar hoofd omlaaghing. Ze kon niet overeind komen omdat er te weinig ruimte op de achterbank was. Sajaara – het wezen – zwaaide haar hoofd naar links en naar rechts, met korte schokkerige bewegingen, bijna als een vogel. Het portier aan de bijrijderskant vooraan hing open, maar het lukte haar niet over de leuning te komen. Prentiss was door het achterportier aan de bestuurderskant naar buiten gegaan en ze draaide die kant op, alsof ze zich er niet van bewust was dat ze het portier aan haar kant had kunnen openen. Alsof ze was vergeten hoe dat moest, of alsof het ding met het gewei dat in haar groeide nog nooit in een busje had gezeten.

'Teig!' schreeuwde Prentiss. 'Jezus christus, Teeeeeeig, laat me hier niet zomaar achter!'

'Ik kom! Ik kom al!' Teig knikte in zichzelf, alsof hij het voor zichzelf moest bevestigen. Hij had gewacht tot hij een vrij schot had. Het idee dat hij Sajaara neer zou schieten, dat hij haar zou doden, haalde iets overhoop in zijn hoofd. Hij wist dat zij dit niet was, maar ze zaten nu zo diep in de nachtmerrie dat hij het ergens allemaal heel onwerkelijk vond, als een droom, alsof het allemaal weer normaal zou moeten kunnen worden. Ze moesten hier weer uit wakker kunnen worden. Inclusief Sajaara. En als hij haar neerschoot…

Hij zag geen schot waarbij hij niet een kogel door de ramen zou jagen, en ze hadden de ramen nodig. Ze hadden het glas nodig om de kou buiten te houden.

Als ze de volgende twee minuten overleefden, zouden ze moeten voorkomen dat ze doodvroren.

Hij ademde lucht in die zo koud was dat die de winter nog aan het huilen zou maken, maar hij liep om de voorkant van het busje heen, door de lichtbundels van de koplampen, naar de kant van de bestuurder. Prentiss lag op de weg en sleepte zijn zwaargehavende been over de sneeuw. Hij liet een spoor van bloed achter. Wanhopig, droevig, verward door een leven dat hem vannacht hierheen had geleid, keek Prentiss Teig met een smekende blik aan.

Sajaara kroop op handen en voeten de achterbank af, alsof ze was vergeten hoe ze op twee benen moest staan. Het bloed op haar gezicht en in haar haar begon te bevriezen zodra de wind haar raakte. Er raasde een vlaag over de weg die zo fel was dat de openstaande portieren werden dichtgeslagen. Het achterportier raakte haar enkel en brak het bot. De schreeuw die uit haar keel kwam weerkaatste als gejoel over de permafrost en door het bos.

Prentiss vloekte naar Teig. 'Godverdomme, Felix!'

Met een verdoofd gezicht, verdoofde handen en een verdoofd hart hief Teig het geweer en richtte op Sajaara. Toen hij dat deed, beefde de grond onder hem. Geen aardbeving, alleen één bonk, en toen nog een, en nog een. Hij raakte in de war, en met een verse angst die in tegenspraak was met het idee dat hij verdoofd was, liep hij opzij zodat hij tussen Prentiss en Sajaara in stond. Hij hield het geweer gericht op het wezen dat op handen en knieën zat.

‘Wat de fuck is dat?’ blafte hij. Hij wierp een blik op Nari en Una, die naar de voorkant van het busje waren gelopen, en keek toen naar Prentiss. Ze zagen er al net zo verbluft en geschrokken uit als hij zich voelde.

De grond schudde weer en in de verte hoorde hij het gekraak van dennenbomen die omvielen. Teig keerde zich naar het bos op tien meter van de sneeuwbank die de achterkant van het busje had opgeslokt. Alle adem stroomde uit zijn longen. Het vocht op zijn lippen begon te bevriezen terwijl hij daar stond met open mond, niet in staat zijn verstand te dwingen vast te stellen wat zijn ogen zagen. Er bewoog iets tussen de bomen door, maar dit was geen soepel dravende schaduw. De bomen vielen, braken af, stortten neer… en toen stopte het. Een paar honderd meter verderop in het bos stond iets wat zo groot was dat het silhouet ervan een deel van de nachtelijke hemel tegenhield. Teig kon alleen de vorm ervan onderscheiden, alsof het onzichtbaar was, maar waar de vorm oprees, leek het alsof er sneeuw viel. Alsof er in de verte een sneeuwstorm in de vorm van een reus opstak en toekeek.

Una begon te gillen.

Sajaara draaide zich naar haar om en sprong op haar af, en Prentiss was vergeten.

Teig richtte het geweer en schoot het ding dat Sajaara was geweest dwars door de kop. De linkerkant van haar schedel werd weggeblazen, samen met het gewei dat daar was ontsproten. Ze viel neer op de sneeuwbank, rolde de weg op en bleef daar liggen, met haar gezicht naar hem toe, nog steeds stuiptrekkend. Eén kant van haar gezicht was kapotgeschoten, maar er was nog één oog over en ze keek hem woedend aan. De zwarte pupil was nu zo klein als een speldenprik, maar die gele iris werd steeds groter terwijl het bloed zich erdoor begon te verspreiden en een laagje over het oog vormde.

Hij voelde de aanwezigheid van de nu stille, bewegingloze gestalte achter hem, maar hij draaide zich niet om. Als hij net deed alsof hij die niet zag, zou die hem misschien ook niet zien.

'Prentiss, stap in het fucking busje.'

'Ik moet… jezus, wat doet dat pijn.'

Teig wist het. Hij gebaarde naar Nari, die het onmiddellijk begreep. Ze pakte Una op en rende om het busje heen naar de bijrijderskant, en duwde het meisje weer op de zitting voorin. Teig gooide zijn geweer achterin en hielp Prentiss overeind op zijn ene goede been. Dat was moeilijker dan eerst. Prentiss was stabiel geweest, maar intussen had hij meer bloed en meer kracht verloren, en met zijn omvang had Teig de grootst mogelijke kracht nodig om hem de drie meter naar het busje toe te krijgen, het portier te openen en hem op de achterbank te dumpen. Prentiss kreunde van de pijn en het klonk als overgave, en dat geluid beviel Teig helemaal niet.

Terwijl Teig hem hielp om te gaan zitten en hem verder duwde, hield Prentiss zijn armen om Teigs schouders alsof ze elkaar omhelsden. Prentiss gromde in zijn oor. 'Ik ga hier sterven, vriend. Misschien gaan we er allemaal wel aan.'

De huivering die door Teig heen trok, voelde kouder dan alles waar Siberië hen mee kon bestoken. Hij maakte zich los, hield het portier open en staarde erdoor naar Prentiss. 'Geen sprake van. Als jij hier doodgaat is dat mijn schuld, man. En dat wil ik niet op mijn geweten hebben.'

Prentiss hield zijn mond en sprak zich verder niet meer uit over wat er hierna zou gebeuren, maar het leek er niet op dat hij van gedachten was veranderd.

'Rot toch op,' zei Teig liefdevol, en hij sloeg het portier met een klap dicht.

Toen hij zich achter het stuur liet glijden, zaten Nari en Una alweer op hun plek en hadden ze hun gordels om. Una was niet catatonisch meer, maar ze liet alleen nog haar hoofd hangen en keek niemand aan. Ze huiverde, maar hij had niet de indruk dat het van de kou was. Er was een glanzend laagje zweet op haar gezicht komen te liggen en dat huiveren leek meer op koorts.

'We zitten vast,' zei Nari.

Teig knikte. Hij wist dat de achterwielen in de sneeuwbank zaten. Hij was niet achterlijk. Maar het busje had vierwielaandrijving en hij had het gehuurd omdat uit alles wat hij erover had gelezen naar voren kwam dat het het perfecte vervoermiddel zou zijn voor momenten als deze.

Hij moest lachen bij de gedachte. Momenten als deze bestonden niet.

Hij trok met een ruk zijn portier dicht, zette het busje in de eerste versnelling en duwde het gaspedaal zo voorzichtig mogelijk in. Als hij het te snel deed, zouden de wielen zich ingraven. In plaats daarvan zorgde het gewicht van het busje ervoor dat ze zo de weg op rolden, alsof ze de sneeuw helemaal niet hadden geraakt.

Teig ademde uit.

Door de slippartij stonden ze met de neus de verkeerde kant op, dus moest hij op de weg keren, en dat deed hij zo langzaam dat Prentiss hem vanaf de achterbank uitschold. Nari had haar ogen dicht en fluisterde iets waarvan hij dacht dat het gebeden moesten zijn. Teig keek omlaag naar Una en het meisje staarde terug met die winterwitte ogen die hem zo deden denken aan de onzichtbare vorm die boven de bomen in het westen uittorende.

Felix, dacht hij. Het meisje had niet alleen Engels gesproken, ze had hem genoemd bij een naam waarvan hij niet het idee had dat ze hem ooit had gehoord.

Terwijl hij vaart meerderde, keek hij uit het raam en zag hij het lijk van het ding dat ooit Sajaara was geweest. Achter haar, voorbij de sneeuwbank, op het stuk tussen de weg en de bomen, was een kwartet schaduwen tevoorschijn gekomen. Ze hielden hun wolfachtige koppen schuin en keken toe hoe het busje wegreed, en toen draaiden ze zich om en stoven het bos in, waar ze met soepele sprongen met het busje mee renden.

Van de vorm die boven de bomen uittorende was geen spoor te bekennen.

Maar in de achteruitkijkspiegel zag Teig nog één gestalte. Een vorm die hij al eerder had gezien en die achter hen aan over de weg beende, alsof hij alle tijd van de wereld had. Alsof hij er alle vertrouwen in had dat hij hen op een gegeven moment wel zou inhalen. De parni was lang en mager, had ook een gewei, en hij liep verder.

Het busje versnelde en Teig zag hem in de achteruitkijkspiegel steeds kleiner worden, tot de nacht de parni ineens had opgeslokt.

Maar Teig wist dat hij daar nog steeds ergens was. Dat hij er nog steeds aankwam.

Hij keek weer naar Una, terwijl zijn handen trilden op het stuur en de koplampen de weg voor hen uit afzochten. Nu ze weer in beweging waren, was ze weer stil geworden en ze staarde recht voor zich uit, onbewogen en onbeweeglijk.

Ze had hem om hulp gesmeekt. Ze had gezegd dat ze achter haar aanzaten, of zoiets. Teig had heel veel vragen, maar één ervan brandde feller dan de andere: wie de fuck waren *zíj*?

Plotseling schoot hem te binnen dat er nog een andere vraag was, een die net zo belangrijk was. Niet alleen wie er achter dit meisje aanzat, maar waarom dat zo was?

Hij wist niet zeker of hij het antwoord wel wilde weten.

14

Nari wilde het busje uit. Ondanks de duisternis, de moordzuchtige kou en zelfs ondanks wat het ook was waar ze door werden achtervolgd, wilde ze het busje uit. Als ze maar weg kon bij het meisje.

'Stop,' zei ze.

Teig ging zo mogelijk nog harder rijden. Hij reed nu roekeloos, klaarwakker en gefocust op de weg, maar evengoed grilliger dan hij eerder had gereden. Hoeveel minuten waren er verstreken sinds ze Sajaara dood aan de kant van de weg hadden achtergelaten? Vast niet meer dan een kwartier. Hoe lang zou het duren voordat ze dat tankstation van Una's overgrootmoeder bereikten? Het kon niet ver weg zijn, niet op de manier waarop hij het had beschreven. Een half uur? Minder nog?

Nari draaide zich om en keek naar Teig, in een poging de aanwezigheid van het meisje tussen hen in uit haar hoofd te zetten. 'Stop het busje.'

Teig kromp ineen alsof ze tegen hem had geschreeuwd en keek naar haar alsof ze gek was geworden, en misschien was ze dat ook. 'Dat denk ik niet. Als je naar de wc moet, zul je het moeten ophouden totdat we...'

'Ik wil eruit.' Nari hoorde de kalmte in haar stem, hoe verdoofd en vlak die was, en vroeg zich af of Teig zou begrijpen dat ze in shock was of dat hij het niet zou merken doordat hij zelf getraumatiseerd was.

'Dan ga je dood,' zei Teig, alsof dat een punt achter het gesprek zette.

'Als ik in het busje blijf, ga ik dood, ja.'

Op de achterbank hoestte Prentiss in zijn slaap. Hij snurkte niet meer, maar haalde alleen moeizaam adem en liet zo nu en dan een onbewust gejammer horen. Ze vroeg zich af waarom Sajaara... eh, geïnfecteerd was. Waarom Sajaara wel en Prentiss niet? Hij was door die wolven gebeten, maar Sajaara was doorboord met het gewei van die dingen bij Olonkho's. En hoe zat het eigenlijk met die dingen? Als Sajaara was veranderd, waren zij dan ook op de een of andere manier geïnfecteerd? Waren ze ooit gewone mensen geweest, net als zij? Al die vragen...

Nari drukte haar nieuwsgierigheid weg. Ze wilde geen antwoorden – ze wilde gewoon blijven leven.

Prentiss moest naar het ziekenhuis, maar ze zouden eerst het tankstation bereiken. Dat was mooi. Als ze het meisje konden afleveren voordat de parni hen inhaalde, zouden ze misschien lang genoeg in leven blijven om het ziekenhuis te halen.

Teig keek fronsend naar haar. 'Denk je dat je veiliger bent op de weg dan als we het ziekenhuis bereiken?'

Nari blies scherp haar adem uit, maar nam niet de moeite om hem te vertellen dat ze twijfels had of ze het ziekenhuis wel levend zouden halen. Het meisje dat tussen hen in zat hield zich heel stil, alsof ze hen door zich niet te verroeren kon laten vergeten dat ze iets had gezegd. Nari keek naar haar en vroeg zich af of ze het zich inbeeldde dat Una's mondhoeken een beetje omhoogkrulden, alsof het meisje haar zelfs nu nog bespotte. Hen allebei bespotte.

'Als je me er niet uit laat, zetten we háár eruit. Nu, Teig. Zet het busje stil.'

Hij keek haar van opzij niet-begrijpend aan. 'Una eruit zetten?'

'Hoe zou jij het dan zeggen? Haar dumpen. Haar achterlaten. Haar eruit zetten.'

Teig keek naar het meisje, en dat deed Nari ook, maar Una reageerde totaal niet op het gesprek. Alsof ze echt catatonisch was, of doofstom, maar Nari wist dat ze dat allebei niet was.

'We proberen haar te redden,' zei Teig. 'Waar komt dit nu in godsnaam weer vandaan?'

Nari keek weer naar Una. Had het meisje zich nu een beetje naar haar toe gekeerd? Waren haar ogen... anders dan eerst? Het busje reed door een kuil in de weg en Nari gilde bijna, alleen doordat ze schrok. Teig reed door alsof ze dit gesprek helemaal niet voerden. Rook hij het bloed dan niet op de achterbank, of de vreemde dierlijke stank die Sajaara had achtergelaten?

Met bonzend hart keek Nari uit het raam. De nacht leek donkerder dan ooit. De wasem was bevroren aan de binnenkant van het glas. Het gebarsten raam in het portier achter de bestuurderskant liet te veel kou binnen en zelfs met de verwarming op de hoogste stand kon ze haar adem in het busje zien. In het schijnsel van de dashboardlampjes zag ze haar eigen spiegelbeeld en de spookachtige gestalten van Teig en Una. Het voelde op de een of andere manier veiliger om Una op deze manier te bestuderen, en ze moest zichzelf eraan herinneren dat dit niet als het tijgerverblijf in de dierentuin was. Er zat geen barrière tussen haarzelf en dit meisje.

'Ze sprak Engels,' zei Nari. Haar stem stokte en ze schraapte haar keel.

'Jij spreekt ook Engels,' bracht Teig daartegen in. 'Kunnen we hiermee wachten totdat...'

'Ze sprak het beter dan ik, Teig. Dat heb je gehoord. Ze sprak het beter dan jij. Geen accent. Niets.'

'Haar oom sprak uitstekend Engels,' antwoordde Teig, met zijn blik strak op de weg gericht terwijl hij harder ging rijden. Ze moesten nu minstens honderddertig kilometer per uur rijden, hier op de Kolyma-snelweg, en dat met sneeuw en permafrost onder hen. 'Misschien wil ze ook wel gids worden, net als hij. Het zat me eerst ook dwars, maar dat is een logische verklaring.'

'Je hebt het gezien,' zei Nari, terwijl ze zich omdraaide om weer uit het raampje te kijken, en in de weerspiegeling naar Una te kijken. 'Sajaara... wat er met haar is gebeurd. Je hebt gezien dat ze het meisje wilde grijpen. Je hebt gezien...'

Haar hoofd was gaan bonken. Verdriet en angst en shock wervelden in haar rond. Timir lag dood op straat voor zijn eigen café. En nu Sajaara, die mooie Sajaara, die zo'n hartelijk en goed hart had gehad en haar al bijna vanaf het moment dat ze elkaar hadden ontmoet als een zus had behandeld... Nari kon niet geloven dat ze er niet meer was. Het voelde als een waanbeeld, een nachtmerrie terwijl ze wakker was. De verandering die over haar was gekomen, de manier waarop haar gezicht was verwrongen, het gewei dat door haar...

Door haar schedel was gebroken. Mijn god.

Nari's adem stokte en ze besefte dat ze huilde. Ze veegde boos haar tranen weg. Die zouden haar niet helpen, en het was te laat om haar vrienden te helpen. Ze had het ene verlies na het andere geleden en voelde zich hol vanbinnen, maar ze leefde nog en ze was van plan in leven te blijven.

'Wat wil je daarmee zeggen?' vroeg Teig.

Voorzichtig, alsof hij het nodig had dat het hardop werd uitgesproken, maar bang was voor welke woorden er zouden komen.

'De parni zit niet achter ons aan,' zei Nari met afgemeten woorden, zo duidelijk als ze het maar kon zeggen. 'Hij zit achter haar aan. En ik vind dat we hem haar moeten laten pakken.'

Het ronken van de motor werd luider toen Teig nog harder ging rijden. Nari keek naar de snelheidsmeter. Honderdveertig kilometer per uur nu. Ze voelde een tinteling in haar borst toen haar hart sneller ging kloppen, en die was totaal niet aangenaam.

'Ik rij zo snel als ik kan...' begon Teig te zeggen.

'Te snel,' zei Nari.

Hij wierp haar een vlugge, harde blik toe, heel even maar. Met deze snelheid moest hij zijn ogen blik op de weg houden. Het busje stuiterde en rammelde, maar het was erop gebouwd en het was toch maar een huurauto. Teig moest ermee naar het tankstation en daarna naar het ziekenhuis. Daarna maakte het niet uit wat er met het busje gebeurde, dus misschien kon het hem niet schelen. Maar ze moesten het evengoed nog halen.

'Teig, ga langzamer rijden,' zei ze.

Dat deed hij niet. 'Ik ga niet eens proberen te zeggen wat er vannacht is gebeurd. Ik weet alleen dat er mensen zijn doodgegaan. Ik heb dit meisje opgepikt om haar leven te redden, net zoals Prentiss en ik jou aan de kant van de weg hebben opgepikt. Nu probeer ik ons allemaal te redden...'

'Dat probeer ik ook!' snauwde Nari.

Tussen hen in kromp het meisje nu ineen. Ze was helemaal niet catatonisch, ze deed gewoon alsof. Het kon Nari niet meer schelen – Una had al gehoord wat ze te zeggen had.

'Stop het busje,' zei Nari. 'Zet haar eruit of laat mij eruit.'

Teigs handen waren vuisten die het stuur vastgrepen. 'Ik zet niemand eruit. Wil je haar dood hebben? Ik ga je haar niet laten doden.'

Nari snauwde in het Jakoets. Dacht hij nou dat ze het meisje wilde doden? Ze probeerde zichzelf te redden, en ook Teig en Prentiss. Wat Una betreft... Nari dacht dat het misschien al te laat voor haar was.

Op de achterbank begon Prentiss te hoesten. Hij schraapte zijn keel en zijn adem klonk gierend. Nari vermoedde dat hij te veel bloed had verloren.

'Teig, luister,' zei Prentiss met schorre stem. 'Ik moet je iets zeggen, vriend, en dat moet je echt aanhoren. In je oren knopen.'

De weg ging met een bocht naar links. Teig vertraagde naar honderdtwintig kilometer per uur. De banden knerpten op de sneeuw en slipten een beetje, maar hij hield de neus naar het zuiden gericht en versnelde op het moment dat ze weer op een recht stuk kwamen.

'Wat dan?' vroeg Teig.

Prentiss greep de achterkant van de stoel vast en probeerde zich op te hijsen. Nari realiseerde zich dat hij nog helemaal geen gordel had omgedaan. Logisch, als je dacht aan de manier waarop hij op de achterbank van het busje gehesen had moeten worden. In haar hoofd kon ze hem nog steeds horen gillen toen Sajaara veranderde, toen ze achter hem aan begon te kruipen. Verdriet knaagde aan haar, maar Sajaara was dood. Nari had Prentiss voor vanavond nooit eerder ontmoet, maar Teig en hij hadden geprobeerd haar leven te redden. Ze hoopte maar dat hij niet op het punt stond dood te gaan terwijl hij dat probeerde.

'Ik weet wat er in jouw hoofd omgaat, Felix,' zei Prentiss met schorre stem. 'Wat Nari zegt klinkt krankzinnig, maar op dit moment ga ik nergens meer aan twijfelen. Letterlijk nérgens meer aan. Ik heb helemaal geen zin om iemand uit het busje te zetten, niet in deze verrekte kou en met wat daar ook buiten is. Maar je denkt niet helder na, Teig, dus zal ik het je even vertellen.'

'O ja joh?' zei Teig. 'Jezus, Prentiss, kun je me niet gewoon laten rijden? Ik wil het gewoon halen, oké? Het zal niet veel langer duren, denk ik. Kunnen we niet gewoon...'

'Ze is Olivia niet, vriend. Wat er met dit meisje is gebeurd, wat er ook met ons of met haar gebeurt, dit is niet jouw schuld en ook niet jouw verantwoordelijkheid. Ze is Olivia niet.'

Nari zag Teigs gezicht verwringen, en hij klemde zijn kaken op elkaar. Wat voor woorden of emoties er ook vastzaten in zijn keel, hij leek niet bereid erover te vertellen.

'Wie is Olivia?' vroeg ze.

Teig zei niets. Prentiss zuchtte en leunde met een kreun achterover. De motor ronkte en het busje schudde. En de kou die door het gebarsten raam kwam, sneed dieper in Nari's botten.

Ze naderden weer een bocht in de weg. Teig remde weer af, maar nu zelfs nog minder dan de vorige keer. De banden kregen grip op de weg en het lukte om de bocht te nemen, maar Nari hield in haar twijfel een paar seconden haar adem in. Toen ze door de bocht gingen, gleed Una tegen Teig aan en de man liet haar daar zitten, alsof ze zich aan hem vastklampte voor bescherming en hij het prima vond om haar die te geven.

Nari staarde naar Una. Eerder was ze er niet zeker van geweest, maar nu zag ze de mondhoek van het meisje met een rukje omhooggaan tot wat alleen maar het begin van een glimlach kon zijn.

Teig bleef rijden, sneller dan ooit.

Te snel.

Loedmilla's lange leven had haar vele lessen geleerd. Voor jonge mensen zouden sommige ervan zijn doorgegaan voor wijsheid, maar er waren dingen die ze met haar neefje en zijn vriendenkliek had kunnen delen die nooit goed onder woorden gebracht zouden kunnen worden. De belangrijkste van die moeilijke lessen was de les over pijn. Jonge mensen begrepen hun lichaam nooit, en ook niet hoe alles in het lichaam met elkaar verbonden was. Als je een marionet vasthield, kon je aan het ene touwtje trekken en dan kon je daarmee het been bewegen, maar de arm en de schouder zouden ook reageren. Zo was het ook met pijn. Spieren en pezen en zenuwen waren veel meer op elkaar afgestemd dan jonge mensen begrepen. Ze wisten niet dat als je je enkel bezeerde, dat ertoe kon leiden dat je de andere meer belastte, waardoor pijn ontstond die zich al snel naar de heup verplaatste, omhoog naar de grote beenzenuwen, naar de ruggengraat en de schouders, je nek en je hersenen.

Loedmilla vond dat ze veel wijsheid had vergaard wat pijn betrof. Vannacht besefte ze in wat voor zalige onwetendheid ze had verkeerd. Vannacht werd ze bijgespijkerd.

Pijn had haar van het bewustzijn beroofd, en pijn had dat ook weer teruggegeven. Hevig naar lucht happend deed ze haar ogen open. Eerst was het alleen haar nek, de pijn als doornen bij haar schedelbasis, maar zodra ze met haar ogen knipperde stak hij weer in haar linkerschouder. Ze probeerde rustig door te blijven ademen en voelde het gewicht van de duivel zelf die op haar borstkas zat.

Ze gromde, maar als ze eerlijk was, kwam die grom eruit in de vorm van woorden die haar ertoe zouden hebben gebracht om de mond van haar neefje met zeep uit te wassen toen hij een jongetje was. Woorden die ze zelfs pas toen ze tegen de dertig liep had geleerd. Een ervan was in het Engels.

'Fuuuuuuuuuuck.'

Het werkte op de een of andere manier bevredigend, een wonderlijke opluchting. Een beetje rebellie tegen alles waarin ze geloofde, alles wat haar was bijgebracht. Het voelde als terugvechten, en op dit moment moest ze terugvechten. 'Fuuuuuuuuucccckkkkk.'

De tranen waren opgedroogd in haar ogen. Haar wimpers plakten ervan. Ze dacht dat er meer van zouden komen, maar nee, er zou niet meer worden gehuild. De pijn bleef hangen, groef zich stevig in, maar er verspreidde zich angst overheen en die verstikte de pijn een beetje. Angst en droefheid. Het had niet zo moeten gebeuren.

De radiocassettespeler klonk zacht. Bruce. The Boss. Het geweldigste wat ooit uit New Jersey was gekomen. Als Loedmilla dat beweerde, moesten de mensen altijd glimlachen, want ze was natuurlijk nooit in New Jersey geweest en had alleen maar ooit de moeite genomen om naar foto's ervan te kijken, die ene keer dat haar neefje op internet naar foto's van Asbury Park had gezocht, vanwege de titel van Springsteens eerste album. Toch twijfelde ze er niet aan. Ze hoefde verder niets van New Jersey te kennen om te weten dat het nooit iets beters had voortgebracht dan deze man en zijn muziek.

Bruce hielp.

De warmte die uit de ventilatieopeningen in de auto blies, hielp.

Maar Loedmilla was niet achterlijk. Ze ademde uit en de pijn klauwde naar haar. Ze knarste zo hard met haar tanden dat ze zelfs een paar seconden de muziek niet meer kon horen. Ze had een arts nodig. Sterker nog, ze had een ziekenhuis nodig, en zelfs dan dacht ze dat het niet veel zou uitmaken. Hoe lang zou het duren om naar het ziekenhuis te komen? Om een operatie te krijgen? Om haar leven te redden?

Ze lachte gesmoord, of dat dacht ze tenminste. Misschien was het alleen maar in haar hoofd geweest. Zoveel tijd had ze niet. Geen tijd om het zegenen van de doden onder de weg af te ronden; de taak zou niet worden afgerond. Niemand zou de missie van haar overnemen als ze er niet meer was.

Het spijt me, dacht ze. *Het spijt me zo. Gezegend zijn jullie allemaal, iedere god en iedere heilige, iedere geest van de aarde en de hemel. Ik heb het geprobeerd.*

Loedmilla wist dat ze niet zo lang had moeten wachten, zichzelf niet zo oud had moeten laten worden. Haar moeder zou het afschuwelijk hebben gevonden, zou er faliekant tegen zijn geweest, het heiligschennis hebben genoemd. Maar nu voelde ze zich laf en hypocriet dat ze al die jaren had gewacht voordat ze met deze missie was begonnen, dat doel had nagestreefd.

Ze knipperde met haar ogen en de duisternis stroomde weer binnen. De tijd verstreek en het licht keerde terug. Het licht en Bruce en de warme lucht die uit de openingen blies. Het ronken van de motor. Hoeveel tijd had ze nog voordat de benzine op was? Als haar lippen een glimlach hadden kunnen vormen, hadden ze dat gedaan. Ha. Er zat meer brandstof in de auto dan er leven in Loedmilla zat.

Het bewustzijn kwam op en ging weer weg, maar de pijn bleef.

Een nummer liep ten einde. 'Rosalita,' dacht ze, hoewel het nu allemaal één groot waas voor haar werd. In de stilte voordat de volgende song zou beginnen, hoorde Loedmilla iets wonderbaarlijks: het geluid van een motor dat deze kant op kwam. De duivel drukte zwaarder op haar borstkas, hij greep haar hart beet in zijn vuist en kneep erin, en ze jammerde in zichzelf terwijl Springsteen op de gitaar speelde.

Een auto. Misschien een busje. Ze vroeg zich opnieuw af hoe lang het zou duren om naar een ziekenhuis te komen.

Ze luisterde naar de motor die zoemend dichterbij kwam, en vroeg zich af of haar hart het zou halen.

Teig zag de koplampen te laat.

Zijn gedachten tolden zo snel rond dat hij een soort mist leek te zijn binnengegaan. De overlevingsdrang brandde als een vuurhaard in zijn borst, en toch werd die op de een of andere manier opzijgeschoven door andere instincten: red Prentiss, bescherm Una. Dacht Nari echt dat dit meisje een monster was? Misschien was ze geestelijk een beetje gebroken – jezus, niet eens misschien – maar wie zou er niet een beetje gek worden na wat ze had gezien? Wat ze had weten te overleven?

Overléven. Dat is de sleutel.

Teig was ook een beetje gek geworden. Hij kon voelen hoe het de achterkant van zijn hersenen kietelde, daar in het oude holbewonersdeel waar de angst leefde. Nari voelde het vast ook, na wat ze zojuist hadden gezien bij Sajaara, na wat ze zojuist hadden gedaan, na dat gewei en die geluiden. *O god, die geluiden.*

Het grootste deel van zijn leven had Teig een spoor van teleurstelling en frustratie achter zich gelaten. Hij stelde mensen teleur, alsof dat zijn enige taak was, en nu was hij verantwoordelijk voor deze levens. Voor dit meisje en deze pechvogel van een vrouw, en voor Prentiss, de broer die hij nooit had gehad, maar die hem als vriend had uitgekozen. Hij was hem trouw gebleven toen alle anderen hadden besloten eieren voor hun geld te kiezen en hem de rug toe te keren.

Teig zou hem niet teleurstellen.

En toen deed hij dat toch.

Zijn schedel en zijn tanden ratelden in zijn hoofd, de banden rammelden over de ruwe weg. De kou was door de barst in het raam naar binnen gesijpeld. Het glas begon te bevriezen. Het busje reed schuddend over de weg en Teig kon het tikken en kraken van het zijraampje achter de bestuurdersstoel horen terwijl de barsten steeds groter werden. Het raam zou het nu niet veel langer houden, wist hij, maar wat kon hij anders doen dan door blijven gaan? Het kon nu niet meer dan twintig minuten rijden zijn tot het tankstation. Als de verwarming bleef blazen, kregen ze het wel koud als dat raam het eenmaal begaf, maar ze zouden niet doodvriezen. Ze zouden het tankstation van de oude vrouw halen. Binnen zou ze iets hebben om het raam mee af te dekken, en ducttape om de randen af te dichten. Iets waardoor ze tijd konden rekken, zodat ze Prentiss naar het ziekenhuis konden brengen.

'Wat ga je doen?' vroeg Nari.

De woorden drongen langzaam tot hem door, want zijn hersenen waren niet in staat om over nog één ding na te denken. Waaraan moest hij iets doen? Prentiss? De totale ineenstorting van zijn doel hier? De mensen die waren gestorven? Wat hij tegen de politie zou zeggen? De oude vrouw van het tankstation?

Hij keek haar intens aan toen het tot hem doordrong. 'Jij bedoelt aan Una?'

De hoeken van Nari's mond krulden omhoog; ze keek naar het meisje tussen hen in, maar gaf geen antwoord. Alsof ze bang was voor Una. Voor het eerst zag Teig hoeveel ruimte Nari tussen hen geschapen had. Ja, Una was dichter bij hem gaan zitten op het bankje, dicht tegen hem aan gekropen voor warmte of bescherming, maar Nari was ook weggeschoven, had zich zo dicht mogelijk tegen het portier aan gedrukt.

Felix, dacht hij.

Het meisje had hem 'Felix' genoemd. En ze had het uitgesproken in perfect accentloos Engels. Het had vertrouwd geklonken, de manier waarop ze tegen hem had gesproken, en het had zijn herinneringen aan lang geleden opgeroepen. Maar hij wist dat zijn hersenen een spelletje met hem speelden. Dus het meisje kende Engels. Nou en? Haar oom Kaskil was gids geweest, dus dat leek niet heel onwaarschijnlijk.

'Ik ga hetzelfde voor haar doen als ik voor jou en voor Prentiss ga doen,' zei Teig. 'Ik ga haar redden.'

Het busje reed weer door een kuil. Het gebarsten raam verbrijzelde. Piepkleine deeltjes veiligheidsglas vlogen in het rond terwijl de brute kou het busje in blies. Prentiss kreunde en uitte een zwakke stroom krachttermen. Nari vloekte en sloeg haar armen om zich heen voor de warmte. Una gaf geen krimp.

Teig zwenkte opzij, een beetje maar. Hij was geschrokken, maar hij had het wel verwacht. Hij hield zijn voet op het gaspedaal, de naald constant op honderddertig kilometer per uur.

Nari sloeg met haar hand op het dashboard van frustratie. 'Langzamer rijden!'

Begreep ze dan niet dat dit des te meer reden voor hen was om op te schieten? Dat de kou de situatie alleen maar dringender maakte? Ja, dit was haar land, haar terrein, maar je hoefde er niet vertrouwd mee te zijn om niet dood te willen vriezen, niet te willen dat de dravende schaduwen hen inhaalden.

De weg maakte een bocht naar rechts. Teig trapte op de rem, liet de snelheid zakken tot bijna honderdtien, en vertrouwde erop dat de banden contact bleven maken met de weg. Prentiss sprak een gebedje uit naar een God in wie hij nooit had geloofd, en Teig werd er bang van. Hij keek heel even in de achteruitkijkspiegel. Heel even maar.

Nari schreeuwde zijn naam.

Teig kneep zijn ogen een beetje samen, want de tegemoetkomende koplampen schenen fel in zijn ogen. Hij wist dat hij het had verkloot, maar er was geen tijd meer om er spijt van te hebben. Hij stampte op de rem, de wielen begonnen zich in te graven, langzamer te gaan, maar het busje kwam net op een glad stuk en gleed door. Nari's stem vulde zijn oren, puur verdriet en overgave. Ze slipten recht op de auto af. Hij gaf een ruk naar rechts aan het stuur, probeerde er net langs te glijden, zodat ze misschien elkaars zijspiegels eraf zouden rukken. In plaats daarvan maakte het busje een draai, de achterkant zwiepte opzij, en plotseling schenen de koplampen recht op het zijportier van de bestuurder.

De klap voelde als een explosie. Het klonk ook als een explosie. Het glas spatte uiteen.

De airbag blies op in zijn gezicht.

Toen verloor hij het bewustzijn.

Vijftien, misschien twintig seconden.

Teig deed zijn ogen open en hoorde het ronken van de motor. De verwarming deed nog steeds dapper haar best, maar de kou had haar kans afgewacht en geprofiteerd van elke seconde die verstreek. Zijn oogleden plakten bijna aan elkaar toen hij ze met een kreun opendeed. Door de botsing was zijn nek naar links gerukt en het voelde alsof hij elke spier had verrekt. Zijn mond zat vol met stukjes veiligheidsglas en toen hij die uitspuugde, proefde hij bloed op zijn lippen en tong. Voorzichtig wilde hij zijn hand naar zijn gezicht brengen om er glas van af te halen toen hij merkte dat hij zijn rechterarm niet kon bewegen.

Hij werd bevangen door paniek. Teig draaide zijn hoofd – de pijn schoot omhoog langs zijn nek – en zuchtte van opluchting toen hij zag dat Una tegen zijn lichaam aan zat gedrukt en zijn arm tegen zijn zij drukte.

Toen zag hij het bloed op haar gezicht, en een bleke deuk van de botsing. In een oogopslag begreep hij wat er was gebeurd. De hoek gaf de doorslag: haar hoofd was naar links gerukt, net als dat van hem, maar bij haar was haar schedel tegen het stuur geknald. Als door de botsing het zijraam aan de bestuurderskant er niet uit was gestoten, samen met de voorruit, had Teig hetzelfde kunnen overkomen.

'Nee,' fluisterde hij. Met een van pijn vertrokken gezicht worstelde hij zich onder haar uit, en lette daarbij goed op haar hoofd en nek. 'Kom op, meisje.'

Zijn woorden kwamen er haast onverstaanbaar uit. Had hij een hersenschudding door de whiplash of was het alleen de kou? Hij wist het niet.

Met een geluid van knarsend metaal zwiepte het passagiersportier open. Teig keek op, kwaad op zichzelf dat hij Nari – en Prentiss – was vergeten. Misschien was hij toch met zijn hoofd tegen het raam gestoten. Nari had het portier open en keek nu om naar hem terwijl ze haar benen uit de auto liet glijden. Met een hand op haar rechterschouder, het sleutelbeen, waar haar gordel met een ruk strakgetrokken zou zijn, werkte ze zich met haar ellebogen naar buiten de weg op.

'Wacht,' probeerde Teig te zeggen. Het kwam eruit als een kreun, dus probeerde hij het nog een keer en deze keer lukte het hem om het woord goed te vormen. Hij knipperde met zijn ogen en er ontbrandde een vonk van woede in hem.

Maar op wie was hij kwaad?

Nari masseerde nog steeds haar rechterschouder, maar ze bukte om weer in het busje te kijken en hij zag ook haar woede oplaaien. Ze had verschillende keren tegen hem gezegd dat hij langzamer moest rijden en nu herinnerde hij zich die waarschuwingen. Zijn woede sijpelde eruit als helium die piepend uit een ballon ontsnapte.

'Neem haar mee,' zei hij, terwijl hij zich met grote moeite omdraaide om Una's gordel los te maken.

Nari keek hem aan met een aarzelende blik. Ze wilde niets meer met het meisje te maken hebben. Dat wist Teig, hij zag het in haar ogen.

'Ze heeft haar hoofd gestoten,' zei hij. 'Help me haar eruit te krijgen!'

Heel even dacht hij dat ze hem zou negeren, maar als ze hen achterliet, waar kon ze dan naartoe? Op een minder uitgestorven plek konden ze de politie bellen, en een takelwagen.

Dan zou er een ambulance komen, misschien wel meer dan een. Maar hier waren ze op zichzelf aangewezen, in elk geval voorlopig, en Teig wilde hun verwondingen en de schade aan het busje inventariseren.

Dertig kilometer, verdomme. Meer was het niet geweest tot het tankstation, dacht hij. Het hadden er net zo goed twintigduizend kunnen zijn als ze geen voertuig hadden om hen mee te vervoeren. Hij probeerde zijn gedachten op een rijtje te zetten. Uitstappen. Het busje nakijken. Kijken naar de auto die ze hadden geraakt en de inzittenden ervan. Kijken naar zijn eigen passagiers, en zijn eigen stomme zelf.

Zenuwachtig en met een van pijn vertrokken gezicht stak Nari haar hand in het busje. Teig schoof Una zachtjes over de stoel. Haar haar bedekte haar gezicht als een sluier, maar niet helemaal – de deuk in haar hoofd was een bult geworden, die snel opzwol. Er zaten stukjes glas op haar voorhoofd en haar wangen. Er liepen strepen bloed over haar gezicht, maar ze ademde tenminste.

Nari tilde haar het busje uit alsof het meisje zou kunnen ontploffen.

Ten slotte maakte Teig zijn eigen gordel los. Met bonkend hoofd lukte het hem om op de achterbank te kijken. Pas toen herinnerde hij zich dat Prentiss zijn gordel niet om had gehad. Toen het raampje daarachter naar binnen was geblazen, was hij op de achterbank gaan liggen, met zijn hoofd aan de passagierskant, zijn benen aan de bestuurderskant. Dat betekende dat toen het busje op de auto was gebotst, Prentiss met zijn voeten tegen dat portier was gesmeten. Eén knie had meegebogen, maar het gehavende been had in een brace gezeten, en die was ineen gedrukt. Er was een metalen stut losgebroken en die had zich in het vlees van Prentiss' been geboord. De gebroken knie lag onder een akelige hoek scheef.

De enige zegen was dat hij door de pijn buiten bewustzijn was geraakt. Prentiss' borstkas ging op en neer met huiverende schokjes, en zelfs nu hij bewusteloos was, had hij pijn. IJskoud bloed sijpelde uit een verse wond in zijn dij, gleed langs de pijp van zijn gescheurde broek omlaag en vormde een plasje op de vloer van de achterbank.

Teig had toen misschien om hem kunnen huilen, maar zijn vriend leefde nog.

'Fuck,' grauwde hij. Toen schreeuwde hij het. 'Fuck!'

Nari riep hem, en niet voor het eerst. Hij besefte nu dat hij haar stem wel had gehoord, maar dat die niet tot hem was doorgedrongen. Hij wilde tegen haar uitvaren om de manier waarop zij hem had afgeleid, de manier waarop zij hem op de huid had gezeten over Una. Dit was allemaal niet haar schuld, maar hij wilde tegen iemand schreeuwen. Tegen wie dan ook.

Met een bonkende schedel en pijnlijke nek klauterde hij over de voorste stoel en klom naar buiten via de passagierskant. Hij moest het geweer pakken en het voor zich uit schuiven, tenzij hij eroverheen wilde klimmen, en zodra hij het geweer vasthield, herinnerde hij zich weer dat ze werden gevolgd en dat hij het misschien zou moeten gebruiken. Vanaf dat moment hield hij zich aan het geweer vast alsof het een reddingsboei was.

'Jij wilde uitstappen en lopen,' snauwde hij tegen Nari. 'Nu komt je wens uit!'

Nari keek niet eens naar hem.

De kapotte koplampen wierpen een diffuus licht in de duisternis en veranderden alles in een schemerige droom. Het voorste deel aan de rechterkant van het busje was verwrongen en was door de band heen gegaan, zodat die leeg en nutteloos om het wiel zat. De motor ronkte nog steeds, maar het busje ging nergens heen zonder die band te verwisselen, en misschien zelfs dan niet. Teig nam een diepe teug lucht die door zijn longen sneed. Zijn ogen voelden zo droog als de woestijn en toen hij knipperde was het alsof zijn netvliezen met een fijn gruis waren bedekt. De wind geselde hen en hij voelde zijn lichaam gespannen worden, klaar voor een aanval die hij niet kon zien, waartegen hij zich niet kon verweren. Elke keer dat hij hiervóór uit het busje was gestapt, had hij een balaclava gedragen, maar die had hij in het busje laten liggen, en zijn gezicht en nek waren onbedekt. De lucht werd vrijpostig en de kou gleed zijn kleren in, streelde en omhelsde hem, en stak met haar ijskoude vingers tot op het bot.

Net op het moment dat echt tot hem doordrong dat ze in gevaar waren, keek hij met verbazing naar Nari. Ze droeg Una in haar armen alsof al haar zorgen over het meisje waren vergeten. Nari's aandacht was op iets anders gericht.

De oude vrouw stond op de weg, vlak naast haar geopende portier. Boven de motor en de wind uit kon Teig plotseling het DING DING DING horen dat de bestuurder eraan herinnerde dat het portier openstond. Hij fronste, ervan overtuigd dat hij ook vertrouwde flarden muziek hoorde, en hij probeerde vast te stellen wat het was. Een saxofoon. Het ruige grommen van een stem. Deze oude dame stond daar met beide handen haar borstkas vast te houden, halverwege tussen gebed en pijn, terwijl Bruce Springsteen uit haar autoluidspreker kwam. Het zou een droom hebben geleken als de verschrikkingen van de nacht en zijn pijn er niet waren geweest.

De oude vrouw deed een stap naar voren en begon toen te wankelen. Haar voorhoofd was gefronst, maar op haar lippen lag een bijna gelukzalige glimlach. Teig begreep er niets van en schoot haar te hulp.

'Het spijt me zo erg,' zei hij, voordat hij zich herinnerde dat ze waarschijnlijk geen woord begreep van wat hij zou zeggen.

Haar ogen waren niet gefocust, alsof ze hem helemaal niet zag. Hoofdletsel, geen twijfel mogelijk.

De vrouw struikelde en Teig ving haar op met één arm, terwijl hij zijn geweer naar één kant opzijhield in de andere hand. Hij hield haar vast als een danser die zojuist zijn partner een dip had laten maken. Haar ogen waren gespannen van de pijn, de huid eromheen geplooid en met zweetdruppeltjes erop. Haar gedempte stem steeg op van achter haar balaclava, maar natuurlijk begreep Teig er geen woord van.

'Nari, wat zegt ze? Wat is er met haar aan de hand?'

'Geesten,' antwoordde Nari, terwijl ze op de weg knielde, met Una in haar armen. 'Iets over geesten in de weg. Nee... onder de weg. Ze wil geesten zegenen. Ze wachten op haar, zegt ze.'

Teig hield de oude vrouw vast en slaagde erin haar lang genoeg overeind te houden om haar naar haar auto te brengen. Hij liet haar ertegenaan leunen, en hoewel ze een beetje inzakte, lukte het haar om overeind te blijven. Haar ogen waren gesloten, maar langzaam gingen ze knipperend weer open en ze keek hem aan.

'Hebt u pijn? Kunt u me horen?' vroeg Teig.

Maar het maakte niet uit welke taal ze zou gebruiken om antwoord te geven. Hij kende het antwoord al. Eerst had hij nog gedacht dat haar pijn van de botsing was gekomen, maar nu vroeg hij zich af of ze zelfs wel in de auto had gezeten toen hij ertegenaan was gebotst. Ze trilde en haar adem stokte, en hij was er zeker van dat dit een hartaanval of een beroerte was. Een seconde lang voelde hij zich als Dorothy in Oz, die dolende figuren oppikte op de Gele Straatweg, maar in plaats van naar de Stad van Smaragd te gaan, moest iedereen die hij achter in zijn busje propte verdomme naar het ziekenhuis.

Een lekke band, herinnerde hij zich. Het busje kon niemand ook maar ergens heen vervoeren.

De vrouw duwde zichzelf omhoog en het lukte haar om te gaan staan. Ze greep met wazige ogen naar haar linkerarm, en Teig vroeg zich af of ze besefte waar ze was. De wind floot langs het openstaande autoportier, zwiepte om hen heen, en hoewel de motoren van beide voertuigen nog steeds ronkend draaiden, begon de angst die aan de randen van zijn gedachten had geknaagd sinds Prentiss en hij eropuit waren getrokken over de Kolyma-snelweg, dieper zijn hart in te sluipen. Of het nou dertig kilometer naar het tankstation was of driehonderd, het niets gaapte nog steeds voor hem als een stille, prachtige valkuil. De kou sneed snoeihard, en zette haar tanden in hen. Hij had geprobeerd woorden in zijn hoofd op te roepen die dit soort kou zouden kunnen beschrijven, maar hij had het idee dat hij een heel nieuwe woordenschat nodig had om dat te bereiken. Teig vroeg zich af of het Jakoets nog andere woorden had voor de soort ijselijke Magere Hein die hen nu achternazat. Een moordzuchtige lucht, een kou die nooit was bedoeld voor mensen om die te overleven.

En op dat moment kroop er iets anders bij Teig naar binnen. Hij had doodsangst en wanhoop gevoeld, een dodelijke kou en de nabijheid van de dood, verdriet en afschuw, en hij had de wereld onder zijn voeten voelen kantelen toen elke definitie die hij ooit had gehad van wat gewoon en mogelijk was eenvoudig werd weggevaagd. Dit nieuwe, sluipende iets voelde zo anders omdat hij het had verloren en was vergeten dat het bestond.

Hoop. Het klikte aan als een schakelaar in zijn borst. De urgentie van de situatie leek hem wakker te rammelen, maar in plaats van wanhoop voelde dit als een drang.

'Nari, zet Una op de achterbank van de auto van de oude dame,' zei Teig.

Voorzichtig, om haar niet al te veel door elkaar te schudden, leunde hij een beetje naar voren en gooide het geweer op de stoel voorin. Hij pakte de vrouw bij de arm en leidde haar voorzichtig weg van het voertuig. Hij hield haar overeind terwijl hij de schade onderzocht. De voorkant was gedeeltelijk ingedrukt door de botsing, maar er steeg geen stoom op uit de motor en de banden waren niet lek gestoten. Maar wat het belangrijkste was: de motor was blijven draaien.

Nari had misschien tegenwerpingen kunnen maken, om een verklaring kunnen vragen, maar Teig had al beseft dat zij slimmer was dan hij. Ze had het onmiddellijk begrepen. De voorruit van de oude vrouw was verbrijzeld door de botsing, maar de auto kon rijden. Ze konden daar op de weg wachten, maar het was midden in de nacht en de kans dat iemand toevallig langsreed en hen zou redden, was afschuwelijk klein. Dertig kilometer rijden met een weggeblazen voorruit terwijl het minstens vijftig graden onder nul was... het zou niet veilig of comfortabel zijn. Er zouden lichaamsdelen bevriezen, of erger nog. Maar hij dacht dat ze met de verwarming hoog ten minste levend bij Una's overgrootmoeder zouden aankomen.

'Hoe heet ze?' vroeg hij. 'Kun je het haar vragen?'

'Loedmilla,' zei de oude vrouw met een kraakstem. 'Zo heet ik.'

Ze sprak dus toch een beetje Engels. Hij fronste en probeerde zich te herinneren waar hij die naam onlangs had gehoord.

'Goed dan, Loedmilla. Ik ga voor je zorgen.' Hij hield de bleke oude vrouw overeind terwijl Nari het achterste portier opendeed en Una neerzette zodat het meisje erin kon klimmen.

Het zou krap worden in de auto. Una, Nari en de oude vrouw zouden op de achterbank moeten passen zodat Teig Prentiss voorin kon zetten. Hij zou Nari's hulp nodig hebben om Prentiss te verplaatsen en zelfs dan zou het niet gemakkelijk zijn, maar het moest gebeuren, anders zou zijn vriend doodvriezen of doodbloeden, en Teig was niet bereid een van die dingen te laten gebeuren.

'Het is goed,' zei hij tegen Loedmilla terwijl de oude vrouw langdurig uitademde, bijna alsof ze zich overgaf. 'Hé. We gaan u naar een ziekenhuis brengen.'

Bij die woorden kneep ze haar ogen een beetje dicht. Haar Engels mocht dan beperkt zijn, ze kende dat woord en ze raakte erdoor van streek. Loedmilla schudde haar hoofd. Ze verzette zich tegen de pijn en probeerde zich los te maken van Teig, alsof ze zijn hulp niet wilde.

'Hé, hou daarmee op,' zei Nari in het Engels, waarna ze een stortvloed aan bezorgd Jakoets spuide. Terwijl ze Una van de UAZ naar de achterbank dirigeerde – het meisje gleed de auto in alsof ze half in slaap was – blafte Nari tegelijkertijd bevelen naar de oude vrouw.

Loedmilla schudde haar hoofd nu weer, zwaaide berispend met een vinger en stootte een stroom Jakoets uit waarmee ze Nari's argumenten duidelijk weerlegde.

'Wat is er in godsnaam...' begon Teig te zeggen.

Loedmilla liet zich op haar knieën op de weg zakken. Teig schreeuwde en stak zijn hand naar haar uit, maar ze schudde zijn hand van zich af en begon de groeven in de permafrost te strelen, met een liefdevolle blik op de grond gericht.

'De geesten,' legde Nari uit, maar Teig begreep het al. De oude vrouw dacht dat er lijken onder de weg begraven lagen. Gezien het verhaal van de Bottenweg was Teig er zeker van dat ze het bij het rechte eind had, wel honderdduizend keer.

'Zeg haar dat als ze nu niet met ons meekomt, ze een van hen wordt,' zei Teig.

Maar Nari keek hem alleen droevig aan. 'Dat weet ze. Ik geloof dat ze dat wil.'

Teig voelde zijn drang een beetje wegebben terwijl hij naar de vrouw staarde die op handen en knieën op de weg zat. Loedmilla ging misschien wel hier voor hun neus dood. Misschien had Nari gelijk en wilde ze dat ook, maar hoe kon ze van hem – godverdomme, van wie dan ook – verwachten dat hij daar maar bleef staan en toekeek hoe ze doodging, of nog erger, haar auto zou pakken en haar op de weg zou achterlaten?

'Nee,' zei hij. 'Help me met haar.'

Hij ging op één knie zitten, sprak zachtjes in het Engels tegen Loedmilla, en hoopte dat ze het begreep en dat ze zou meewerken. Kon ze maar gewoon buiten westen raken, dan zou hij haar in de auto laden. In plaats daarvan schudde ze haar hoofd, veegde zijn hand weg en begon te bidden. Hij dacht tenminste dat het gebeden waren, gezien het ritme van de woorden en de eerbiedige toon. Hij probeerde het nog een keer.

'Teig,' zei Nari met schorre stem.

Hij hoorde haar dringende toon en zijn nekharen gingen rechtovereind staan. Teig wist dat ze haast hadden.

'Teig... Kijk.'

Zijn hart begon sneller te kloppen bij haar toon. Het ijs knerpte onder zijn laarzen toen hij zich omdraaide, Loedmilla vergetend. Teig verstijfde en staarde naar het busje waarvan hij de motor had laten draaien, dat naar opzij hellend dwars op de weg stond, met Prentiss bewusteloos uitgestrekt op de achterbank.

Net achter het busje, achter de sneeuwbank, stonden twee rendieren naar hem te staren. Hun ogen waren zwart en glanzend. Geduldig, en met een blik alsof ze alles wisten.

Op de achterbank van Loedmilla's auto slaakte Una een typische kleinemeisjesgil en begon met haar vuisten de stoel voor zich te bewerken alsof dat de auto in beweging zou zetten. Ze wilde dat ze in de auto stapten en wegreden, zo ver als de motor zou toelaten, en Teig zou dat hebben gedaan – maar niet zonder Prentiss.

Hij begon de naam van zijn vriend te roepen. Hij dacht dat als hij maar bij bewustzijn was, ze het misschien konden redden. Toen stopte hij, omdat er een gedachte in hem opkwam. In dit deel van de wereld waren rendieren heel gewoon. Hij lachte heel even terwijl hij naar de grote, sjokkende dieren keek. Dit waren niet de schaduwen die zich met lange, soepele stappen voortbewogen. Dit waren geen wolven.

Het eerste rendier richtte zich op en ging op zijn achterpoten staan. Het staarde naar Teig alsof het hem uitdaagde om te bewegen of iets te zeggen. Het andere kwam van de sneeuwbank omlaag gedenderd en richtte zich ook op. Hun lichamen veranderden terwijl ze overeind gingen staan, het werden hoge, mensachtige dingen, maar hun geweien bleven. De geweien, en die zwarte, glanzende ogen.

Het beest dat het dichtst bij het busje stond rukte het achterportier open, stak zijn kop naar binnen en sleepte Prentiss de weg op. De schok van de pijn maakte Prentiss wakker en hij begon te gillen. Het rendier dat naar Teig staarde, leek haast te lachen terwijl het andere met zijn hoeven stampte, op de sneeuwbank stapte en Prentiss aan zijn goede been meesleurde.

Het rendier schoot op twee poten over de sneeuw en rende tussen de bomen door, met Prentiss glijdend en schreeuwend achter hem aan.

Teig hoorde het zo helder als een klok: Prentiss schreeuwde zijn naam.

Achter in Loedmilla's auto werd Una stil.

15

Loedmilla zag hoe het zich allemaal ontvouwde door ogen die wazig waren van de pijn. Deze mensen waren vreemden, maar ze kende hun namen door hun geschreeuw. De wind huilde over de snelweg en zwiepte langs de auto's. De motoren ronkten en de geesten fluisterden in haar oren. De man – Teig – schreeuwde naar zijn grote, bebaarde makker die over de sneeuw was weggesleept. Teig rende naar de sneeuwbank en wierp toen een wanhopige blik achterom op haar.

Verlies. Shock. Overgave. Dat zag ze allemaal in de steeds veranderende uitdrukking op zijn gezicht terwijl tot hem doordrong dat al zijn keuzes hem waren afgenomen. Wat kon hij nog doen, deze van alle hoop verstoken Amerikaan, er niet op voorbereid dat zijn ogen op deze manier zouden worden geopend?

Ze zag het moment waarop hij zijn beslissing nam.

Teig rende naar haar terug. Loedmilla zat nog steeds op handen en knieën op de weg. De vrouw, Nari, pakte haar bij haar schouder en hielp haar overeind te komen zodat Loedmilla als een hond op haar hurken kon zitten. Nari praatte tegen haar maar de woorden vloeiden samen tot een onduidelijk gebrabbel, en Loedmilla vroeg zich af of een deel van haar eigen hersenen was begonnen af te sterven. Haar hart moest nu wel zijn gestopt met kloppen. Ze stelde zich voor hoe het verhardde, zwart werd, een stenen vuist die de stervende spier beetgreep en erin kneep. Loedmilla's moeder had altijd al gezegd dat ze een afschuwelijke fantasie had.

'Help haar overeind,' blafte Teig tegen Nari. 'Zet haar in de auto, nu!'

Loedmilla begreep het. De Amerikaanse muziek had haar genoeg Engels bijgebracht om het meeste te kunnen snappen, maar wat belangrijker was, was dat ze de angst op zijn gezicht begreep, de manier waarop hij naar het meisje op de achterbank van de auto keek – het meisje dat niet was wat ze leek te zijn. Ze zag hoe hij zijn ogen tot spleetjes kneep, op het punt te gaan snikken of gillen van wanhoop, de manier waarop hij stond, de gejaagdheid in de spanning van zijn schouders.

Nari probeerde aan haar armen te trekken en sprak Jakoets tegen haar. Ze probeerde haar over te halen om op te staan, om weer in de auto te stappen. Haar eigen auto, waarvan het portier aan de bestuurderskant nog openhing. Haar Springsteen-verzamelcassette was inmiddels aangekomen bij 'Somewhere North of Nashville', van het melancholieke meesterwerk *Western Stars*. Loedmilla vond dat ze zich geen mooier lied voor haar begrafenis had kunnen wensen.

'Nee,' zei ze, en ze duwde Nari's hand weg.

Van de pijn klemde ze haar kaken op elkaar. Het zou kunnen dat het eruitzag als een glimlach.

'Ga... jij... maar...' zei ze, met het beetje Engels dat ze kende.

Nari ging op haar hurken naast haar zitten en hield Loedmilla vast bij haar schouders, en ze keek haar aan met een blik vol afschuw. 'We laten je hier niet achter om te sterven,' zei ze in het Jakoets.

Loedmilla zou hebben geglimlacht, maar de pijn maakte dat onmogelijk. Ze knikte langzaam, en antwoordde in de taal die ze gemeen hadden: 'Ik zal niet alleen sterven. Ik ben in schitterend gezelschap.'

Ze ademde in en genoot van de warmte van de lucht. Een illusie, dat wist ze. De kou zou haar hebben gedood als haar hart haar niet eerder te pakken had gekregen. Maar de pijn had Loedmilla veranderd. Haar gezicht voelde rood aan van de warmte. De gebeden die ze al die jaren had uitgesproken en de gebeden die ze vanavond had uitgesproken, leken nu om haar heen op te rijzen.

'Godverdomme!' schreeuwde Teig. Hij rende naar haar toe en hij keek maar half naar haar omdat hij de sneeuwbank in het oog hield waar de monsters Prentiss hadden weggesleurd. 'Zet haar in de auto!'

Hij probeerde haar andere schouder te pakken. Loedmilla maakte zich op om hem weg te duwen. Net voordat haar vingers hem zouden hebben aangeraakt, zag ze een tederheid over hem komen, alsof hij toen pas besefte wat het moment had gebracht.

Zijn blik werd milder toen hij haar aankeek. 'Ik zal u dragen. Ik zal voorzichtig doen.'

Nari stond op. 'Nee. Laten we gaan.'

Teig keek haar met een blik vol afschuw aan, zo gemakkelijk te lezen. *Wilde ze deze stervende vrouw echt achterlaten?* vroeg de uitdrukking op zijn gezicht. De droefheid op Nari's gezicht was haar enige antwoord. Natuurlijk wilde ze Loedmilla niet achterlaten, maar ze was niet meer te redden. Nari's gezichtsuitdrukking sprak het allemaal uit, en Loedmilla was het met haar eens.

'Ga maar,' zei de oude vrouw in het Engels tegen Teig. 'Ik red me wel.'

Nari en Teig wisselden een blik die in drie tellen een heel gesprek omvatte, een moment waarop ze moesten beslissen of ze bereid waren haar op te tillen en haar de auto in te dwingen.

Nari sprak weer Jakoets. 'We komen meteen weer terug,' zei ze.

Maar Loedmilla zag dat ze niet zeker wist of het zou lukken om terug te komen. Ondanks de vuist die haar hart fijnkneep, dwong Loedmilla zichzelf heel even te glimlachen, alleen maar om Nari de vergiffenis te schenken die ze later nodig zou hebben. Als ze het overleefde.

'Kom op. Gaan!' snauwde Teig, en hij rende naar de auto.

Loedmilla keek hem na en zag de spijt in Nari's ogen toen ze hem volgde. Op de achterbank van de auto besefte het meisje dat niet was wat ze leek dat het besluit genomen was, en ze wilde de auto uit stappen alsof ze van plan was te voet te vluchten. Nari pakte haar op, duwde haar op de achterbank en stapte na haar de auto in. Het meisje begon te krijsen alsof ze werd ontvoerd. Eén ding leek duidelijk: ze wilde niet daarheen waar Teig van plan was haar naartoe te brengen.

Teig sloeg het portier aan zijn kant dicht, waardoor Springsteen werd gedempt. Maar dat gaf niet. Loedmilla zou zijn stem in haar hoofd en in haar hart hebben. Hij was nu bij haar en fluisterde in haar oor, net als de geesten van de mannen en vrouwen die dood onder de weg lagen. Ze keken naar haar. Ze voelde hun ogen op haar en hun liefde voor haar, en die troost wikkelde zich om haar heen in een prachtige omhelzing. Ze zakte een beetje in, maar bleef op haar knieën zitten wachten tot ze zich bij hen zou voegen.

De motor van haar auto brulde. De banden slipten toen Teig om zijn nutteloze busje heen reed, een dot gas gaf, en dwars door de sneeuwbank heen reed. De auto zou niet ver komen op de sneeuw en de permafrost, maar dat was niet erg. Loedmilla had toegekeken hoe de gehoornden de enorme man over de grond sleepten. Ze wist dat ze niet ver weg waren.

Ze wachtten.

Prentiss had het gevoel dat hij vloog. Er zat een ruisend geluid in zijn oren en zijn hoofd ging op en neer. Er werd hard aan zijn schouder gerukt en de pijn schoot omhoog langs zijn ruggengraat, maar hij voelde zich voornamelijk koud en licht, alsof de engelen hem te vroeg hadden meegenomen. Zijn zijdeachtig glanzende jas gleed over de sneeuw. Zijn hoofd botste ergens tegenaan en hij wist dat dit geen vliegen was. Dit was doodgaan.

De duisternis overmande hem...

Hij haalde scherp adem en kwam met een schok weer bij bewustzijn toen zijn lichaam een kleine helling af rolde en tot stilstand kwam tegen de onderkant van een boomstam. Het gehavende deel van zijn linkerbeen smakte tegen de stam voor hij stillag, met armen en benen wijd, maar hij voelde er niets van. Er straalde pijn vanaf zijn heup uit naar zijn rug, maar het been zelf voelde alleen verdoofd. Als het was geamputeerd had hij op zijn minst toch fantoompijn moeten hebben, maar nee – het been zat nog steeds vast aan zijn lichaam, het was alleen opgehouden met signalen naar zijn hersenen sturen. Misschien was dat een zegen, maar het maakte dat hij het wilde uitschreeuwen.

De sneeuw was aan de binnenkant van zijn jas en tot in zijn shirt gekomen, het gevolg van het feit dat hij over de grond was gesleept.

Met een hoofd dat wazig was van bloedverlies of van een hersenschudding slaagde Prentiss erin zich op een elleboog ver genoeg omhoog te werken om om zich heen te kijken. Er gromde iets achter hem en hij werd omgeven door een muskusachtige dierengeur, zo sterk dat hij zijn gezicht vertrok en zijn adem inhield. Hij herinnerde zich de wolven die hadden aangevallen, de manieren waarop zijn vlees was gescheurd, maar toen hij zich naar het geluid toe keerde en de vorm zag die in de duisternis dicht bij hem oprees, was dat geen wolf.

Hij herinnerde zich het silhouet van een paar ogenblikken eerder, het ding dat het portier van het busje had weggerukt en zijn been had gegrepen. Hoewel het ineengedoken zat, gebogen en krom alsof het niet goed wist wat voor beest het wilde zijn, was het door het gewei bijna tweeënhalve meter hoog. De ogen zouden geel of goudkleurig kunnen zijn geweest maar wanneer het ermee knipperde, leken ze zwart, niet als de nacht of als ebbenhout of olie, maar alsof iemand gaatjes in het weefsel van de wereld had geprikt en er in die ogen aanwijzingen zaten van hoe het er aan de andere kant uitzag.

Het beest greep hem bij zijn baard. Prentiss kreunde toen het hem van de sneeuw ophees. Hij probeerde op één been te balanceren toen het zijn kop boog om aan hem te ruiken, zijn gezicht vlak naast het langgerekte gezicht van het wezen. Het ademde snuivend uit. Prentiss rook de dierlijke stank van zijn uitademing, maar die adem had warm en vochtig moeten zijn. In plaats daarvan voelde hij alleen maar kou. Nog kouder zelfs dan de meedogenloze nachtelijke wind. Er vormde zich rijp op zijn gezicht… en toen liet het beest hem los. Prentiss' kapotte been gaf mee en hij plofte op de grond. Toen zijn gezicht de sneeuw raakte, barstte de bevroren huid.

Hij lag daar toen er nog een paar hoeven over hem heen stapte alsof hij er helemaal niet was. Te zwak om van angst of protest of pijn te schreeuwen, begon hij te huilen. Zijn vader was een vriendelijke man geweest, maar zijn moeder was opgegroeid in een gezin waarin ze had geleerd om emotie te verachten als een zwakte, vooral bij een jongen. Zelfs toen hij nog een peuter was had ze hem al belachelijk gemaakt als hij huilde.

Vannacht zou ze hem nooit hebben vergeven, maar toch huilde hij.

Zijn lichaam kon verder niets meer opbrengen.

Zodra Nari het portier van de auto had dichtgetrokken, realiseerde ze zich wat een fout ze had gemaakt. Teig had haar gered toen ze met autopech langs de weg had gestaan. Hij was degene die haar het verlaten stadje uit had weten te krijgen waar dit allemaal was begonnen. Ze betwijfelde of ze zonder hem de aanval op het café zou hebben overleefd. Dus toen hij tegen haar schreeuwde dat ze in het enige voertuig op die bevroren kloteweg moest stappen dat nog reed, was Nari ingestapt. Erger nog: ze had Una de auto in geduwd en was achter haar ingestapt. Dit meisje met de duivel in haar ogen.

Nu wilde ze eruit.

'Teig, stop!' riep ze. 'Alsjeblieft!'

Maar hij hoorde haar niet meer. Hij dacht alleen nog maar aan Prentiss. Nari hield zich vast aan de hoofdsteun van de zitting voor haar terwijl hij het stuur ronddraaide. De auto slipte een halve cirkel voor hij gas gaf. De auto sprong op de sneeuwbank af en alle lucht liep uit haar. Hoe had ze zo stom kunnen zijn?

Ze schreeuwde zijn naam weer. Alleen zijn naam, als een nieuw soort oerkreet, toen de nachtmerrie zich tot waarheid begon uit te kristalliseren. In het donker, vol angst, vechtend voor zijn leven, kon het menselijke verstand ongemerkt overgaan op puur instinct. De overlevingsmodus wiste alle rationele gedachten uit en maakte het bijna onmogelijk om aan iets anders te denken dan aan onderdak en veiligheid, aan ervoor zorgen dat je je volgende ademtocht kon halen.

De voorkant van de auto stootte omhoog toen ze de sneeuwbank raakten. De winterlucht raasde door de kapotte voorruit en Nari dook omlaag om zich te beschermen tegen de felle kou. De auto kwam met een klap neer aan de andere kant van de bank en drukte een paar centimeter harde opeengepakte sneeuw in. De winterbanden boorden zich erdoorheen, vonden houvast op de permafrost eronder, en de stuwkracht deed de rest. De auto zou niet ver komen, maar dat hoefde ook niet. Ze kneep haar ogen tot spleetjes tegen de ijzige wind en zag de donkere vormen dertig meter voor hen uit. Slungelige, gebogen, dreigende dingen die bij de rand van het bos stonden en toekeken hoe ze eraan kwamen. Eén ervan reikte omlaag en sleurde de lijvige gestalte van Prentiss overeind.

'Klootzakken!' brulde Teig. Hij gebruikte de claxon als een soort oorlogskreet.

'Klootzakken!'

Nari keek naar de deurhendel naast haar. Ze kon het portier opendoen en zichzelf naar buiten werpen. Misschien zou ze iets breken, maar misschien ook niet. Misschien kon ze het busje bereiken en Loedmilla erin sleuren, om tenminste beschutting te hebben. Als die dingen kregen wat ze wilden hebben van Teig en Prentiss, zouden ze haar misschien niet doden.

Misschien zouden ze haar zo lang met rust laten dat ze de band kon verwisselen. Misschien zou ze niet doodvriezen. Misschien, misschien, misschien.

Ze keek om naar waar ze vandaan waren gekomen.

De parni stond op de plek op de sneeuwbank waar de auto zojuist doorheen was geramd en keek hen na.

Naast haar schudde Una de klap tegen haar hoofd van zich af en begon weer te krijsen.

Het gekrijs van het meisje had allerlei gevoelens bij Nari moeten opwekken, het verlangen om een kind te beschermen. Maar ze keek net op tijd opzij om te zien hoe Una aan de deurhendel aan haar kant friemelde en op dezelfde manier probeerde te ontsnappen als Nari nog maar een paar seconden eerder had overwogen. De auto zwenkte, begon te slingeren en vaart te minderen, en Teig trapte het gaspedaal weer in. Hij vervloekte de banden en hoopte iets meer grip te krijgen, met de neus van de auto recht op de mannen met geweien gericht die voor de bomen stonden.

Nari greep Una bij haar haar vlak voordat het meisje haar portier openkreeg. Het portier zwaaide open. Nari trok haar met een ruk terug. Una gilde. Ze trappelde met haar benen voor zich uit en met haar laarzen schopte ze het portier wijd open, totdat de auto over een spoor in de weg stuiterde en het portier dicht zwaaide.

De gil zorgde ervoor dat Teigs focus voor het eerst werd verbroken. Hij aarzelde even en begon over zijn schouder te kijken.

'Rijden, verdomme!' schreeuwde Nari tegen hem.

Una graaide naar Nari's handen en probeerde zich los te rukken, maar Nari hield haar haar stevig met haar vuisten vast.

'Wat doe je?' snauwde Teig.

Una draaide zich om, bleef vechten om haar haar los te krijgen, en keek Nari aan met ogen die met geen mogelijkheid aan een meisje konden toebehoren. De haat, de intelligentie en de kwaadaardigheid in die ogen waren veel en veel ouder.

Plotseling wilde Nari de auto niet meer uit. Nog niet. Niet totdat dit voorbij was. Haar hele leven had ze er alleen maar naar gehunkerd om vrij te zijn, om zich los te maken van de last van de verplichting, maar als ze dit niet afmaakte, zou ze er nooit vrij van zijn.

Ze negeerde Una's gegil, draaide haar handen nog strakker in het haar van het meisje en keek op naar Teigs blik in de spiegel.

'Ze willen haar,' zei ze. 'Wij geven haar.'

De sneeuw werd dieper. De banden zonken erin weg. De auto wist het laatste beetje grip te vinden en schoot naar voren, met precies zoveel vaart dat de voorkant vast kwam te zitten in een kleine greppel, net voor de rand van het bos. Tenzij daar een heleboel werk met shovels werd verzet, zou de auto er tot het einde van het voorjaar blijven staan.

Teig duwde het portier open. De sneeuw voorkwam dat het helemaal openging, maar hij werkte zich naar buiten. Hij keek achterom naar binnen, naar Nari en Una. Zoals Nari haar vingers in het haar van het meisje had gewikkeld, alsof ze haar ontvoerden in plaats van redden, maakte hem misselijk. Hij dacht aan een bestelwagen en een puppy. Nee, dit beviel hem totaal niet.

'Hou haar vast,' zei hij, 'maar voor haar veiligheid, niet die van ons. Als dit is afgelopen, gaan we met zijn allen naar huis.'

Nari werd bleek. Haar bovenlip krulde omhoog. 'Je bent hartstikke gek.'

'Doe het nou maar.' Teig stak zijn hand achter zijn stoel en greep het geweer.

Hij had het vermeden om naar de wezens te kijken… de geweimannen. Of naar de bomen, of de schaduwen, en zelfs naar Prentiss. Nu hield hij zijn adem in, slikte moeizaam, en keek omhoog. Hij zag er vier, deze enorme rendieren die zich hadden ontvouwen, die waren opgestaan uit hun beest-zijn en iets anders waren geworden. Maar verder weg in het bos zag hij ogen, en hij wist dat er nog meer waren. Laag bij de grond, tussen de bomen en de rendieren, slopen er een aantal van die gestroomlijnde schaduwen door het struikgewas, omdat ze bang waren om naar voren te komen, of omdat ze in reserve werden gehouden voor als ze nodig zouden blijken.

Teig liet zijn blik van beest naar beest gaan, terwijl hij oppervlakkige, door ijs verschroeide ademteugen nam. De grond beefde onder zijn voeten. De sneeuw schoof en kraakte, bomen zwaaiden heen en weer. Hij keek omhoog naar links – naar het noorden – en zag dat de boomtoppen opzij werden geduwd, waarbij sommige afbraken. De lucht werd stil, de wind ging liggen en alles verstilde, afgezien van het ruisen van die bomen en het beven van de wereld.

Wat heb ik gedaan?

In een oogwenk volgden zijn hersenen zijn pad achterstevoren terug. Hoe was hij hier terechtgekomen? Op dit moment, waarvandaan er geen terugweg meer mogelijk was? Hij had alleen maar opnieuw willen beginnen, zijn leven en zijn reputatie opnieuw willen opbouwen, zijn oude vrienden willen laten inzien dat hij nooit kwaad in de zin had gehad, dat hij zou willen – nee, dat hij verdiende – dat ze hem vergaven. Hij had alleen maar willen bewijzen dat zijn dromen niet te hoog gegrepen waren, en diegenen belonen die nog steeds vertrouwen in hem hadden gehouden. Om het voor hen de moeite waard te maken.

Maar alleen Prentiss was bij hem gebleven.

En nu...

Een van de ontvouwen wezens hield Prentiss bij de achterkant van zijn jas vast en tilde hem moeiteloos op alsof hij een lappenpop was. Prentiss had bloed op zijn gezwollen gezicht en er zat sneeuw vastgekoekt in zijn baard. Zijn linkerbeen was gedraaid bij de knie zodat zijn voet de verkeerde kant op wees. Er hadden zich ijspegeltjes van bloed aan zijn broekspijp en aan zijn laars gevormd. Maar hij stuiptrekte, en hij knipperde met zijn ogen, al keek hij wazig. Hij leefde.

Hij leefde nog steeds.

Teig had hem hierheen gebracht, deze man die als een broer voor hem was geweest.

De grond beefde opnieuw. De geweiman tilde Prentiss iets hoger en schudde hem door elkaar, een krijger die zwaaide met een trofee zodat de vijand het kon zien. Prentiss' hoofd zakte achterover, zijn mond hing open, en hij schreeuwde met de wanhoop van hen die werkelijk verloren zijn.

Verderop in het bos begonnen de dravende schaduwen met hem mee te huilen, maar Teig wist dat dat puur spottend was. Hij voelde Prentiss' wanhoop, voelde de hopeloosheid van dit moment. Ze waren op een dood spoor beland in de kou en de duisternis. De winter deed zich aan hem tegoed nu hij niet meer bewoog, nu zijn adrenaline langzaam van woede en doodsangst veranderde in doodse ontzetting. Zijn oogleden plakten aan elkaar toen hij knipperde. Het vocht uit zijn adem veranderde in ijskristallen op zijn lip en kin. Ondanks zijn handschoenen werden zijn vingers gevoelloos. Alleen de pijn in de botjes in zijn handen bleef over, en hij wist dat die ook zou verdwijnen.

Hij hief het geweer en legde de loop op het portier, voor het geval het gebrek aan gevoel in zijn vingers tot gevolg zou hebben dat hij minder goed kon mikken.

'Geef me mijn vriend terug, klootzakken,' zei Teig.

Om zijn woorden kracht bij te zetten schoot hij een van de geweimannen door zijn linkeroog, zodat de achterkant van zijn schedel weggeblazen werd.

16

Loedmilla steunde op haar knieën, daar op de weg met haar hoofd gebogen en haar ogen dicht. Zo in elkaar gezakt, haar lichaam zo warm als hartje zomer ook al zwiepte de wind nog zo hard om haar heen, voelde ze haar pijn wegvloeien en kwam er een heerlijk gevoel van tevredenheid over haar. Ze luisterde naar het ronken van de motor van het onbruikbare busje, maar het vermengde zich met het gefluister van de lucht die langs de weg en over de sneeuwbanken hing, en met de stille gebeden die haar bereikten – gebeden die niet van haar eigen lippen kwamen, maar van de lippen van degenen die al heel lang dood waren. Ze zongen haar toe, baden voor haar, net zoals zij voor hen had gebeden.

De sneeuw knerpte, en dat verbrak de stille symfonie van de motor en de geesten. Ze keek op en zag een muskushert dichterbij komen. Op het moment dat ze oog in oog met elkaar kwamen te staan, verstijfde het muskushert alsof het op iets was betrapt wat taboe was. Loedmilla probeerde ernaar te glimlachen, niet zeker of haar gezicht gevolg gaf aan die neiging, maar het muskushert trok met zijn oren en het deed nog twee stappen naar haar toe. Het boog zijn kop en bekeek haar met de nieuwsgierigheid van een dier, de fascinatie die alleen uit onschuld kon voortkomen.

Toen verscheen er een beer achter het hert.

En er waren nog andere dieren. Loedmilla voelde een oprechte gelukzalige glimlach aan haar mond trekken terwijl de dieren over de sneeuwbanken heen klommen en haar begonnen te onderzoeken. Drie veelvraten lieten hun tanden blikkeren terwijl ze langs de weg naar het zuiden draafden. Er viel er eentje een ander aan, en ze dartelden samen enkele seconden totdat de derde hen een tik gaf en ze weer belangstelling voor Loedmilla kregen. Daarachter liepen lange schaduwen langs de weg. Eerst stonden ze nog op twee poten, maar al snel lieten ze zich op vier poten zakken en toen ze dichterbij kwamen bleken het opeens wolven te zijn, hoewel Loedmilla er geen vertrouwen in had dat ze dat al vanaf het begin van de nacht waren geweest.

Er kwam een enorme gestalte omhoog over een sneeuwbank heen en die sprong boven op het stationair draaiende busje dat de vreemdelingen hadden achtergelaten. Een Siberische tijger.

Mijn god, wat is hij prachtig. Ze ademde uit, hoewel elke ademhaling haar nu dierbaarder was dan de vorige. Er waren nog maar ongeveer vijfhonderd Siberische tijgers op de wereld over, en deze was haar komen opzoeken. De tijger gromde zachtjes en zweeg toen, of het gegrom in zijn borst vloeide samen met het gegrom onder de motorkap van het busje.

Er kwamen andere dieren aan, waaronder nog een aantal bruine beren, waarvan er één een stuk of vijf bruine grondeekhoorns bij zich had die in de vacht op zijn rug genesteld waren, en ze richtten hun kopjes op om naar Loedmilla en het busje te gluren.

Van ver weg over de besneeuwde grond kwam de knal van een geweer. Het schot galmde en het grootste deel van de dieren draaide zich om om naar het oosten te kijken, in de richting van het geluid. Twee wolven gingen op hun achterpoten staan om het beter te kunnen zien, en hun ruggen waren te recht om normale dieren te kunnen zijn, maar Loedmilla had al vanaf het begin geweten dat dit geen gewone beesten waren. Haar oma was sjamaan geweest en hoewel ze nooit in de aanwezigheid van zo veel bosgeesten was geweest, kon Loedmilla de wijsheid van ouderdom in hun ogen zien en kon ze de aloude smaak van hun adem proeven.

De sneeuw knerpte. Er klakten hoeven op de weg. Ze keek weer naar het noorden, waar twee van de grootste rendieren die ze ooit had gezien dichterbij kwamen, zij aan zij, met schouders en geweien tegen elkaar aan gestoten als knuffelende geliefden, en misschien waren ze dat ook.

Achter hen liep de parni.

De bosgeesten richtten hun aandacht weer op Loedmilla. Met elke stap die de parni zette, leken ze te verstrakken, hun ogen toe te knijpen, en ze wist dat ze van plan waren haar het bos in te sleuren en daar met haar af te rekenen. Eigenlijk had ze er geen bezwaar tegen.

Onderdeel zijn van het bos zou bepaald niet het minst wenselijke einde zijn.

Toen steeg er een gefluister van onder haar op. Een lied en een koor van gebeden waarvan ieder ander gewoon zou hebben gedacht dat het het fluiten van de wind was. De veelvraten leken het als eerste te horen. Ze gingen op hun achterpoten zitten en trokken met hun oren. Ze hielden hun kop schuin en leken toen bijna alle drie tegelijk te knikken, alsof er een besluit was genomen. En op het moment dat de grondeekhoorns op de rug van de bruine beer hetzelfde deden, en daarna ook die beer en zijn broers, draaiden de veelvraten zich om en klommen over de oostelijke sneeuwbank. De tijger gunde haar geen blik waardig voor hij wegsprong.

Alle dieren vertrokken, en ze volgden het spoor dat was achtergelaten door de vreemdelingen in de van haar gestolen auto. Uiteindelijk bleef alleen het muskushert over, het eerste dier dat haar had aangekeken, en toen verliet ook dat de weg en verdween in de duisternis.

Loedmilla haalde rustig adem.

Er klonk geschuifel van een laars op de weg.

Ze keek op in het gezicht van de parni. De laatste dieren waren vertrokken, inclusief het stel rendieren, en alleen dit wezen bleef achter, de sjamaan van de bosgeesten, geen man en geen dier, geen spook en geen demon, maar een geest. Ja, dat was hij.

De parni ademde uit. Ze voelde de warmte haar omhullen, ving de geur op van het bos in het voorjaar, wanneer de bladeren van de herfst nog aan het rotten waren, ook al kwamen er nieuwe bladeren en begonnen er bloemen te bloeien. Ze sloeg haar armen om zich heen, merkte dat ze haar vingers niet meer voelde. Haar oogleden plakten aan elkaar en ze moest een hand omhoogbrengen om ijskristallen ervan af te wrijven. Toen ze weer kon kijken, was de parni verdwenen. Ze zag hem niet, maar aan haar rechterkant hoorde ze laarzen op de sneeuw knerpen en ze wist dat hij achter de rest was aan gegaan... De vreemdelingen was gaan opjagen... Dat meisje met haar wrede zwarte ogen was gaan opeisen.

De motor van het busje gierde nog even en hield er toen mee op. Hij tikte een aantal keer toen de vrieslucht er vat op kreeg, en daarna werd hij stil. Hij siste zelfs niet meer.

Nu waren de enige geluiden om Loedmilla heen het ploffen van de sneeuw toen die harder bevroor en brak. Dat, en de rafelige adem die sissend in en uit haar longen kwam. Haar hart was stil geworden.

Ze liet zich opzij zakken, languit op de weg.

Heel even dacht ze dat ze de geesten van de doden van de snelweg kon zien die haar in de duisternis omgaven. 'O, mijn vrienden,' zei ze met schorre stem. Want het waren haar vrienden. De geesten van het noorden waren op haar gestuit, de woede van de natuur, die geen mens kon weerstaan, en ze hadden haar met rust gelaten.

Hun gebeden hadden daarvoor gezorgd – de liederen van degenen die in de niet gewijde grond onder de Bottenweg begraven lagen. Jarenlang had ze haar best gedaan om hen te zegenen, hen te bevrijden, hen te beschermen en te gidsen, en nu waren zij degenen geweest die haar hadden beschermd.

Loedmilla draaide haar hoofd om. De stof van haar balaclava en de huid naast haar ogen waren aan de weg vastgevroren, en toen ze zich omdraaide, trok ze allebei los. Maar ze kon door het ijs en door de hard geworden permafrost heen omlaagkijken, en ze kon hun botten onder zich zien. Botten, en schedels waarvan de lege holtes haar dankbare blik leken te beantwoorden.

'Dank jullie wel,' zei ze.

En Loedmilla verliet ons. Sloot zich bij hen aan. Nog een lichaam op de Bottenweg.

Teig schreeuwde niet naar de geweimannen dat ze Prentiss moesten loslaten. Hij had zojuist een van hen door het oog geschoten en had hem dood in de sneeuw zien neervallen, dus het leek hem dat ze de boodschap wel hadden begrepen. De knal van het geweer galmde tussen de bomen, maar verder was alles stil geworden. Nog drie van die ontvouwen rendieren stonden in de buurt van de bomen, en de glanzende ogen van soepele schaduwen kwamen dichterbij door de bossen achter hen. Een van de geweimannen hield Prentiss nog steeds omhoog.

'Felix,' zei Prentiss met krakende stem. 'Ga niet...'

De woorden klonken zo zacht dat ze overal elders nooit zijn oren zouden hebben bereikt, maar de wind leek ze te helpen, een windvlaag die langs Prentiss woei en zijn stem naar Teig bracht, samen met de vreemd menselijke stank van de ontvouwen rendieren.

Nari schreeuwde naar Teig. Ze herhaalde steeds zijn naam met de urgentie die alleen doodsangst toestond. Teig durfde zijn blik niet van Prentiss af te wenden, maar toen ging het achterportier van de auto van de oude vrouw met een knal open, en Nari sleepte het meisje van de achterbank.

Una begon te krijsen en naar Nari's gezicht te klauwen.

De geweimannen stampten met hun hoeven op de grond, rusteloos en alert. Degene die Prentiss vasthield, schudde hem als een rammelaar. Een waarschuwing.

'Hou daarmee op!' riep Teig naar Nari, zonder zich naar haar om te draaien. 'Wat doe je?'

'Doe het, Teig!' riep Nari. 'Regel de uitwisseling!'

Het gekrijs van Una werd luider. Ze bleef uithalen naar Nari, probeerde los te breken terwijl ze met verwilderde ogen speurde naar een manier om te ontsnappen.

Teig wierp een harde blik in de richting van Nari. 'Hou daarmee op! Ik kan niet... Ze is maar een klein meisje!'

'We hebben geen idee wat ze is!' schreeuwde Nari.

De woorden galmden, op de een of andere manier luider dan het geweerschot was geweest.

Teig draaide zich om en staarde naar Nari en Una. Zag de doodsangst in hun ogen. Zag dat deze twee lang niet zo bang waren voor de ontvouwen wezens die dichterbij begonnen te komen, of voor die wolfdingen die tussen de bomen vandaan slopen en om hen heen begonnen te cirkelen. Nee... Nari en Una waren veel banger voor elkaar. Teig staarde naar Una's ogen, naar de tijdloze intelligentie die daarin lag, de haat, en hij wist dat Nari gelijk moest hebben. Maar wat die ogen ook zeiden, Una was nog steeds maar een meisje, en Teig zou haar niet zomaar overhandigen aan de monsters die op haar uit waren. Ze reden niet in een bestelwagen en lokten haar niet met een puppy, maar evengoed waren het monsters.

Hij had het gevoel alsof hij gek werd. Hij wilde gillen.

'Teig!' zei Prentiss met krakende stem.

De geweiman die hem vasthield, brulde iets naar Teig in woorden die geen Engels waren, maar die niet vertaald hoefden te worden. Prentiss beefde. Er liep pis langs zijn been omlaag, eerst druppelend, en daarna bevroor het. Teig wilde om hem huilen. In plaats daarvan hief hij het geweer, stapte van achter het geopende portier vandaan en begon naar de geweimannen toe te lopen. Twee van de wolven gleden op hun buik en kropen dichter naar de auto en naar Teig toe, maar hij kneep zijn ogen tot spleetjes en focuste op het richten van zijn geweer. Zijn gehandschoende hand beefde niet. Als hij de trekker overhaalde, wist hij dat hij de hersenen van die geweiman uit de achterkant van zijn schedel zou schieten. Prentiss zou op de grond vallen. Zijn toegetakelde been, gebroken, naar achteren verbogen en bevroren met ijspegels van zijn bloed en zijn pis, zou onder hem verbrijzelen.

En wat dan?

Teig huilde toch nog. *Wat dan?*

De geweiman die Prentiss vasthield, schreeuwde. De anderen kwamen naar Teig toe. Teig ademde uit en richtte. Er kwam een grom van Prentiss en ze keken elkaar aan. Teig aarzelde, omdat hij de blik ontmoette van zijn enige overgebleven vriend, de enige die hem was blijven steunen.

'Ruthie,' zei Prentiss met krakende stem. 'Zeg tegen Ruthie dat...'

Toen greep de geweiman Prentiss bij zijn hoofd, draaide het met een ruk om en brak zijn nek.

Het monster liet het gebroken lichaam in de sneeuw vallen.

Teig kon niet de adem vinden om te gillen.

Hij legde aan met het geweer, mikte en schoot degene neer die Prentiss had vermoord. De kogel doorboorde de schouder, uit de richting geraakt door het bibberen van Teigs handen. *Jezus, nee. Prentiss… Man, het spijt me zo erg. Ik…*

De gewonde geweiman stapte over Prentiss' gebroken, bloederige overblijfselen heen en wees naar de in de sneeuw vastzittende auto. Wees naar Nari en Una, maar Teig wist onmiddellijk dat deze demonen, of wat ze in godsnaam ook waren, geen belangstelling hadden voor Nari.

De grond trilde weer en er braken meer bomen af. Boven het bos was de lucht stil geworden. Daar hing een dreigende gestalte, onzichtbaar maar toch waarneembaar door de manier waarop de wind eromheen afboog en door de toppen van de bomen die midden in de lucht leken te groeien, alsof het bos was opgestegen om te kijken naar de confrontatie die zich aan de rand ervan ontrolde.

De wolven kwamen steeds dichterbij. Een ervan sprong op de motorkap van de auto en Teig liet de loop van het geweer erheen zwenken om op zijn gele ogen te richten. De klauwen krasten niet op de motorkap. Het metaal deukte niet in onder zijn gewicht. Het ding dat nu naar hem staarde, hem uitdaagde om te schieten, was alleen een wolf qua vorm en naam, maar niet qua geest. Dat zag Teig nu, terwijl het verdriet zijn stem wurgde en de adem uit zijn longen verstikte. De geweimannen begonnen naar hem toe te lopen en sloten zich aan bij de wolven. Teig wilde alleen maar op zijn knieën zakken zoals de oude vrouw op de weg had gedaan, om zich over te geven aan wat het ook was dat nu zou volgen.

Toen liet het meisje weer een gil horen, de meest woedende en ellendige tot nu toe, en hij kwam weer overeind. Zijn longen stroomden weer vol adem en hij haalde de trekker over. De kogel raakte de wolf in de hals, draaide hem rond en slingerde hem zo van de motorkap af de sneeuw in. Door de vorige ontmoeting wist hij dat hij al snel weer een sluipende schaduw zou zijn en daarna weer een wolf, als hij tenminste weer een wolf wilde worden. Maar voor heel even had hij het beest laten lijden, en daar was hij blij om.

Una gilde. Teig draaide zich om en zag dat Nari het meisje aan haar haren bij het geopende achterportier van de auto wegsleurde en haar met kracht door de sneeuw heen trok. Hij zag de blik in Nari's ogen, de manier waarop ze haar vuist in het haar van het meisje gebruikte om Una's hoofd om te draaien, om het gezicht van het meisje aan de geweimannen te tonen zoals de slager zijn klanten een mooi stuk rundvlees laat zien. De vergelijking zorgde ervoor dat er een kleine geiser van braaksel in Teigs keel omhoogkwam. Hij keerde zich opzij, gooide eruit wat er nog in zijn maag aanwezig was, en richtte zich toen woedend tot Nari.

'Over mijn lijk!' brulde hij. 'Zet haar terug in de auto! Zet haar terug en...'

'En wát?' vroeg Nari boos, met woeste ogen, terwijl Una wild om zich heen sloeg en krabde, en aan haar probeerde te ontkomen. 'Hoeveel kogels heb je nog? Wat kun je doen? We hebben de keuze om haar over te dragen of dood te gaan, en ik wil niet dood. Niet voor dit ding! Dit is Una niet, Teig!'

Nari draaide het haar van het meisje weer om en duwde haar gezicht in de richting van Teig. Una gilde haar keel rauw, het spuug vloog in het rond, en ze kon niet meer praten.

'Ze zijn hier voor háár. Er zit iets in haar. Ze geven geen fuck om ons, maar wat er ook in dit meisje zit, ze zullen het ons niet verder mee naar het zuiden laten nemen. Ze zullen iedereen doden die probeert het tegen hen te beschermen.'

Het meisje verslapte plotseling in Nari's greep, alsof de woorden haar rustig hadden gemaakt, alsof ze weer catatonisch was geworden. Teig stapte op haar af – stapte op hen beiden af – en terwijl hij dat deed, bracht het meisje haar voeten achter zich omhoog en schopte naar Nari, probeerde zich vrij te duwen uit haar greep en een uitval naar Teigs geweer te doen.

Nari trok haar aan haar haar terug. Una spuugde en haalde naar haar uit. Ze draaide zich om en spuugde naar Teig, met de haat van de duivel in haar ogen.

Teig greep zijn geweer alsof dat de kracht van een talisman bevatte, en keek om zich heen naar de wolven en de drie geweimannen, die om de auto en zijn voormalige passagiers waren gaan staan. Ze waren dichtbij gekomen, maar waren blijven staan toen Nari Una als een offergave omhoog had gehouden.

Teig keek naar Prentiss, die dood in de sneeuw lag, in het donker. Hij dacht aan alle dingen die hij had moeten zeggen, over de halfslachtige verontschuldigingen waarmee hij was gekomen, in plaats van de volle verantwoordelijkheid op zich te nemen voor alle keren dat hij het had verkloot. Teig dacht eraan hoeveel hij Prentiss schuldig was, en hij vroeg zich af wat Prentiss zou doen, op dit moment, als Teig degene was geweest die dood in de sneeuw lag, bevlekt met zijn eigen bloed, en als Prentiss degene was geweest die nog leefde met een geweer in zijn handen.

Wat voor kwaadaardig ding zich ook achter Una's ogen verschool, het lichaam behoorde toe aan een kind, en hij moest haar maar gewoon overhandigen zonder te vechten? Hij hoefde zich niet af te vragen wat Olivia daarvan zou hebben gevonden. Dat wist hij al.

'Nari, vertaal dit.'

Ze staarde hem aan. Het meisje gilde weer en Nari gaf een ruk aan haar haar. Teig draaide zich naar haar om, met zijn rug naar de monsters uit het bos. 'Laat dat! Doe haar geen pijn!'

Nari keek naar Teig alsof ze hem voor het eerst zag. 'Ze zijn hier voor háár.'

'Vertaal gewoon wat ik zeg, alsjeblieft.' Teig haalde diep adem, draaide zich om en keek de geweimannen aan. De wolven hadden zich een beetje teruggetrokken en keken behoedzaam toe. Misschien wel met verwondering.

De dichtstbijzijnde van de geweimannen, degene die hij door de schouder had geschoten, hield zijn zware hoofd nieuwsgierig schuin. De kroon van zijn gewei was zo zwaar dat zijn schedel een beetje heen en weer zwaaide, bijna hypnotisch. Teig bestudeerde zijn gezicht en begon te praten.

'Ik wil niet dood,' zei hij.

Nari herhaalde de woorden in het Jakoets – althans, hij ging ervan uit dat het Jakoets was – en hij hoopte dat de wezens het zouden begrijpen.

'Ik kan jullie dit meisje niet laten meenemen,' vervolgde hij.

Nari staarde hem aan, met een mengeling van angst en woede op haar gezicht. Teig staarde terug zonder toe te geven, totdat ze het opgaf en doorging met vertalen.

'Ik kan jullie het meisje niet laten meenemen,' zei hij weer, 'en ik wil niet dood. Maar ik wil wel een andere manier vinden, als ik dat kan. Als mijn vriendin hier gelijk heeft, zijn jullie helemaal niet uit op het meisje, maar op iets wat in haar zit. Kunnen jullie...'

Teig dacht even na over wat hij nu zou zeggen. Hij wierp een blik over de boomtoppen, naar de plek waar de wind niet kwam, naar de manier waarop de lucht weifelde om iets enorms te onthullen wat keek en luisterde. Op de een of andere manier wist hij dat zijn woorden niet voor deze geweimannen waren bedoeld, maar voor de aanwezigheid die de bomen deed buigen en de grond deed schudden, die winter ademde en de wind omboog.

'Kunnen jullie het ding dat in haar zit wegnemen, zonder het meisje te doden?' vroeg hij.

Nari herhaalde de vraag.

In haar greep was Una stil geworden toen ze in de gaten kreeg wat Teig probeerde. Het ding dat onder de huid van het meisje zat, begon te jammeren als een hond die nu pas besefte dat al zijn geblaf hem niet zou helpen.

Een voor een bogen de geweimannen hun hoofd. De wolven, die met soepele passen lopende schaduwen, trokken zich terug tussen de bomen. Teig keek in verwarring om zich heen, totdat hij zag dat de drie veelvraten over de sneeuw naar hem toe glipten, gevolgd door een muskushert en drie hobbelende beren, en twee enorme rendieren die de truc om op hun achterpoten te gaan staan, zoals deze geweimannen, nog niet hadden geleerd.

De rendieren weken uiteen. Achter hen stond de figuur van wie Teig had geweten dat hij zou komen. Natuurlijk zou hij komen. De parni was hen kilometer na kilometer gevolgd, vasthoudend en geduldig. In het donker zag hij eruit alsof hij van de nacht zelf was gemaakt. Wat moest doorgaan voor kleding hing aan hem als mos. Zijn naakte huid leek op sommige plekken op verweerde boomschors en op andere op gedroogd leer, maar het grootste deel van zijn gezicht was bedekt met een vlies van zacht geweifluweel. Wanneer hij in- en uitademde, wapperde het fluweel over zijn mond als een spinnenweb in een bries. Sinds die keer dat ze hem voor het eerst hadden gezien, was hij aanzienlijk veranderd, was hij groter en beestachtiger geworden, alsof hij de wildernis steeds meer met zich meenam naarmate hij zuidelijker ging. Het gewei dat uit zijn schedel groeide, en de knobbeltjes op zijn voorhoofd en bij zijn slapen, leken niet op die van de ontvouwen rendieren – het gewei van de parni was vergeeld en gebarsten als antiek ivoor. Het was nieuw, maar het zag eruit alsof het al zo lang groeide dat het eerder op stukken koraal leek dan op het gewei op de kop van een mannetjeshert. En toch hield hij dat ingewikkeld vertakte gewei omhoog alsof het niets woog.

Teig kon nauwelijks ademhalen. De tijd om te rennen of te schreeuwen was verstreken. De tijd om te leven of te sterven was gekomen. Hij liet het geweer in de sneeuw bij zijn voeten vallen.

'Neem mij in plaats daarvan.'

Achter hem fluisterde Nari iets wat als een gebed klonk, en toen zijn naam. 'Wat doe je?'

Teig hield zijn ogen niet van de parni af. Die hield zijn hoofd schuin. Het fluwelen vlies over zijn gezicht golfde mee met zijn ademhaling. Een knobbeltje van nieuwe geweigroei stak door het fluweel aan de linkerkant van zijn schedel. Teig had de woorden die uit zijn mond waren gekomen niet verwacht, maar nu dat was gebeurd, voelden ze als de juiste woorden.

Hij had altijd al in geesten willen geloven, en gehunkerd naar bewijs voor het bestaan ervan. Al die tijd had hij steeds mensen ontmoet die beweerden dat ze door geesten werden geplaagd, en hij was altijd alleen maar geplaagd door de moord op Olivia. Als Teig dit overleefde, wist hij dat Prentiss' dood hem ook zou achtervolgen. Wat zijn zus en zijn vriend gemeen hadden – misschien wel alleen dat – was dat ze er allebei op hadden vertrouwd dat hij hen zou beschermen, dat hij er zou zijn wanneer ze hem nodig hadden. Misschien dat het niet zijn schuld was dat ze dood waren, maar ze knaagden aan hem, groeven zich in in zijn gedachten.

Prentiss.

Jezus christus, Jack, het spijt me vreselijk. Achtduizend dollar. Je leven was zoveel meer waard.

Hij zou niet meer naar Prentiss' lijk kijken. Dat beloofde Teig zichzelf.

'Nari,' zei hij, zonder zijn blik van de parni af te wenden – hij durfde het oogcontact niet te verbreken, bang dat alleen die verbintenis deze bosgeesten er misschien van weerhield om hen allemaal te doden. 'Vertaal mijn woorden. Ik wil dat je...'

'Teig, wat doe je?'

'Vertaal het nou verdomme gewoon maar,' zei hij, en hij beet elk woord af zonder zijn stem te verheffen.

Deze keer ging Nari er niet tegen in. De parni hield zijn hoofd schuin de andere kant op. De fluwelen sluier over zijn gezicht scheurde wat verder in en er glansde een zwart oog in de opening. De andere dieren bestudeerden hem met dezelfde nieuwsgierigheid, maar de geweimannen stampten met hun hoeven en snoven warme wasem de bevroren lucht in. Ze werden ongeduldig.

'Er zit iets in het meisje,' zei Teig, terwijl hij zijn gehandschoende handen met de palmen naar voren hield, alsof hij zich overgaf. Hij aarzelde, maar toen Nari de woorden in het Jakoets begon te vertalen, ging hij verder. 'Wat jullie ook met de mensen in Achoest hebben gedaan, het had te maken met jullie poging om het te vangen of tegen te houden – het ding in haar. Heb ik dat goed begrepen?'

Nari hield Una nog steeds vast met een vuistvol van haar haar, en met haar andere hand hield ze de bovenarm van het meisje in een greep. Una was doodstil geworden, keek en luisterde, en de kwaadaardigheid achter haar ogen was nu zo overduidelijk dat Teig de pest aan zichzelf kreeg dat hij dat eerder niet had gezien.

Toen Nari klaar was met vertalen, keken ze allebei naar het gezicht van de parni, het in- en uitademen waardoor het fluweel op zijn gezicht golfde. Er verstreken seconden en Teig begon het laatste sprankje hoop te verliezen, totdat de parni één keer langzaam knikte.

'Oké,' zei Teig. 'Oké, ik begrijp het. En ik begrijp dat je geen moer geeft om mijn leven of dat van Nari of van wie dan ook die staat tussen jou en... wat het ook is waar je jacht op maakt. Maar ik kan niet toestaan dat je haar krijgt.'

Toen Nari dat vertaalde, stampten en snoven de geweimannen, en de sneeuw knerpte toen ze langzaam naar voren begonnen te lopen. Achter het geweifluweel dat zijn gezicht bedekte, leek de parni bijna geamuseerd.

Teig hief zijn beide handen op. 'Luister, alsjeblieft. Wat er ook in haar zit – dat heeft er niet altijd gezeten, toch? Voor zover ik weet, was ze vóór gisteren gewoon een meisje. Er is iets in haar gekomen. Het heeft bezit van haar genomen of haar geïnfecteerd, zoiets. Misschien kun je het niet uit haar rukken. Misschien moet het een thuis hebben, of een lichaam als gastheer of wat dan ook, maar ik wil weten of je het kunt verplaatsen. Kun je het uit haar halen en het in mij stoppen?'

Terwijl Nari vertaalde, trilde haar stem, en hij vroeg zich af of die trilling door angst of verdriet kwam. Hoe het ook zij, ze bleef vertalen en de parni bleef Teig nauwlettend in de gaten houden, zijn ogen toegeknepen van achterdocht en twijfel, en misschien veroordeelde hij hem ook.

Er tikten seconden voorbij. De dieren hadden rusteloos geleken, maar een voor een keken ze nu naar de parni en werden ze stil. Zelfs de geweimannen leken zich gedeisd te houden, en ze leken minder dreigend. Eentje liet zich weer op vier poten zakken en in de ruimte tussen twee hartslagen in werd hij van een bosgod weer een gewoon rendier.

De parni haalde diep adem, zijn borst zwol op en hij leek wat langer te worden terwijl hij de drie passagiers en hun gestolen, onbruikbare auto bestudeerde. Teig voelde de warmte van zijn eigen hartslag. Hij had het gevoel in zijn handen en zijn neus verloren, hoewel beide bedekt waren. Als hij de komende minuten zou overleven, zou hij evengoed nog beschutting moeten zoeken, en warmte. Eén wonder tegelijk, dacht hij, terwijl hij naar de parni en zijn beestenboel staarde, verbijsterd over elk moment waarop hij nog steeds in leven bleek.

De kou sneed dieper. Teig klemde zijn kaken op elkaar. Er was een stoot adrenaline door hem heen gestroomd die had voorkomen dat hij de ergste kou voelde, maar nu deden zijn botten pijn, en zijn spieren begonnen samen te trekken.

'Teig,' fluisterde Nari, haar stem nauwelijks hoorbaar boven de wind uit. 'Weet je wel wat je doet?'

Vóór vannacht zou hij een of ander oneerbiedig antwoord hebben gegeven, maar de oude Teig was ontmanteld en afgedankt. De Teig van vannacht had geen gemakkelijke antwoorden. Hij wist alleen dat hij niet niets kon doen, dat hij niet zichzelf kon redden en daar anderen voor zou laten lijden. Zijn hele leven lang had hij geleefd volgens dezelfde filosofie, die ten grondslag lag aan het advies dat vliegtuigpersoneel gaf nadat het vliegtuig was opgestegen. In een noodgeval moest je eerst je eigen zuurstofmasker opzetten, want als je jezelf niet redde, zou je niet in leven kunnen blijven om iemand anders te redden. Jarenlang had Teig alles gedaan wat hij maar moest doen om het hoofd boven water te houden. Hij had het ene project na het andere laten zitten op zoek naar projecten waarmee hij succes zou hebben, die geld zouden opleveren en waarmee hij de vrienden kon inhuren die hem trouw waren geweest, vaak als terugbetaling voor de keren waarop hij hen in de steek had gelaten of teleurgesteld.

Hij had zichzelf wijsgemaakt dat zolang hij één vriend had die zijn ware bedoelingen zag, die in hem geloofde en wist dat hij een goede vent was, alles oké zou zijn. Prentiss was die vriend geweest, en nu was Prentiss dood.

Ondanks zijn belofte aan zichzelf liet Teig zijn blik afdwalen naar zijn lijk, dat verwrongen in de sneeuw lag. Zijn bloed zag er zwart uit in de duisternis. In plaats van de doodsangst die Teig misschien had verwacht op Prentiss' gezicht te zien, vertoonde zijn gezicht in de dood alleen verdriet.

'Fuck it,' fluisterde Teig in zichzelf.

Hij richtte zijn hoofd met een ruk op om naar de parni te staren, stak zijn rechterhand op en wees met een trillende, bevroren vinger. 'Fuck yóú. Blijf niet gewoon zo stom staan wachten tot we doodvriezen, klootzak.' Teig sloeg met beide gehandschoende handen tegen zijn eigen borst. 'Neem mij! Ik sta recht voor je neus!'

De geweimannen snoven en stampten. Een van de beren kwam wat dichterbij gehobbeld, huiverend van irritatie terwijl een paar fucking pooleekhoorns of wat het ook waren elkaar in kringetjes achternazaten over de dikke vacht op de rug van de beer.

De parni deed een stap naar Teig toe. Een ademteug blies nog wat meer van het fluwelen web uit zijn gezicht. Die vochtige zwarte ogen staarden hem aan, zonder te knipperen, te groot voor het gezicht van de parni. Een aanval van woede had Teig moed gegeven, maar nu hij oog in oog met de parni stond, liet de kracht van de moed hem in de steek.

'Alsjeblieft,' fluisterde Teig. 'Ik wil alleen maar iemand redden. Dit meisje... Ze heeft nergens om gevraagd. Is er misschien een manier...'

De parni greep Teig met beide handen bij zijn jas en bracht met een ruk zijn hoofd naar voren. Hun schedels beukten tegen elkaar. Knobbels van nog niet uitgegroeid gewei scheurden de huid op Teigs voorhoofd open, en hij viel in de sneeuw. Duisternis drong de randen van zijn blikveld binnen en zijn zicht werd wazig.

De parni schreeuwde in een keelklankentaal die geen Jakoets was, die in niets leek op wat Teig ooit had gehoord. De geweimannen stormden naar de stilstaande auto. Nari schreeuwde toen een van hen haar greep, haar haren om zijn vuist wikkelde en haar omdraaide net zoals zij bij Una had gedaan. Maar Nari's gegil was niets vergeleken bij het krijsen van het meisje. Op het moment dat een van de geweimannen haar beetgreep, rolden haar ogen omhoog tot alleen het wit te zien was, en ze gilde alsof ze levend werd gevild.

Teig probeerde op te staan. Op één knie zittend keek hij omhoog naar de boomtoppen, naar de plek waar de wind en de hemel werden verduisterd door de onzichtbare monoliet met de stukken bos die uit het onzichtbare vlees ervan groeiden. Was de parni in dienst van dit wezen of was het wezen in dienst van hem? Teig wist het niet zeker, maar hij keek zwijgend en met een smekende blik op naar dat lege stuk nachthemel.

'Alsjeblieft,' zei hij.

Het meisje bleef gillen, bleef zich verzetten.

Er stapte een geweiman op hem af, spuugde op Teig en schopte hem tegen zijn hoofd. De hoef maakte contact met de schedel, en alles werd zwart.

Teig had niemand gered – niet eens zichzelf.

17

Zijn eerste gedachte – hoe wazig die ook is – is dat zijn hoofd gebroken is. Er straalt pijn uit van de wang en de slaap aan de linkerkant van zijn schedel. Iets draagt hem en zwaait hem heen en weer. Hij wil zijn ogen opendoen, maar omdat die gezwollen of bevroren zijn gehoorzamen ze niet. Hij hoort het geknerp van sneeuw en een grom, iets hijst hem wat hoger, alsof zijn gewicht te zwaar begint te worden, maar het zijn alleen zijn gedachten die hem dit vertellen. Gedesoriënteerd, zijn bewustzijn niet veel meer dan een flakkerende kaars, voelt hij zichzelf bewegen en voelt hij de druk van de wind die zijn gezicht geselt, maar de kou begint haar tol te eisen.

De duisternis neemt hem weer in een veilige en troostende omhelzing. Ze verwelkomt hem warm, en op het zalige moment waarop hij overgaat van bewustzijn naar het zachte niets, is hij opgelucht. Hij verlangt naar de zwartheid zoals een slapeloze zich vasthoudt aan de strohalmen van beloofde slaap.

Slaap.

Het zachte niets.

Een bons die geen bons is.

Als Teig ontwaakt, bevindt hij zich midden in een toeval. Zijn kaken klemmen zich met zoveel kracht op elkaar dat hij de barst in zijn schedel verder voelt versplinteren. Hij wil schreeuwen maar heeft er de kracht niet voor. Zijn lichaam slaat wild om zich heen en verzet zich tegen de greep van het ding dat hem draagt, en hij valt. Hij raakt de sneeuw, en pijn priemt door zijn bovenlijf en nek, maar niet door zijn handen of voeten, niet door zijn armen – die voelt hij helemaal niet. Natuurlijk niet.

Vervuld van angst, in zijn wazige gedachten, presenteren de feiten zich aan hem, opgediept uit de research die hij voor deze reis heeft gedaan. In tijden van paniek of verdriet heeft hij altijd op feiten vertrouwd. Daarom zijn de series die hij voor de televisie heeft geproduceerd altijd van die rare stukjes werkelijkheid geweest. De kerntemperatuur in het lichaam van een volwassen mens kan dalen tot zevenentwintig graden, mogelijk zelfs vijfentwintig, en toch kan het lichaam zich dan nog blijven vasthouden aan een reddingslijntje. Handen die zijn blootgesteld aan weer zoals dit worden al gauw gevoelloos omdat het bloed zich in de kern terugtrekt, doordat het lichaam alles op alles zet om het leven te behouden ten koste van de lichaamsuiteinden. Zelfs met handschoenen en laarzen aan heeft zijn lichaam hierbuiten, met een gevoelstemperatuur die de zeventig graden onder nul nadert, al besloten zijn handen en voeten op te offeren als dat nodig blijkt.

En dat zal het zijn.

Teig slaat wild om zich heen op de sneeuw. Met de achterkant van zijn schedel botst hij ergens tegenaan en hij hoort bot breken. Hij weigert aan iets anders te denken dan aan de pijn en de kou. Deze maximale rilling, deze attaque, dit is goed. Het betekent dat zijn kerntemperatuur is gedaald tot vierendertig-en-een-halve graad, misschien iets lager, maar dat is nog lang geen vijfentwintig.

Zijn lichaam trilt nog steeds, maar het begint te vertragen tot een beven.

Handen hijsen hem omhoog uit de sneeuw. Hij wil zijn ogen opendoen. Er zijn hier anderen. De vrouw. Het meisje. Prentiss.

Nee. Prentiss is dood.

Vers verdriet stroomt door hem heen, maar die pijn is tenminste warm.

Het ding stopt hem onder zijn arm alsof hij een tas met boodschappen is en hij begint heen en weer te schommelen. Het zachte niets van de zwartheid omhult hem weer. De oceaan neemt hem op. Eb en vloed. Hij deint mee op de golven. De pijn in zijn gezicht, zijn schedel, heeft zich teruggetrokken in zijn hersenen, diep vanbinnen, en is vervaagd tot een doffe, zeurende pijn. Maar zelfs terwijl hij in het niets drijft, voelt hij nog steeds de streep waar zijn schedel is gebroken. Als een naad in het bot, en de kou heeft vingers die aan de randen van de naad peuteren, en probeert haar nagels erin te krijgen om die open te wrikken, om haar bevroren vingers om zijn hersenen te leggen. En misschien is dat niet eens zo erg. Als die vingers in de scheur in zijn schedel kunnen peuteren, glipt de kou in zijn hersenen en gaat de pijn weg. Net als bij zijn handen en voeten. Net als in zijn armen en de neus waarvan hij zeker weet dat hij die vroeger had. Hij voelt zijn neus niet meer, of zijn gezicht, beter gezegd.

Het is oké.

Met hem is het oké.

En dan is het weer heel erg niet oké met hem.

Wanneer hij voor de tweede keer valt, raakt Teig een wegdek. Zijn arm zit zijn hoofd in de weg, en dat is maar goed ook. Zijn schedel stuitert tegen de dikke voering van zijn mouw en het vlees van zijn rechterarm, die niets voelt. Hij wrijft met zijn gehandschoende linkerhand over zijn ogen en die voelt aan als een knuppel, maar het zorgt ervoor dat er vloeistof omhoogkomt, en het schraapt ijs weg, en hij slaagt erin zijn ogen weer open te doen.

Zijn adem ontsnapt. Hij hunkert ernaar om die warmte weer terug te krijgen, dat kleine beetje warmte dat hij nog heeft. Er vormen zich ijskristallen in de mist van zijn verloren uitademing.

Er klepperen hoeven op de weg. Teig ziet dat de geweiman boven op hem zit. Degene die hem droeg, denkt hij. Zijn ogen knipperen langzaam, en het zachte zwarte niets staat op het punt hem weer te omarmen, maar de geweiman ziet het komen, steekt zijn hand uit en slaat hem tegen de zijkant van zijn gebroken schedel, en Teig slaagt erin te schreeuwen.

Het is het geluid van zijn eigen pijn dat helderheid brengt.

De geweiman grijpt hem bij zijn jas en tilt hem overeind alsof hij niets weegt. Teigs benen glijden onder hem vandaan, maar het ontvouwen beest hijst hem weer omhoog, zet hem weer neer en schudt hem door elkaar tot hij zichzelf dwingt om te blijven staan op voeten die hij niet kan voelen. Teig let goed op dat hij niet omvalt en hij kijkt omlaag naar zijn laarzen om een of andere verbinding met zijn hersenen te maken, om zichzelf te bewijzen dat zijn voeten er nog zijn.

Hij hoort zacht gesnik.

Er huilt iemand.

Teig begint bijna te lachen. Zijn hersenen zijn net zo gevoelloos als zijn handen en voeten maar hij weet dat het nu te laat is voor tranen. Huilen heeft totaal geen zin.

Diep in zijn kern, waar zijn bewustzijn en het bloed uit zijn lichaamsuiteinden zich allebei hebben teruggetrokken, weet hij dat huilen misschien wel het enige is wat ze nu nog hebben. Is verdriet niet de normale reactie op uitzichtloosheid? Het lijkt hem dat dat misschien wel zo is.

Maar dan ziet hij de parni.

Die de bewusteloze Una in zijn armen draagt.

En Teig denkt dat er misschien toch nog hoop is.

Hij kijkt om zich heen, en tot zijn verbazing herkent hij zijn omgeving. Ze zijn terug in Achoest, waar Una woont. Zelfs de huizen zijn vertrouwd. Niet ver van hem vandaan kan hij het huis zien waar de gids, Kaskil, hem en Prentiss wel een heel uur had ondergebracht voordat de hele wereld op zijn kop werd gezet. In de andere richting kan hij de garage zien, en de plek op de weg waar Kaskil is gestorven, en waar Prentiss' bloed voor het eerst werd vergoten.

Er lopen dieren door het stadje. Verderop in de straat slenteren twee bruine beren naar het noorden, tussen de gebouwen door, op weg naar het bos aan de rand van dit flintertje beschaving. Dravende schaduwen schieten voor de beren uit het bos in. Rendieren en herten en andere vierpotige beesten zetten de optocht voort, en Teig begrijpt dat dit een migratie is. Al deze dieren, of de wildernisgeesten die erin huizen, delen een bestemming, en hij vraagt zich af wat die zou zijn.

Twee geweimannen naderen hem van achteren.

Teig draait zich om en ziet waar het gesnik dat hij hoorde vandaan kwam: Nari, uiteraard. Zo heet ze. De vrouw met het zwartekersenkleurige haar. Hij herinnert zich nu hoe hij rechtop was gaan zitten en haar had opgemerkt in het café, hoe opvallend aantrekkelijk ze was. Nu is ze zijn metgezel, met hem verbonden op een manier die hij nooit zou hebben gewenst. Ze hebben samen voor hun leven gerend, onvoorstelbare verschrikkingen gedeeld…

Nu zullen we samen sterven.

Teig knijpt zijn ogen tot spleetjes. Zijn gezichtsvermogen wordt wazig maar hij ziet dat ze nog steeds huilt. Dat is heel begrijpelijk. Wat hij niet zo goed begrijpt, is de manier waarop ze loopt. Nari loopt tussen twee geweimannen in, die ieder een hand van haar vasthouden, als beschermende ouders die hun peuter mee uit wandelen nemen. Met hangend hoofd sjokt ze tussen ze in, zonder enig spoor van verzet. De linkermouw van haar parka is gescheurd en in de gelige gloed van het beetje sterrenlicht dat door de laaghangende nachtelijke wolken komt, denkt Teig een spetter bloed en de glinstering van blootliggend bot te zien, alsof ze gewond is. Of gebeten, en dat de beet diep was.

'Nari?' vraagt hij schor.

Ze kijkt op. Iets in haar ogen zorgt ervoor dat zelfs zijn kern koud wordt. Ze zijn groot, zwart en glanzend.

Dan snauwt de parni iets in een taal die geen Jakoets is. De geweiman die Teig heeft gedragen, geeft hem een duw. Teig zwaait wild met zijn armen en valt bijna op zijn gezicht, maar de ijzige stompjes in zijn laarzen slagen erin zich staande te houden, en dan loopt hij.

Ze lopen allemaal, in dezelfde richting als de dieren. Ten noorden van Achoest, het bos in, voorbij de buitenste regionen van de mensenwereld, de witte stilte in. Het wilde land, waar menselijke stemmen geen geluid maken. De parni draagt Una. De geweimannen houden Nari's handen vast. De andere volgt achter Teig als een gevangenbewaarder.

Ze laten het verlaten stadje achter zich.

Nari had niet het gevoel alsof ze doodging. Haar handen en haar gezicht waren koud, haar voeten deden pijn, maar ze hadden uren gelopen voordat ze Achoest bereikten en ze zou intussen zwaar onderkoeld moeten zijn. De dood zou haar al in het oor moeten fluisteren. De wond op haar arm deed pijn en ze voelde het bloed bevriezen, en dan weer barsten en opnieuw vrijelijk stromen wanneer ze de arm bewoog.

Haar lichaam was niet gevoelloos geworden, maar haar hart... dat was een ander verhaal. En haar gedachten ook.

Ze had de afgelopen uren heel veel van de parni geleerd, terwijl ze hand in hand liep met deze onmogelijke beesten. Van tijd tot tijd werd Teig grommend wakker en verloor dan weer het bewustzijn, meestal uit zijn bewusteloosheid gesleurd door het geluid van Una's geschreeuw.

Niet Una, moest ze zichzelf steeds weer in herinnering brengen.

Het ding dat in het meisje zat, had gegild en zich tegen de parni verzet, en was vervolgens steeds weer teruggekeerd naar die catatonische toestand waarin het of plannen zat te maken, of rustte. Om kracht te verzamelen voor nog een poging.

De mars veranderde de nacht en de minuten in een waas, zodat Nari zichzelf wijsmaakte dat het een glimp van de hel was, een nachtmerrie, een wegglijden van het masker van de werkelijkheid waarvandaan ze weer terug zou kunnen keren, als de held in een of ander sprookje. Maar toen waren ze Achoest binnen gelopen, dat nog steeds verlaten was, waar nog steeds het geschreeuw van uren geleden weerkaatste, en het gebrul van de motor van het busje toen ze waren ontsnapt en Kaskils bloederige lijk hadden achtergelaten.

Ze had opgekeken en de vorm gezien van die reusachtige, doorzichtige aanwezigheid die hen dat hele eind had geleid. Het ging het stadje niet in, maar liep om de rand ervan heen. Bomen zwaaiden opzij en uit de weg alsof ze het uit eigen beweging deden, of alsof de wind naar binnen was gekomen en ze uit elkaar had geduwd. Er was nu geen leven meer in Achoest, maar ze wist dat ze in de huizen ovens, keukenkastjes en koelkasten zou vinden, slaapkamers en televisies en andere herinneringen aan het hectische, grillige ding dat beschaving heette.

Nari wist ook dat dit hun laatste glimp ervan was.

Tegen de tijd dat ze de eerste bevroren doden tegenkwamen, waren haar tranen opgedroogd. Ze waren maar een paar honderd meter het bos in gelopen. Op de grond onder hun voeten lag een dik pak sneeuw, en haar laarzen knerpten alleen door de bovenste vijf of zeven centimeter. Maar er waren ook andere voetafdrukken, zowel van mensen als van dieren. Veel van de hoefafdrukken waren onnatuurlijk groot. Veel van de menselijke afdrukken waren van blote voeten. Bij de eerste keer dat ze dat zag, bij de gedachte aan het feit dat mannen, vrouwen en kinderen in Achoest blootsvoets de noordelijke bossen in waren gelopen, raakte ze vervuld van een vermoeide ontzetting.

De bomen waren berijpt met sneeuw en ijs. De sparren leken bijna van zilver. Dennen en lariksen schenen wat kleur te bieden, door de naalden die door de rijp heen staken. Nari liep nog steeds met een van de rendieren aan elke kant. Allebei hielden ze een van haar handen vast, waarbij ze net als schoolkinderen een keten vormden wanneer ze zich tussen de bomen door een weg moesten banen. Voor haar uit dreef een van de andere beesten de strompelende Teig voort, en daar weer voor droeg de parni Una dicht tegen zijn borst gedrukt, alsof ze een bom was waar ze allemaal kapot aan zouden gaan als hij één stap verkeerd zette. Overal om hen heen bewogen de dieren stilletjes door het bos. Grondeekhoorns hadden de boomtakken opgezocht terwijl andere over de grond voort scharrelden. Nari dacht dat ze inmiddels minstens zes veelvraten had geteld, maar het waren steelse beestjes die stilletjes en snel heen en weer schoten. Ze had al eerder veelvraten gehoord, en ze kende het lage, hese grommen als iets wat tussen een beer en een hyena in zat, maar deze waren zo stil als boetelingen die knielden in de kerk. Verder weg braken beren en rendieren takken af en vermorzelden ijs tijdens het lopen, maar ook hun stemmen zwegen.

Eerbiedig.

Alleen Nari gilde toen ze bij de dode man kwamen. Zijn lijk leunde tegen een *kigiljach*, een van de stenen pilaren die zich meer dan honderd miljoen jaar geleden in de bergen van Jakoetië hadden gevormd. De kigiljach hoorde hier niet thuis, in dit bos, net zomin als de bevroren man er thuishoorde.

De bevroren man.

Hij had een badjas aan en verder niets. De parni had de mensen van Achoest de dag ervoor bijeengeroepen, in de hoop te voorkomen dat het ding in Una kon ontsnappen naar de wereld daarbuiten. Het bos had het ding vele duizenden jaren gevangengehouden en was van plan het nog duizenden jaren langer gevangen te houden.

De mensen van Achoest hadden hun huizen verlaten. Ze hadden hun koffie laten staan en hun houtkachels achtergelaten, hadden hun deuren open laten staan toen ze gehoor gaven aan de oproep van de parni. Maar ze hadden het meisje, Una, niet meegenomen, of ze was ontsnapt aan de greep van de anderen in Achoest. De parni en de rest van de woudgeesten gaven niet om individuele levens, dus toen de mensen van Achoest bemerkten dat ze zich diep in de bossen bevonden, bemerkten ze ook dat ze in de war en achtergelaten waren, en dat ze snel doodvroren.

Nari wist dit. Ze voelde het instinctief aan alsof ze het zich zelf herinnerde, en ze werd misselijk van het instinct.

Ze rukte haar handen los van haar begeleiders, ging op haar knieen zitten en gaf over in de sneeuw. Het braaksel wasemde en deed het ijs smelten, en begon vervolgens vrijwel onmiddellijk te bevriezen. Toen Nari zich omdraaide om op te staan, zag ze de twee geweimannen bij de bevroren man en de granieten pilaar staan. Het gezicht van de man was bevroren met het verdriet over zijn wegebbende leven. Zijn huid was blauw met wit geworden, of de rijp die hem bedekte had die tinten toegevoegd. De twee geweimannen hielden hun hoofd nieuwsgierig schuin, alsof ze deze man herkenden.

De parni blafte tegen hen in zijn oude taal en ze sloten zich met tegenzin aan bij de vreemde stoet voor hen. Ze wilden Nari's handen pakken, maar zij negeerde hen en versnelde haar pas. Met haar hoofd omlaag en een pijnlijke schedel, en terwijl de ijzige lucht haar omhelsde alsof hij haar welkom heette, volgde ze de parni uit vrije wil, ook al liepen ze nu door wat een woud van bevroren doden leek. Kinderen klampten zich vast aan hun moeders. Vaders bedekten hun gezicht van pijn of schaamte omdat ze niets hadden kunnen doen om hun gezin te redden. Sommigen hadden lege blikken, alsof de betovering die hen had gehypnotiseerd hun hersenen had weggevaagd, en Nari wist dat dat degenen waren die geluk hadden gehad. Degenen die waren ontwaakt uit die betovering, die hadden geweten dat ze gingen sterven, die hadden gevoeld hoe de kou tot in hun botten doordrong en hun hart deed stoppen – dat waren de doden van wie de gezichten haar zouden blijven achtervolgen. Lichtblauw met wit, bedekt met rijp, prachtig en grotesk als rouwende engelen op een begraafplaats.

En er waren er zoveel. Minstens tientallen.

Ze sjokten een tijdje voort. Al snel was Nari alle besef van tijd kwijt. De uit ijs gevormde lijken werden steeds minder talrijk en ze zag er alleen af en toe nog een, maar deze leken op een of andere manier ouder. Zelfs hun kleren leken uit een eerder tijdperk te stammen. Een stemmetje in haar achterhoofd vertelde haar dat dat onmogelijk was. In de zomer zouden ze ontdooien en instorten. Het was uitgesloten dat ze op deze manier bevroren zouden blijven, dat ze staand, geknield of over een steenpilaar gebogen zouden blijven alsof ze rouwden om een vrouw of een kind of een vader die aan de noordelijke bossen ten prooi was gevallen. En toch bedrogen haar ogen haar niet.

Voor haar uit viel Teig neer alsof iemand hem had uitgezet. Nari riep zijn naam en rende naar hem toe, pakte zijn schouder en draaide hem om. Geen van de geweimannen probeerde haar tegen te houden. De parni – aan het hoofd van hun meute – vertraagde zijn pas niet en draaide zich zelfs niet om.

'Teig, word wakker. Alsjeblieft... ik ben het,' zei ze. Haar stem klonk anders, zelfs in haar eigen oren. Zelfs zoals hij galmde in haar pijnlijke hoofd. Hij klonk ruw en schraperig.

Ze schudde hem opnieuw en deze keer kreunde Teig en ging zijn hoofd een beetje op en neer toen hij zijn ogen opendeed en haar aanstaarde.

'Nari? Heb je het niet... je ziet er niet eens uit alsof je het koud hebt. Je ziet er niet moe uit.'

Haar rug verstijfde. Hoe kon ze het hem uitleggen? Hoe moest ze hem vertellen dat ze geen kou meer voelde, dat ze zich niet uitgeput maar sterk voelde, dat de bijtwond op haar arm die spieren had weggerukt en bot had blootgelegd nu begon te helen? Zag hij het dan niet aan haar ogen? Begreep hij het niet?

'Sta op, Teig,' zei ze. Er kroop iets van de boosheid en wrok in haar stem. Ze wist dat hij het kon horen, het aan haar gezicht kon zien. 'Jij wilde dit. Dan moet je ook wakker zijn.'

Teig fronste zijn voorhoofd, zichtbaar geprikkeld en in de war. 'Ik weet niet... waarom ben je...'

'Je had haar moeten overhandigen.'

De pijn in zijn ogen had misschien wat medelijden bij haar kunnen opwekken, maar ze had geen medelijden meer over. Ze had het allemaal voor zichzelf bewaard.

'Wat maakt het nu verder nog uit?' vroeg Teig. 'Ze gaan ons toch allemaal vermoorden.'

'Nee... dat gaan ze niet,' antwoordde Nari. Ze greep Teig bij zijn schouders, tilde hem van de bevroren grond alsof hij een kind was, en zette hem overeind. 'Je zult krijgen waar je om hebt gevraagd. Ze gaan het meisje sparen, dankzij jou. Maar ik denk dat je zult wensen dat je was gevlucht, dat je haar had achtergelaten.'

Nari was misselijk. Ze wendde zich van hem af en begon te lopen. Haar laarzen knerpten in de sneeuw. Laarzen die haar niet meer pasten, niet zoals ze hoorden te passen.

'Ik wens het in elk geval wel,' zei ze. 'Maar de tijd voor wensen is voorbij.'

Teig riep haar naam. Vroeg haar wat ze bedoelde. Nari negeerde hem tot hij bij de vraag kwam die ze niet kon negeren.

'Hoe weet je dat allemaal?' vroeg Teig. Zijn stem was schor en klaaglijk.

Nari lachte hoestend. Haar stem begon het te begeven. Wat kon ze zeggen? Wat zou het uitmaken?

Achter haar grepen de geweimannen Teig vast. Hij had het veel langer volgehouden om zelf te lopen dan ze allemaal hadden verwacht, maar nu had hij hun hulp nodig. Dat gaf niet. Haar instinct vertelde Nari dat ze niet ver meer hoefden. De heuvel lag voor hen uit, niet veel verder meer.

Ze keek op door een opening tussen de bomen en zag de prachtige schittering in de lucht, de omtrek van Boegady Moesoen. Nari's opa was een Evenk geweest, geen Jakoet, en hij had het vaak over haar gehad. Ze zag hem nog steeds zo voor zich, een verschrompelde, leerachtige oude man gehuld in bont, die zijn pijp rookte en herinneringen aan zijn jeugd ophaalde terwijl die druipende, ijsblauwe ogen naar een plek ergens binnen in hem staarden, alsof hij het verleden voor zich uit opnieuw afgespeeld kon zien worden. Hij was negen of tien geweest, zei hij, op jacht met zijn opa in de noordelijke bossen, kilometers van de dichtstbijzijnde nederzetting. Ze hadden rendieren gezien die op twee poten liepen, maar wat belangrijker was: ze waren op een open plek gekomen waar een aantal ervan zich hadden verzameld, sommige op vier hoeven en andere op twee, allemaal met hun nek omhoog gekromd. Heel even had de lucht getrild en had opa een rendiervrouw gezien, met een gewei dat langs de hemel schraapte, en een vacht in dezelfde tint als het verweerde gezicht van zijn eigen opa.

De hertenvrouw had op hen neergekeken. Nari's opa zou later zeggen dat er bomen groeiden tussen het gewei op haar hoofd, dat er een vogelnest uit de takken was gevallen toen Boegady Moesoen haar hoofd boog om naar hen te kijken. Zelfs toen ze nog een meisje was, jong genoeg om dit verhaal te geloven, was ze ervan overtuigd geweest dat hij dat gedeelte over het vogelnest had verzonnen.

Toen was Boegady Moesoen onzichtbaar geworden, tenminste in de ogen van de twee jagers, jong en oud.

Niet verdwenen, had haar opa benadrukt. Alleen onzichtbaar geworden.

De godin was de beschermheilige van dieren, de beschermer van alle wilde beesten uit de noordelijke bossen. Ter ere van haar hadden Nari's opa en *zíjn* opa hun geweren weggelegd en die dag niets gedood, zelfs geen vogel. Ze hadden die avond honger geleden, maar Boegady Moesoen had hen geëerd door toe te staan dat ze haar zagen, en zij zouden haar op hun beurt niet oneerbiedig behandelen.

De volgende dag was de jacht overvloediger dan Nari's opa zich ooit kon herinneren, en zowel hij als zijn eigen opa geloofden dat

Boegady Moesoen hen daarmee had gezegend. Ze begreep wat eer, honger en plicht waren.

Nari keek door de bomen omhoog naar de trillende lucht, zag een paar bomen die ver boven de grond leken te zweven, en wist dat de godin bij haar was. Het zorgde er niet voor dat de pijn in haar schedel ophield, waar de stompjes van een gewei zich waren gaan vormen, of de scherpe, stekende pijn toen de oogtak door haar huid barstte. Het weerhield haar hart er niet van te bonzen van angst, nu het fluweel zich begon te vormen. Er welden verse tranen op, maar ze keek weer naar de lucht. Het bladerdak was dichter geworden, dus ze kon niet ver boven hen zien, maar de grond beefde licht en ze kon horen hoe de bomen opzij werden gedrukt toen de godin voorbijkwam, en ze was tenminste niet alleen.

Teig had dat geluk niet. Arme drommel.

Nee. Teig was vreselijk, volkomen alleen.

18

Bij elk bevroren lijk waar ze langs liepen, vroeg Teig zich af hoe het mogelijk was dat hij nog leefde. Hij had alle gevoel in zijn ledematen verloren en zijn armen hingen levenloos langs zijn lichaam, maar zijn voeten bleven voortschuifelen. Zijn balaclava bedekte een groot deel van zijn gezicht, maar hij wist dat het niet uitmaakte. De vorst was dodelijk voor alle naakte huid, en de stof van de balaclava kon hem niet al die tijd hebben beschermd. Misschien kwam het door de aanwezigheid van de parni. Misschien had die iets gedaan waardoor hij in leven en in beweging bleef. Of misschien was het gewoon de aanblik van de dode mensen van Achoest, die ineens waren bevroren in de noordelijke bossen, de lijken als ijssculpturen. Als hij zijn benen niet meer naar voren liet bewegen, wist hij wat zijn lot zou zijn.

Zolang hij bleef lopen, was hij nog in leven.

Hij zou willen dat het anders had kunnen zijn, maar zoals Nari al had gezegd was de tijd voor wensen voorbij. Het was nog maar een paar minuten geleden sinds ze die woorden had uitgesproken en nu keek Teig omhoog en zag hij nog meer granieten zuilen. Maar deze waren anders. De kigiljachen waren natuurlijke rotsformaties, maar hier waren ze in een kring gegroeid, negen ervan op gelijke afstand van elkaar aan de rand van een natuurlijke open plek. Hij schrok ervan toen hij het zag. Dit was geen Stonehenge, waar de stenen door eeuwenoude mensenhanden waren neergezet. Deze open plek was uit zichzelf ontstaan. Op deze ene, kleine plek had de chaotische wildernis een stukje ordelijkheid gecreëerd.

In het midden ervan was een ruig heuveltje, een bult die oprees te midden van die granieten pilaren. De wind had het grootste deel van de sneeuw van het heuveltje weggeschuurd, waardoor de harde permafrost en de kale uitstekende rots zichtbaar waren.

Onder aan het heuveltje stonden allerlei dieren, niet de beesten die hen hadden begeleid, maar weer andere, en ze leken op hun komst te hebben gewacht. Er waren wolven en langstaartgorals, iets wat misschien een amoerpanter was, en een stuk of vijf scharrelende wezens die eruitzagen als een kruising tussen een vos en een heel verwarde wasbeer.

Wasbeerhonden, dacht Teig. Hij had er nog nooit een gezien, maar ze belaagden elkaar met een speelse uitbundigheid.

Hij dacht dat hij misschien wel had geglimlacht, maar zijn gezicht was te zeer verdoofd om het te voelen. Hij viel op zijn knieën en hield zichzelf tegen met zijn handen om niet languit op de open plek terecht te komen. Het ontging hem niet dat hij nu op handen en voeten zat, net als de rest van de beesten hier.

Ook stonden er rendieren om de open plek heen. Ze wachtten af, net als de andere dieren. Hij keek of die rendieren enig teken vertoonden dat ze uit hun gebogen houding kwamen en op hun achterpoten kwamen staan zoals de geweimannen die nu achter Teig de open plek op kwamen, maar deze leken alleen gewone beesten op vier poten te zijn, afgezien van de manier waarop ze naar hem keken, de achterdocht in hun ogen. Het wantrouwen, alsof ze niet geloofden dat hij zich aan zijn woord zou houden.

Teig zag de ijzige mist van zijn eigen adem. Die leek steeds ijler te worden, alsof zelfs de zuurstof in zijn longen was begonnen te bevriezen.

De parni gromde. Hij stampte met zijn laarzen alsof het hoeven waren, en hij droeg de roerloze Una door de kring van stenen de open plek op en begon het drie meter hoge heuveltje te beklimmen. Terwijl hij dat deed, gingen de dieren uiteen. Ze draafden of scharrelden weg van die kleine heuvel, de open plek af, tot buiten de rand van de stenencirkel. Er stak een frisse bries op. Die moest dodelijk koud zijn geweest, maar hij voelde alleen de druk ervan, de manier waarop hij probeerde hem omver te blazen. Als hij op twee voeten had gestaan in plaats van op handen en voeten, was hij misschien omgevallen. Die bries droeg een geluid met zich mee als het gejank van wolven, maar op de een of andere manier zacht als gefluister, en toen Teig opkeek, zag hij dat de met soepele stappen dravende schaduwen die hen al die tijd al hadden bijgehouden, zich eindelijk bij de rest van de beestenboel van de parni hadden aangesloten. Een voor een veranderden de schaduwen in wolven, en afgezien van de glinstering van trots en intelligentie in hun ogen zou Teig het verschil tussen deze en de gewone beesten niet hebben opgemerkt.

De parni stond boven op het heuveltje. Hij hield Una met één arm tegen zich aan, draaide zich om en wenkte Teig met zijn vrije hand.

De sneeuw knerpte naast Teig. Handen grepen zijn linkerarm en hielpen hem op te staan. 'Ga naar hem toe. Dit is waar je om hebt gevraagd.'

De stem klonk schor. Als gegrom. Tanden klapperden alsof de mond die had gesproken het niet gewend was om woorden te vormen. Teig wierp een blik naar links en wenste dat hij dat niet had gedaan. Zelfs met het fluweel dat gedeeltelijk haar gezicht versluierde en met de geweipunten die waren begonnen uit haar voorhoofd te groeien, zag hij dat er nog steeds veel van Nari in haar gezicht was overgebleven.

Hij wilde haar meenemen om te vluchten, maar het was te laat voor haar. Te laat voor hen allebei.

Maar Una...

Misschien was het voor haar nog niet te laat.

Teig schuifelde over de sneeuw naar de voet van het heuveltje en begon te klimmen. Hij had nog maar twee passen naar boven gezet toen Una begon te gillen en om zich heen begon te slaan, en de parni moest zijn beide handen gebruiken om haar in bedwang te houden.

Het is haar niet, dacht Teig. *Het is het ding dat zich in haar verschuilt, het ding dat probeerde te ontsnappen.*

Toen kwam er bittere gal achter in zijn keel omhoog, want het ding dat om zich heen sloeg, de parni probeerde te krabben, en gilde tot de keel van het meisje rauw was, was ook het ding dat hij beloofd had in zich op te zullen nemen. Om haar te bevrijden zou hij dit oeroude ding herbergen.

Teig aarzelde.

De dieren verstijfden allemaal, doodsbang voor wat er nu zou gebeuren.

Teig schoof zijn linkerbeen naar achteren, en met zijn laars zocht hij naar houvast. Hij zou hier doodgaan, dat wist hij. Zelfs als de parni hem niet doodde, als de geweimannen hem niet zouden verscheuren of hem aan de wolven zouden voeren, zou hij doodvriezen. Maar hij keek omhoog naar de top van de heuvel, zag het spugende, grauwende meisje en wilde niet dat het ding dat haar ziel had geïnfecteerd zijn eigen ziel infecteerde. Als hij moest doodgaan, dan toch liever niet op die manier.

De parni snauwde naar hem in die eeuwenoude keelklanken die deels menselijke en deels dierlijke taal leken. Teig schudde zijn hoofd. Hij begreep de woorden niet, maar hij kon zich voorstellen wat ze betekenden. Ze hadden een deal gesloten, de parni en hij, en als Teig zijn deel niet nakwam, zou dit meisje doodgaan. Ze had haar familie, haar ouders, haar vrienden en haar hele stad verloren. Niemand zou haar nu komen redden – niemand die nog in leven was wist dat ze bestond, of kon het iets schelen, behalve Teig. Zonder hem zou ze doodgaan. Wat er met zijn zus was gebeurd, was nooit echt zijn schuld geweest, hoewel hij zichzelf al die jaren met schuldgevoel had verstikt. Hij kon Olivia niet redden, maar dit meisje... Dit meisje kon hij wel redden.

Hoe kon hij hieraan ontsnappen?

De kou zette haar klauwen dieper in hem. Zijn borstkas deed pijn. Zijn gedachten gingen trager en hij knipperde met zijn ogen. Zou hij hier bevriezen, op deze manier, een paar passen de heuvel op, als een ijssculptuur bezweken aan besluiteloosheid? Toen hij weer in beweging kwam, voelden zijn armen en benen aan als lucht, niet meer dan schimmen van ledematen. Zijn ogen voelden ruw aan, er zaten ijskristallen op zijn netvlies, maar zijn gezichtsvermogen zei hem dat hij in beweging was. Een stapje de heuvel op, naar voren gebogen zodat hij niet achterover tuimelde.

Toen ze zag dat hij weer begon te klimmen, staarde het ding in Una naar hem, krijste, duwde tegen de parni aan alsof het aan Teig wilde ontkomen. Ze wist wat er ging gebeuren. Hét wist het.

Er kwam een duisternis uit haar open mond, als adem. Die vormde een mist voor haar gezicht als een masker, en het zorgde ervoor dat hij wilde gillen, luider wilde krijsen dan deze parasiet in een klein meisje. Hij keek naar die duisternis en zag de ogen ervan, zag een krankzinnigheid en kwaadaardigheid die in niets leek op wat hij ooit had gekend. Hij had mensen gekend die afschuwelijk waren, die genoten van wreedheid, maar hij had nog nooit ware kwaadaardigheid gezien. Die ogen waren steekwonden in de wereld, en wat er uit die wonden leek te vloeien was een gif dat niet door menselijkheid werd gefilterd, dat hunkerde naar de angst en de pijn die het kon toebrengen. Dat was pas kwaadaardigheid. Zijn hele leven had hij de wortel van het woord 'kwaadaardig' nooit begrepen, maar nu wel.

Zijn laars gleed uit op het heuveltje en hij klapte met zijn linkerknie tegen een uitstekende rots, maar hij voelde niets anders dan de stoot. Teig stak zijn hand uit om niet terug te glijden. De heuvel was niet zo steil dat het nodig was om zo te klimmen, maar hij had de kracht of het evenwicht niet meer om op een andere manier door te gaan. Hij klom op zijn handen en knieën. Hij zou hebben gekropen als het moest.

Dankbaar dat hij niet meer in die ogen hoefde te kijken. Voorlopig niet althans.

Het gif dat in haar zat, de kwaadaardigheid die in dat meisje kolkte... het in zichzelf uitnodigen zou zijn alsof hij om kanker vroeg. Erger nog. Maar hij deed zijn ogen dicht terwijl hij klom en hij riep herinneringen op aan zijn zusje, momenten dat hij haar had opgetild en haar had rondgezwaaid, met haar op de glijbaan had gespeeld, en een draaikolkje in het zwembad had gemaakt. Momenten waarop hij haar bijna had doen barsten van plezier. Momenten waarop ze wist dat hij van haar hield.

Teig klom door.

Hij had zijn hele leven lang emotionele schulden bij vrienden en familie gehad, schulden die hij altijd van plan was geweest terug te betalen maar waar hij nooit aan toegekomen was. En hij had tenslotte een deal gesloten met de parni. Teig had een belofte gedaan, en dit was een belofte die hij niet zou breken.

Boven op het heuveltje lukte het hem op de een of andere manier om te gaan staan.

De duisternis in Una staarde hem woedend aan, met een haat die zo puur was dat die bijna als liefde aanvoelde.

De parni knikte, gooide zijn hoofd in zijn nek en huilde naar de nachtelijke hemel. Rond de voet van de heuvel, aan de randen van die stenen cirkel, huilden de wolven die geen wolven waren naar de in grijs gehulde maan, en de geweimannen bogen omlaag en waren weer alleen rendieren.

De grond beefde.

De bomen buiten de steencirkel zwiepten heen en weer. Een klein stukje naar het noorden week een aantal van die bomen uit elkaar, en afgetekend tegen de hemel zag hij de trillende lucht die hem vertelde dat diezelfde reusachtige toeschouwer was teruggekeerd, of al die tijd al bij hen aanwezig was geweest. Hij zag bomen in de lucht waar ze niet thuishoorden.

Teig wankelde, stortte bijna in. Zijn ogen vielen dicht en zijn gedachten werden heel eventjes donker totdat hij zichzelf weer bij bewustzijn schudde. Hij zou nog niet doodgaan. Hij zou het niet verpesten, nu niet meer.

Toen hij weer opkeek, zag hij heel even het ware gezicht van die figuur die hoog boven hen allemaal uittorende. Als een geschenk onthulde ze zichzelf aan hem, deze vijftien meter hoge rendiervrouw met een gewei dat zo hoog reikte dat het leek alsof de wolken ertussendoor zigzagden.

En toen was ze weg.

Met een kreet begon de parni te bidden, en hij tilde de vechtende Una boven zijn hoofd alsof hij haar aanbood aan degene die over hen allemaal waakte. Hij zong in die oeroude taal, de taal van het bos, en zette Una op de grond.

Toen hij dat deed, leek de parni te vervagen. Geen vlees en botten meer, maar uitsluitend nog geest leek hij, een fantoom in de vorm van de sjamaan die daar een ogenblik geleden nog had gestaan. De handen van de parni drukten in Una, drukten door haar heen, en de gil die van de lippen van het meisje kwam klonk nu alsof die eindelijk van het meisje zelf kwam. Op de een of andere manier maakte dat het nog erger.

De parni rukte de gierende, kronkelende duisternis uit Una. Die verzette zich woest, wikkelde zich slangachtig om de doorzichtige armen van de parni heen, spuugde en toonde tanden zo zwart als olie. De parni draaide zich om naar Teig en hield de krijsende duisternis voor hem op, en die kwaadaardigheid richtte zijn ogen op hem.

Teig zag het op zich afkomen, en hij kon een schreeuw niet onderdrukken. Al zijn vastberadenheid vloeide uit hem weg. Hoe kon hij zichzelf dit hebben laten doen? O god, nee. Nee, nee. Niets was erger dan dit. En toch stond hij hier.

Toen bewoog er iets aan de rand van zijn blikveld en hij keek omlaag, langs de parni in de duisternis, en daar zag hij Una – de echte Una – op het rotsachtige, bevroren heuveltje, opgekruld tot een foetusballetje. Teig dacht heel even dat hij naast haar een ander meisje zag, dat rustig naast haar zat en met troostende hand haar hoofd streelde, vriendelijke beloften fluisterend. De geestenlippen vormden drie woorden. *Alles komt goed.*

Waren die woorden voor Una of voor Teig zelf?

Hij kon het niet weten.

Teig stak zijn hand uit naar de duisternis.

Nari keek toe hoe de parni Teig vastgreep. Het ding in Teig sloeg wild om zich heen en begon te spugen, en de rendieren gingen weer op twee poten staan. De geweimannen renden de heuvel op en begonnen Teig te slaan en te schoppen tot hij bloedend en roerloos boven op dat heuveltje lag.

De grond trilde van de voetstappen van Boegady Moesoen toen ze zich omdraaide en naar het noorden begon te lopen, naar een bos zo diep en een winter zo koud dat geen menselijke voet ooit het spoor zou kunnen vinden dat ernaartoe leidde.

De geweimannen volgden, en ze sleepten Felix Teigland met zich mee, maar Teig was er niet meer. En als hij dat wel was, was hij nu alleen een kooi, een gevangenis voor iets wat nooit had mogen ontsnappen. Iets wat nooit meer uit de bossen zou mogen komen.

Binnen een minuut was de open plek verlaten. De parni had de geweimannen gevolgd en de dieren hadden de parni gevolgd, en nu waren de enige levende wezens die nog over waren in de kring van stenen pilaren Nari en het meisje.

Nari beklom het heuveltje. Toen ze de top bereikte, begon Una wakker te worden. Het meisje ging overeind zitten en wreef in haar ogen, rillend van de kou, misschien voor het eerst werkelijk bij bewustzijn sinds de duisternis in haar lichaam was gegleden en haar had geprobeerd te gebruiken om aan zijn achtervolgers te ontkomen.

Una hoorde het briesen van Nari's ademhaling en het krassen van haar slecht passende laarzen op de permafrost. Het meisje draaide zich om om te kijken, net toen Nari een hand naar haar uitstak. Una deinsde terug, haar gezicht verstijfd van doodsangst bij de aanblik die ze bood, en Nari kon het haar niet kwalijk nemen.

Het meisje gilde nog steeds toen Nari haar van de heuvel af plukte, zich omdraaide en het bos in vluchtte, en dat gegil bleef nog lang achter hen aan klinken, zelfs toen de wind het in vlagen had weggevoerd, en daarna, eindelijk, werd het bos stil.

De bomen fluisterden onder elkaar.

De duisternis was verdwenen.

19

Tuskulaana rookte te veel sigaretten. Het roken had haar reukvermogen weggebrand, in elk geval wat de stank van haar sigaretten betrof. Toen ze nog een echtgenoot had gehad, konden zulke dingen haar schelen, maar het was al heel lang geleden dat hij haar alleen had gelaten met haar kleine tankstation en de piepkleine winkel die erbij hoorde. De zaak moest nodig worden opgeknapt, maar ze was een oude vrouw en maakte zich niet bijzonder druk om een likje verf of mooiere schappen. Tuskulaana wist dat ze niet de enige was die er nauwelijks acht op sloeg. De klanten die het winkeltje in kwamen wilden benzine hebben, of snacks, of nieuwe ruitenwissers, en ze verwachtten niet veel van een tankstation op een van de eenzaamste plekken ter wereld. Wat gaf het dat de vloeren smerig waren? Haar klanten maalden er niet om, haar hond Sacha niet, en zij ook niet. De enige die er wel eens moeilijk over deed, was haar kleinzoon. Kaskil wilde iets beters voor haar, wilde dat ze iets had waar ze trots op kon zijn. Tuskulaana had hem wel honderd keer gezegd dat ze trots was op hém, en dat dat genoeg was. Ze hield van die jongen, ook al was hij geen jongen meer.

Haar huisje daarentegen… dat was een ander verhaal. Om de twee jaar schilderde ze de muren in alle vier de kamers opnieuw, allemaal in een andere felle, vrolijke kleur. Ze hield het er netjes en schoon, teelde kruiden in potjes op planken in haar keuken, en wanneer het niet zo koud was dat ze eraan dood zou gaan, rookte ze haar sigaretten buiten. Zelfs de hond ruimde haar rommel achter zich op.

Een smal pad liep van de achterkant van de winkel naar haar huisje. Een van de klanten paste op de kleine parkeerplaats van de winkel en hield het pad naar haar huis in de winter sneeuwvrij. Een monteur die werkte op de vrachtwagens die de weg verzorgden. Het was een breedgeschouderde man met vriendelijke ogen en dikke, borstelige wenkbrauwen. Hij lachte ongedwongen en zijn stem was schor van de schade die tientallen jaren van roken ook bij hem hadden aangericht. Vaak rookten ze samen. Als het aangenaam weer was stonden ze voor het winkeltje lekker samen te paffen en roddels uit te wisselen. Sacha mocht hem, en hij krabde altijd zonder morren een uur lang achter haar oren. Maar haar vriend de monteur was pas zevenenveertig en Tuskulaana was bij haar vorige verjaardag negenenzeventig geworden, dus hoewel ze soms dacht een speciale glinstering in zijn ogen te zien wanneer hij haar aan het lachen maakte, had ze er nooit iets aan ontleend. Gewoon de fantasie van een oude vrouw die hield van haar eigen gezelschap en het fijn vond om zich niet druk te hoeven maken om wat anderen van haar vonden, of hoe ze haar tijd besteedde.

Toch zou het leuk zijn geweest om een man in haar bed te hebben.

Niet dat ze een man om zich heen nodig had, of de problemen die ze altijd meebrachten. Nee, het probleem was alleen dat ze niet kon slapen. Tuskulaana vocht al dertig jaar of langer tegen slapeloosheid, en het was vanaf het begin een gevecht geweest dat ze niet kon winnen. Ze viel wel in slaap, maar dan sliep ze een paar uur en werd ze wakker in de stille duisternis zonder dat ze weer weg kon dommelen. Om drie of vier uur 's ochtends gaf ze het op en ging uit bed, voorzichtig om Sacha niet wakker te maken, die hees lag te snurken in haar pluchen, donzige hondenmand.

Ze dronk dan thee en rookte sigaretten tot het tijd was voor het ontbijt, en soms waren thee en sigaretten het enige ontbijt dat ze nam. Dan deed ze de winkel en het tankstation open en wachtte ze om te zien of er iemand zou komen.

Soms zag ze dagenlang niemand anders. Eén keer, toen de vrachtwagen die goederen afleverde voor de winkel kapot was, had ze negen dagen geen mens gesproken. Ze zei vaak tegen zichzelf – en tegen de mensen die haar ernaar vroegen – dat ze genoot van die lange periodes, dat Sacha en zij nooit eenzaam werden, omringd als ze waren door de natuur en de geesten daarbuiten op de weg.

Maar op momenten als deze, om vijf uur 's ochtends, terwijl de zon nog uren weg zou blijven en Tuskulaana de laatste sigaret rookte die ze in huis had, moest ze de waarheid aan zichzelf bekennen.

Alleen misschien nu nog niet.

Niet tot ze die laatste sigaret had gerookt en naar de winkel moest gaan om een nieuw pakje te halen.

Nee, nog niet.

Tuskulaana nam wat slokjes thee. Ze had er graag een beetje suiker in. Soms veel suiker. Oud zijn had zo zijn voordelen. Ze dacht aan de roman van Viktor Pelevin die ze aan het lezen was, maar ze kon zich er niet toe brengen hem te halen.

Het huisje was stil, afgezien van de wind die de ramen deed trillen in hun sponningen, en het gekraak van de planken die werkten en tikten in de kou.

Ze hield haar theekopje aan haar lippen toen het bonzen begon. Op de een of andere manier morste Tuskulaana haar thee niet. Ze nam er een slokje van, genoot ervan hoe zoet de thee was – ze had er weer erg veel suiker in gedaan – en zette het kopje toen neer en draaide zich om naar de deur. Het bonzen werd beuken. Het geklop klonk alsof iemand met een steen tegen de deur ramde. In haar hondenmand tilde Sacha haar slaperige kop op en gaf een vermoeide, slaperige grom.

Tuskulaana had doodsbang moeten zijn. Zo dringend als dat bonzen klonk, zo in de uren voor zonsopkomst: het had haar gek van angst moeten maken. In plaats daarvan voelde ze alleen een akelige, sluipende droefheid. Alleen tragedies arriveerden met zoveel haast in de kleine uurtjes voordat de zon opkwam.

Sacha stond op, blafte twee keer en drentelde toen naar de deur. Ze staarde wantrouwig, haar kop schuin, luisterde naar het gebons en liet toen haar snuit zakken om aan de goed geïsoleerde drempel te snuffelen. Opnieuw blafte ze, maar het klonk nu anders, en de hond begon achteruit te lopen, weg bij de deur.

Toen Tuskulaana opstond uit haar stoel werd er met zoveel kracht op de deur gebeukt dat hij kraakte, en toen was het welletjes. Ze schreeuwde tegen wie het ook was die haar slapeloosheid had verstoord, haar eenzame theemomentje had onderbroken en haar hond bang had gemaakt. Tuskulaana stormde naar de deur – voor zover een vrouw van haar leeftijd en bouw ergens heen kon stormen.

De hond, die zich nu achter Tuskulaana's stoel verschool, begon te janken.

Haar bezoeker moest haar hebben horen schreeuwen, want het bonzen hield op.

Tuskulaana vervloekte die haast die haar dwong naar de deur te gaan zonder jas of deken, want het was ondraaglijk koud buiten. Afgrijselijk koud. Niettemin haalde ze de deur van het slot en trok hem open. Vlak achter de drempel stond een meisje te wachten.

Half bevroren, met ijs in haar haar en op haar wimpers, huiverde het meisje en keek haar aan met ogen die tegelijk smekend en doodsbang stonden.

Had dit meisje op de deur staan bonzen? Dit meisje met haar kleine handen, met de tranen die bevroren waren op haar wangen, met één voet in een laars en de andere alleen maar in een dikke wollen sok?

Nee.

Niet ver van de deur zag Tuskulaana hoefafdrukken die naar de deur leidden en weer ervandaan. Ze leunde naar buiten, tuurde in de duisternis en zag de hertenvrouw het bos naast het huisje in snellen, richting het noorden.

'Kom binnen, arme schat,' zei ze. 'Kom binnen, dan kun je opwarmen. Ik heb thee en suiker voor je.'

Ze haalde het meisje naar binnen en deed de deur dicht, terwijl Sacha argwanend naar hen keek van achter de stoel. Het meisje zei niets, maar dronk gretig thee en hield het kopje op voor meer. Haar ogen smeekten niet om voedsel maar om troost. Maakte niet uit wat, als ze zich maar minder verloren zou voelen.

Op dat moment zag Tuskulaana de gelijkenis.

Dit meisje was niet verdwaald en ze was geen vreemde. Het was bijna een jaar geleden dat Tuskulaana haar achterkleindochter had gezien, maar nu, in het licht, met haar haar uit haar gezicht, zag ze de waarheid.

'Ariuna?' zei ze.

Nu ze bij haar naam genoemd en eindelijk herkend werd, begon het meisje te huilen.

Toen ze besefte wat haar aanwezigheid hier moest betekenen, begon ook Tuskulaana te huilen.

Maar ze huilden tenminste allebei niet alleen.

Eerst dacht Nari nog dat ze een monster was geworden. Ze had het al eens zien gebeuren, met een vrouw die ze als een van haar beste vriendinnen beschouwde, en nu dacht ze dat de geweimannen misschien ooit mensen uit Achoest en andere plaatsen waren geweest – mensen die door de godin waren gezalfd om als haar ogen en oren in de wereld te dienen. Nari vroeg zich af met hoeveel ze waren, overal verspreid over de bevroren wouden, op de plekken waar de wereld van de mensen soms inbreuk maakte op de wildernis, en waar de wildernis soms terugduwde.

Nu rende ze door de kou en het donker, snelde tussen de bomen door, en ze maakte haar eigen pad. De winter was hier dan misschien ijzig koud, maar voor deze nieuwe Nari, omringd door het woud en de krakende sneeuw, de pracht van de natuur, was deze nieuwe vrijheid het enige wat telde. Al het leven op de wereld was ervan afhankelijk dat de overgebleven wildernis werd beschermd tegen de verspreiding van de menselijke soort, maar er waren gevaarlijker dingen dan mensen. Soms moesten de geesten van het woud de mensen beschermen tegen een veel oudere kwaadaardigheid, en op die manier de balans in de wereld bewaren.

Terwijl ze rende en met haar hoeven door de harde bevroren sneeuwlaag boorde, had Nari een sterk gevoel dat ze een doel had. Ze was gevlucht voor verplichtingen en op zoek geweest naar vrijheid, maar op de een of andere manier had ze eindelijk vrijheid gevonden binnen een verplichting die groter was dan ze ooit had gekend.

Vrij, vastberaden, stormde ze tussen de bomen vandaan en merkte ze dat ze over een stuk open grond tussen het bos en de Bottenweg rende. De zonsopkomst moest nog naar de horizon kruipen, maar in dit deel van de wereld arriveerde de ochtend lang voor de nacht zich terugtrok. Mensen zouden al op zijn en op weg naar hun werk, jagers zouden op pad zijn, hoewel er in dit jaargetijde zelfs op het drukste deel van de dag maar weinig auto's waren.

De lucht was opgeklaard en de sterren glinsterden tegen het eindeloze indigoblauw van de hemel.

Ze besloot dat ze zou rennen tot zonsopgang.

Een lach bereikte haar hart en ze rende met grote sprongen over de met sneeuw bedekte permafrost, richting het noorden. Aan haar linkerkant zag ze op de weg iets bewegen. Een eenzame gestalte, een vrouw.

Nari kende haar. Ze ging langzamer lopen en hield haar hoofd naar één kant schuin. Het zware gewei trok aan de spieren in haar hals. Starend draafde ze een paar stappen dichterbij. Voorzichtig kroop ze naar voren, waarbij haar hoeven luid op het ijs knerpten, en ze bekeek de vrouw aandachtig. Haar geheugen was vreemd geworden, zintuiglijk, meer op reuk dan op zicht gericht, en haar hersenen verloren langzamerhand het vermogen om de namen van dingen en mensen te onthouden, maar na een paar seconden wist ze het uit haar hoofd te grissen.

Loedmilla.

In hun doodsangst en wanhoop hadden ze de vrouw stervend op de weg achtergelaten. Er was geen kans geweest om haar te redden, maar Nari's hart had pijn gedaan van schuldgevoel bij de gedachte dat ze haar in de steek hadden gelaten. Nu, terwijl ze nog een paar stappen deed en op de sneeuwbank naast de weg stapte, realiseerde Nari zich dat ze dwars door de oude vrouw heen kon kijken.

De geestverschijning zong met zachte, schorre stem, en ze schudde een bosje met belletjes terwijl ze liep. Ze bleef staan, sprak één of twee regels van een gebed, sloeg een kruis met haar vrije hand, en liep toen verder. Een dode vrouw die zegeningen bood aan degenen die zoveel jaren vóór haar waren gestorven.

Nari deed nog een stap op de sneeuwbank. Ze zakte met een hoef door de sneeuw en ze snoof luid, schudde haar hoofd, en deinsde achteruit. Toen ze opkeek, zag ze dat de geest was blijven staan om naar haar te kijken.

Loedmilla glimlachte vriendelijk en hief een trillende, spookachtige hand op om te zwaaien.

Nari neeg haar hoofd, een buiging met haar grote gewei. Ze snoof weer, draaide zich om, en snelde weg naar de bomen. Naar een nieuw doel.

Achter haar, zacht zingend, liep de oude geest verder met haar eigen doel.

Nari vroeg zich af of Loedmilla's nieuwe leven een geschenk of een vloek was geweest. Was ze nu vrij om te doen wat haar hart begeerde, of was ze gevangen op het pad dat ze voor zichzelf had uitgestippeld? Toen ze de rand van het woud bereikte, aarzelde Nari, en ze vroeg zich hetzelfde af over haar eigen pad. Dit leven… was het een geschenk, of een vloek?

Er ging een koude rilling door haar heen toen ze besefte dat ze in haar oude leven dezelfde vraag had gesteld. Of het nu een geschenk was of een vloek, de enige manier om de waarheid over het leven te weten te komen, was door dat leven te leiden.

Ze stampte met haar voorste hoeven, schudde de rilling van zich af en liep het bos in.

Dankwoord

Hoe langer ik dit werk als schrijver doe, hoe moeilijker het wordt om deze dankwoorden te schrijven. Het schrijven van een roman is een langdurig proces en de auteur ontvangt op allerlei manieren hulp. Soms is het doorslaggevende informatie en soms een bemoedigend briefje of een vriendelijk woord wanneer dat het hardst nodig is. *Weg des doods* leidt een eigen leven, heeft zijn eigen stuk van mijn leven veroverd, maar eigenlijk geldt voor elk boek dat het het uitvloeisel is van alles wat ervoor is gekomen. Daarom uit ik eerst mijn dank aan al diegenen die ik hier niet bij naam noem, maar die me al die tijd hun expertise of hun liefde hebben gegeven.

Zoals altijd dank aan Connie, voor eeuwig mijn beste vriendin, mijn licht en mijn lichtheid, en aan onze kinderen, Nicholas, Daniel en Lily, die nu allemaal volwassen zijn en die me alle drie iedere dag vreugde brengen. Dank aan mijn literair agent, Howard Morhaim, voor zijn vertrouwen en zijn scherpe blik, en aan mijn manager, de onvermoeibare Pete Donaldson. Ook dank ik het team van St. Martin's, in het bijzonder Sarah Bonamino, Allison Ziegler en Cassidy Graham, en bovenal mijn uitgever, Michael Homler. Jouw passie voor de verhalen die ik wil vertellen is een groot geschenk. Ik ben ook dank verschuldigd aan mijn familie, zowel bloedverwant als aangetrouwd, in het bijzonder mijn zus, Erin Golden, en mijn broer, Jamie Golden. Dank aan alle vrienden die er voor me zijn wanneer ik een klankbord of een schop onder mijn kont nodig heb, of eens goed wil lachen, en die me helpen geestelijk gezond te blijven, onder wie Tim Lebbon, Tom Sniegoski, Amber Benson, Jim Moore, John McIlveen, Brian Keene, Bracken MacLeod, Rio Youers en Mike Mignola. Ik heb het ongelooflijke geluk dat ik weet dat er vele anderen zijn die ik nog aan die lijst zou kunnen toevoegen, dus als je dit leest en denkt: 'Hé eikel, waar staat mijn naam nou?', dan staat die waarschijnlijk op deze langere lijst. (Ja Tony, daar val jij ook onder.) Ik zou Bruce Springsteen willen bedanken dat hij me op de reis van *Weg des doods* heeft begeleid. Ik bedoel: ik zou hem graag willen bedanken, maar ik ken hem niet, dus als je hem ergens tegenkomt, geef het dan aan hem door, oké? En natuurlijk ben ik iedere auteur dankbaar die erin heeft toegestemd om deze roman helemaal in het begin een keer te lezen, in het bijzonder Stephen King. Ik vermoed dat het de serendipitaire timing van een zeker artikel in *The New York Times* over de echte 'Bottenweg' was die hem ertoe aanzette om dit boek op te pakken van zijn naar ik aanneem enorme stapel van 'ik heb hier niet om gevraagd maar wie weet ga ik het lezen'-boeken, en dus ben ik ook dankbaar voor de schrijver van dat stuk, Andrew Higgins, en de redacteur van de *Times* die heeft gezegd: 'Breng dat boek uit.' Ik voel me vereerd en ben dankbaar voor de vriendelijke woorden van Stephen King, en die van Paul Tremblay, Catherynne Valente, Stephen Graham Jones, Catriona Ward en Josh Malerman.

Als laatste wil ik jou bedanken, beste lezer. Zonder jou zou ik het niet kunnen.